U0117287

华东师范大学出版社六点分社　策划

2019 年教育部人文社会科学研究规划项目
"克莱夫·斯特普尔斯·路易斯古典诗学理论研究" [19YJA751005] 阶段成果

上帝周围霞光万道，

连大天使们也不敢逼视，

无数精灵将他簇拥，

各取所需，分享愉悦。

      ——塔索《耶路撒冷的解放》卷九第 57 节

何以有这么多饱学之士，

把自己的形而上学忘得一干二净，

捣毁造物的阶次，进而

问难于精灵天使何在呢？

      ——布朗《医生的宗教》卷一第 30 章

目 录

关于征引书目及脚注的几点说明

《论〈失乐园〉》是一部里程碑式学术著作,几乎处处都会征引典籍。一些典籍的中译本,不止一部。在诸多前贤译本之间,拙译首选较为通行的译本。只用了一个中译本的书目,详见脚注。这里只说说兼用了多个版本的选用情况:

1. 弥尔顿的《失乐园》,主采朱维之译本(英汉对照本,译林出版社,2013),参用陈才宇译本(吉林出版集团,2014),也偶尔参考金发燊译本(广西师范大学出版社,2004),刘捷译本(上海译文出版社,2012)和朱维基译本(吉林出版集团,2013);

2. 维吉尔的《埃涅阿斯纪》，主采杨周翰译本（人民出版社，1984），参用曹鸿昭译本（吉林出版集团，2010）；

3. 英伦史诗《贝奥武甫》，主采冯象译本（生活·读书·新知三联书店，1992），参用陈才宇译本（译林出版社，1999）；

4. 奥古斯丁《上帝之城》，主采吴飞译本（上海三联书店，2008），参用王晓朝译本（人民出版社，2006）。

前贤译本里的个别用字，为保持译文统一，拙译做了一点更动。如，将"密尔顿"改为"弥尔顿"，将"特洛亚"改为"特洛伊"，将"尤诺"改为"朱诺"，将"第表河"改为"台伯河"，将"想像"改为"想象"，将"象样"改为"像样"等等。

前贤译本里的诗体格式，拙译脚注本可用符号"/"加以反映。也许是个人偏好吧，总是看着不舒服，所以最终还是没有保留。

前贤译本，若标注诗行编号，则拙译脚注不再标明页码。

献辞:致查尔斯·威廉斯[①]

DEDICATION:To Charles Williams

亲爱的威廉:

每当记起自己在班格尔那座陌生而又美丽的学院,如何得到厚爱,做这些讲座时又何等快乐,我就感到将此书题献给你,而不是题献给我的那些威尔士东道主,自己差不多就是忘恩负义了。但我只能如此。想起我自己的这场讲座,就等于想起牛津大学那些别的讲座,其中你部分预示、

---

① 查尔斯·威廉斯(Charles W. S. Williams,1886—1945),路易斯挚友,英国诗人,小说家,剧作家,神学家,文学批评家。他与路易斯和托尔金所主导的淡墨会(Inklings),至今仍是文坛佳话。

部分肯定了我长期以来就弥尔顿所作的思考,而且更重要的是,使之明晰,并使之成熟。这一幕可以说颇有古风,或许还证明已是陈迹。你是战争偶然间扔在我们中间的一条"迷走神经"(*vagus*)。①　神学院的明快之美(appropriate beauties),为你提供了背景。在那里,我们这些老人们听说(传闻还有好多),他早已对听讲感到绝望——讲的是《科马斯》,将它摆在诗人所摆的重要地位——转而去看坐满了旁听席的那些"年轻新生,无论男女",看他们起初疑心重重地听,接着耐着性子听,最后兴致勃勃地听,听着他们经验中如此陌生如此新奇的东西,对贞洁的讴歌。书评家都没时间重读弥尔顿,也就无法消化你的绝大多数弥尔顿评论;但还是可以期待,牛津大学那些多次听你讲课的人此后就能理解,当老辈诗人将某项美德作为他们的主题,他们不是在说教而是在敬拜,我们视为说教的通常正是其魅力所在。这就给了我一丝安全感,让我记起,与其说我因为是你的友人才喜欢你的著作,远不如说我是因为爱上你的著作才寻求你的友爱。若非如此,我就该发觉,难以相信你介绍弥尔

---

①　"二战"期间,为躲避德军空袭,牛津大学出版社将其办事处由伦敦迁至牛津。出版社员工查尔斯·威廉斯,因而得以跟路易斯相遇相知。

顿的那本简短导读①在我眼中——就是对一项正确的批评传统的复兴,该传统遭受了上百年处心积虑的误解。完成此事的那种轻而易举,跟不得不加以承担的重负,看上去颇不相称。实话实说吧,我感到有权相信自己的眼睛。显然,牢门实际上一直都没锁;但是只有你,想着试拉一下门把手。因而,我们就都可以出来了。

你的 C. S. 路易斯

---

①　【原注】*The Poetical Works of Milton*. The World's Classics, 1940.【译注】美国文学批评家哈罗德·布鲁姆说:"反撒旦的现代人物是晚期的查尔斯·威廉斯和 C. S. 路易斯,二人皆认为弥尔顿的撒旦在某种程度上算是荒唐的自我主义者。"(哈罗德·布鲁姆《史诗》,翁海贞译,译林出版社,2016,页147)至于路易斯缘何将此书题献给威廉斯,本书第19章"结语"部分有专门交代。

1　史诗

Epic Poetry

完美的批评家，阅读的作品有才华，

必能体会作者意，同心同情读着它。①

——蒲柏

---

① 原文为：A perfect judge will read each work of wit / With the same spirit that its author writ. 语出蒲柏（Pope）的长诗《论批评》（*Essay On Criticism*）第233—234行。更长一点的诗文是："完美的批评家，阅读的作品有才华，必能体会作者意，同心同情读着它；首先看整体，而不着眼来挑错，只求心灵能感动，文情有热火；不会为了一点伤人而乏味的小乐趣，以致失去迷住才华的开心大欢愉。"（译文采自电子书，译者未知）张艾译作："智慧之作一部部读过，这判官才完美。作者下笔的精神，同样悉心领会。"（译言古登堡计划电子书《批评论》）

要评判任何人工制品,小至螺丝锥大到大教堂,其基本资质就是知道它是什么——意在要它做什么以及它要人如何去用。发现这一点之后,检点的革新家(temperance reformer),才可以决定螺丝锥之用途不好,共产主义者才可以对大教堂生同类之想。然而,这都是继发问题。首要之务则在于理解你眼前的事物:只要你认为螺丝锥是用来开罐头,或者大教堂是用来取悦观光客,那么对其用途,你就无缘置喙。关于《失乐园》,读者需要知道的首要之事就是,弥尔顿打算使之成为什么(meant it to be)。

在当今时代,这一需要尤为迫切,因为弥尔顿打算去写的那种诗,许多读者都不熟悉。他是在写史诗(epic poetry),叙事诗的一种。当前,无论这个"属"(genus)还是这个"种"(species),都未得到完全理解。翻阅那些伟大叙事诗的二手书,我就了解到对于这个"属"(叙事诗)的误解。在这些二手书里,常见而又常见的是,在前两页,一些并不可圈可点的语句被勾勾画画,其余部分则洁净如初。很容易看到发生了什么。那个不幸的读者,一心期待着"妙句"(good lines)——怦然心动的片段——就像他已经习惯于在抒情诗中寻找的那样。头五分钟里,不知怎的,这书中了他的意。他想，会在此找到"妙句"。此后，发觉此诗其实并不能以此方式阅读，便放弃了。关于长篇叙事诗之整体一贯，关于行从属于段、段从属于卷、卷从属于整部诗，关于花整整一刻钟时间来铺陈的那种宏阔场面，他没任何概念。至于对这个"种"（史诗）的误解，我则从包括我在内的批评家身上见出。关于《失乐园》，他们通常当作缺陷的，恰恰是诗人苦心孤诣经营的那个品质；而且倘若能乐在其中，那恰恰是《失乐园》独有的怡人之处（独到之乐）。① 我们研究弥尔顿的史诗，必须首先研究一般意义上的史诗（epic in general）。

这一研究次第，我想，有两个附带的优势。首先，正如我们将会看到的那样，这恰恰是弥尔顿本人的思路（approach）。他问自己的首要问题，不是"我要说什么"，而是"我要去做哪种诗"。先在的伟大诗体（the great pre-existing *kinds*），所激起并满足的期待如此不同，其力量如此多样，在有教养的读者心目中如此界域分明，那么，我到底想要从事

---

① 原文为：which, rightly enjoyed, are essential to its specific delight-ment（οικεία ηδονη）. 其中希腊文 οικεία ηδονη 的意思，就是 its specific delight-ment，为显其古雅，套用文言译为"独到之乐"。

哪种？这类问题，不会在现代作家身上找到。现代作家想的
是，他的独一无二的信息是什么，用怎样的语词才能最好地
传达。弥尔顿的问题，恰如园丁在问，他到底要造一座假山
抑或一个网球场；恰如建筑师在问，他要造一座教堂抑或一
家民宅；恰如有孩子在纠结，到底去玩曲棍球还是足球；恰如
有人犹豫，是结婚还是独身。每个选项，都独立自足（exist in
their own right），都有其自身特征，该特征在公众世界得以
确立且受其自身法则约束。假如你选择了这一个，就会错失
另一个所特有的美和乐趣；因为你的目标不是出类拔萃，而
是切合你所选事物的出类拔萃——假山或独身之善（good-
ness），不同于网球场或丈夫之善。其二，这一思路也将迫使
我们去注意诗的一些方面，这些方面如今却遭最大漠视。每
首诗都可以从两条路径来考量——将诗看作诗人不得不说
的话（as what the poet has to say），或看作他所制作的一样物
件（as a *thing* which he *makes*）。从一个视点来看，它是意见
或情感之表达（an expression of opinions and emotions）；从另
一视点来看，它是语词之组织（an organization），为了在读者
身上产生特定种类的有条有理的经验（patterned experi-
ence）。这一双重性（duality），换个说法就是，每一首诗都有

其父母——其母是经验、思想等等之汇集，它在诗人心里；其父则是先在形式（[pre-existing Form]史诗、悲剧、小说或别的什么），是诗人在公众世界所碰到的。仅研究其母，批评家就变得片面。人们很容易忘记，那个用十四行体写了一首好爱情诗的男子，不仅需要爱上一位女子，而且需要爱上十四行诗。在我看来，最大的错误就在于假定：原创性（originality）无论如何都是很高的文学成就，诗人的内心素材（internal matter）受胎于先在形式（pre-existing Form），就损害了其原创性。（若说形式都是发明出来的，那么只有小诗人才发明形式。）"要求形式的是质料，就像阴性要求阳性。"①诗人心中的质料，需要形式：在服从形式之时，它成为真正的原创（original），真正成为伟大作品的源头（origin）。企图成为自己，带来的往往只是人的心灵中最有意识的及最浅显的部分；努力去写某一既定诗体（a given kind of poem），那种尽可能公正、令人欣喜而且流畅地呈现既定主题的既定诗体，诗人更有可能会竭尽自己内心之真正所有，其中一大部分

---

① 原文为拉丁文：*Materia appetit formam ut virum femina*. 语出亚里士多德《物理学》第一章第 9 节，192a21。张竹明先生译作："要求形式的是质料，就像阴性要求阳性，丑的要求美的。"（商务印书馆，1982）

都出乎他的意料。因为对于诗人的内心素材——那个名叫
弥尔顿的人的经历、性格及观点——的研究,达比舍尔①和
蒂里亚德博士的著作,②已经提供了很好的参考,所以,我想
要从事的这种对《失乐园》之父的关注,即关注史诗形式,就
显得更加可欲了。

　　我们从《教会政府的理由》(*Reason of Church Govern-
ment*)卷二前言(Bohn 编,卷二,页 478)中的一个段落,就可
以得知弥尔顿本人的思路。摆在他面前的问题是,他到底
要去写哪种:(甲)史诗;(乙)悲剧;(丙)抒情诗。对于(甲)
的讨论,以"是否选那种史诗形式"开头;对于(乙)的讨论,
以"抑或选这些戏剧惯例"开头;对于(丙)的讨论,以"假如
时机允许"开头。总体方案可以表述如下:

(甲)史诗

I.(a)繁缛体史诗([diffuse Epic]荷马、维吉尔和

---

　　① 路易斯在此应指,海伦·达比舍尔(Helen Darbishire)主编的《弥
尔顿早年生涯》(*The Early Lives of Milton*, London, 1932)一书。
　　② 蒂里亚德(E. M. W. Tillyard, 1889—1962),英国学者,剑桥大学
基督学院院长,研究莎士比亚和弥尔顿之著述颇丰。路易斯在此应指,他
于 1930 年出版的《弥尔顿》(*Milton*, London, 1930)一书。

塔索)

（b）简约体史诗（[brief Epic]《约伯记》）

II. (a) 严守亚里士多德法则的史诗（Epic keeping the rules of Aristotle）

（b）遵从自然的史诗（Epic following Nature）

III. 选择题材（"诺曼征服之前的哪位君王或骑士"）

（乙）悲剧

（a）取法索福克勒斯及欧里庇得斯

（b）取法《赞美诗》或《启示录》

（丙）抒情诗

（a）取法希腊（"品达及卡利马科斯"）

（b）取法希伯来（"律法书和先知书中四处可见的诗歌"）①

---

① 原文为：Those frequent songs throughout the Law and the Prophets. 短语 the Law and the Prophets（律法与先知），在《新约圣经》中一般指《旧约圣经》。如《马太福音》五章 17 节："莫想我来要废掉律法和先知；我来不是要废掉，乃是要成全。"

（甲）史诗，是我们的首要关注。然而仔细考量它之前，我们需注意贯穿整个方案的一个特征。我们会注意到，三个大标题下都提到古典范本和圣经范本（Classical and Scriptural models）。而在悲剧这一标题下，圣经范本仿佛就是"拉着脚后跟"强拽进来的。至于史诗下面的圣经范本，就不能这样说了。弥尔顿将《约伯记》归类为史诗的一个附属种类（限定词是"简约体"），可能有标新立异之嫌，但还是有其道理；而且我一点也不怀疑，他相信自己在《复乐园》中实践的正是这一体式。《复乐园》在主题及布局上，都与《约伯记》一脉相传。在第三标题（抒情诗）之下，引入希伯来范本是名正言顺。在这里，弥尔顿加了一个旁注，很有意思。他仿佛预见将会有这样一个时代，其中"清教主义"会成为每块丛林中都会见到的熊。[①] 所以他表明自己的观点说，希伯来抒情诗好于希腊，"不只在其神性论辩，而且在

---

① 意指进入现代，清教徒、卫道士都成了知识界的贬义词。路易斯对此痛心疾首。他在《魔鬼家书》中说，过去一百年来知识界给所有古老诫命都贴上"清教主义"（Puritanism）标签。这个标签背后的价值取向，是魔鬼的最大胜利之一。正是这个字眼，每年有"成千上万的人脱离节制、贞洁、简朴生活"等美德（见《魔鬼家书》，况志琼、李安琴译，华东师范大学出版社，2010，页38）。

其谋篇布局"。也就是说,他已经告诉我们,他对希伯来的好尚,不仅是出于道德和宗教,而且是出于美学。① 我曾有个学生,对希腊语及希伯来语一无所知,但他并不认为自己因而就没有资格,以此判断为据判定弥尔顿趣味低下。我们其他人,对希腊语略知一二,对希伯来语一无所知,就必须让弥尔顿跟他自己的同侪去讨论问题。不过要是有谁,每日清晨朗读无论任何译本的一页品达和一页《诗篇》,坚持上一个月,我想我能猜得到,他会最先对哪个产生厌倦。

从弥尔顿在抒情诗这一标题下所说的话得到警示,我就不会仓促下结论说,贯穿整个方案的圣经范本,代表着他的"清教主义"战胜了他的"古典主义"(Classicism)。其实反过来说,

---

① 【原注】关于《复乐园》卷四第 347 行那一不大被人引用的段落("比起《锡安之歌》来,真不可同日而语"),假如我们记得它反映了弥尔顿坚持终生的文学观点,那么就会得到更好的理解。【译注】路易斯大概是指《复乐园》卷四这段比较希伯来文学与希腊文学优劣的文字:"我们的律法书和故事书中,随处都散见颂歌,我们的《诗篇》中满有技巧,我们希伯来的诗歌和竖琴,在巴比伦时,那些战胜者也大觉悦耳,宣称希腊艺术是从我们学去的;可是他们学得不很像样,他们高声歌颂他们自己和神祇们的恶德,在寓言、颂诗、歌吟中,扮演着神祇们的可笑事和他们自己的可耻事。他们搬运堆积而臃肿的形容词,好像妓女脸上堆了厚厚的脂粉。除此之外,只稍微点缀点缀一些有益的,或可喜的东西,比起《锡安之歌》来,真不可同日而语,不配媲美我们真正崇高的风味,正确地赞美上帝,赞美神圣的人,圣中之圣,与众圣徒……"(朱维之译《复乐园 斗士参孙》,上海译文出版社,1981,页 97—98)

同样也能说得通。假如一位严苛的古典主义者,可能会憎恨圣经范本之闯入,那么,一位严苛的"清教徒"也会同样憎恨"圣言"(the Word of God)沦落到文学写作之先例的地位——仿佛它与未受默示的著作①甚或异教诗人同列一品(*on a level*)。真相可能是,在弥尔顿那里本就没有冲突,因而也就无所谓谁战胜谁;那里有的则是融会贯通,或集大成。基督教元素和古典元素在弥尔顿身上,并非各自处于水密舱中,而是合二为一。

现在我们就看弥尔顿的(甲)选项:史诗。我们已经提过他的繁缛体与简约体之分。更难索解的是,他在遵从亚里士多德与遵从自然之间所作的对比。亚里士多德的史诗"法则"(rules),就此处而论,可总括为"整一律"(precept of *unity*)。史诗作者只能处理一个行动(a single action),就像荷马那样(《诗学》第 23 章)。② 准此,认为忒修斯是一个人因而其全部历险就可写成一部史诗的那些人,就想错了。在

---

① 根据基督教神学传统,《圣经》是神所"默示"(inspired)的书。

② 亚里士多德《诗学》第 23 章:"显然,史诗的情节也像悲剧的情节那样,按照戏剧的原则安排,环绕着一个整一的行动,有头,有身,有尾,这样它才能像一个完整的活东西,给我们一种它特别能赋予的快感;显然,史诗不应像历史那样建构,历史不能只记载一个行动,而必须记载一个时期,即这个时期内所发生的涉及一个人或一些人的一切事件,它们之间只有偶然的联系。"(罗念生译,人民文学出版社,1962)

弥尔顿心中,明显还有一种史诗,与亚里士多德所要求的史诗形成对比。这另一种史诗,被奇怪地认为是遵从"自然"。之所以"奇怪",是因为后世古典主义者倾向于将"自然"(nature)等同于"法则"。① 当时,弥尔顿只知道有一样东西当得起史诗之名,且与荷马及维吉尔的史诗种类不同——博亚尔多、阿里奥斯托及斯宾塞的浪漫史诗或传奇史诗。② 它们与古代史诗之不同,首先在其瑰奇繁缛,其次在于给爱情以位置,再次在于互相交织的故事中的多个行动。三项特征之中,第三项最引人瞩目。我相信,弥尔顿主要参考的就是第三项。至于他为什么称其为遵从自然,可不是一目了然。我敢保,此问题的完整答案,要去意大利批评家那里去找;不过眼下,我在塔索身上找到了像是答案的东西。在《论英雄史诗》里,塔索完整提出史诗情节的繁复(multiplic-

① 譬如蒲柏《论批评》中就说:"实际上法则就是自然,是自然循规蹈矩。就像自由,她让自定的法律来箝制自己的脚步。"(《朱光潜全集》新编增订本卷十三《西方美学史资料翻译》,中华书局,2013,页128)

② 这里所说的几部浪漫史诗或传奇史诗(the romantic or chivalrous epic)分别是:意大利诗人博亚尔多(Matteo Maria Boiardo,1441—1494)的《恋爱中的奥兰多》(*Orlando Innamorato*),意大利诗人阿里奥斯托(Ariosto,1474—1533)的《疯狂的奥兰多》(*Orlando Furioso*),英国诗人斯宾塞(Edmund Spenser,1552[?]—1599)的六卷长诗《仙后》。

ity)与整一(unity)的问题。他说,要求整一,得到亚里士多德、古人以及理性的支持;①要求繁复,则得到效用(usage)、骑士及贵妇的实际品味(actual taste)以及经验(Experience)的支持(见前书卷三)。他用"经验"一词,无疑是指其父的不幸经历。他的父亲严格遵守亚里士多德的法则,写了一部《阿玛迪斯》(*Amadis*),结果发现,吟诵此诗清空了听众席。由此,"他得出结论,行动整一所能提供的快感少得可怜"。这样,效用和经验就成了与"自然"相距不远的概念,特别是在跟先例及理性对比之时。因此我相信,几乎无可怀疑,弥尔顿在"亚里士多德的法则"与"遵从自然"之间的犹疑,说得直白一些就是:"我应写一部单一情节的十二卷史诗呢,还是逐节逐章写骑士和贵妇人及魔法的故事?"假如这一解释没错,那么就有三重意义。

1. 将上述解释跟他对可能主题("诺曼征服之前的哪位君王或骑士")的构思相联系,我们可能会推测说,就在拒绝了

---

① 塔索在《论英雄史诗》(*Discourses on the Heroic Poem*)中,区分了两种"好":一种是随习俗迁移的"好",一种是本身的"好"。情节的"整一",就属于第二种:"关于事物,凡是本身就好的事物却不随风俗习惯为转移。情节的整一就是属于这种情形。对于诗来说,情节的整一在本质上就是完美的,不管在哪个时代,过去或是未来,它永远会是完美的。"(《朱光潜全集》新编增订本卷十三《西方美学史资料翻译》,中华书局,2013,页67)

浪漫体(romantic form)也即斯宾塞体或意大利体史诗之时，他也就拒绝了浪漫题材。我们往往倾向于假定，假如弥尔顿的《亚瑟王》(*Arthuriad*)问世，它可能与《失乐园》是同一诗体(*sort* of poem)。然而，这么说是否过于唐突？一个更像斯宾塞的弥尔顿——写《欢乐颂》、《沉思颂》及《科马斯》①的弥尔顿——在《失乐园》能够付诸笔墨之前，不得不部分地加以压制：你若选择了假山，就必须放弃网球场。十分可能的倒是，假如选择了亚瑟王，斯宾塞式的弥尔顿就会全然伸张，那实际的弥尔顿，"弥尔顿式的"弥尔顿，就会受到压制。有证据表明，弥尔顿对《亚瑟王》的构思，的确曾十分"浪漫"。他那时打算描写亚瑟王"即便在地下亦发起战斗"②(《曼索斯》第81行)。亚瑟王"在地下"战斗，我不知道，这到底是指，从亚瑟王独驾小舟离世到他在英格兰危难之时必然重返中间的那段时间

---

① 《欢乐颂》(*L'Allegro*，亦译《欢乐的人》)、《沉思颂》(*Il Penseroso*，亦译《沉思的人》)及《科马斯》(*Comus*，亦译《考玛斯》)三首诗之中译文，见殷宝书先生译《弥尔顿诗选》(人民文学出版社，1958)。前两首诗亦可见于赵瑞蕻先生之中译单行本《欢乐颂与沉思颂》(译林出版社，2013)。

② 原文为拉丁文：*etiam sub terris bella moventem*，其英译文是：setting wars in motion even beneath the earth。《曼索斯》(*Mansus*)，是弥尔顿致意大利诗人塔索之文学庇护人曼索斯的一首拉丁文诗歌。该诗之英译文见 http://milton. host. dartmouth. edu/reading_room/sylvarum/mansus/text. shtml [2023—1—12]。

里,他在别的世界的种种历险;①还是指,他成为国王前在仙境的种种历险;抑或是指,关于冥王哈得斯的黑锅的更具野性的威尔士传说。但可以确定的是,它并不意味着,当弥尔顿着手写亚瑟王时,就会写我们想当然的那种纯英雄及战争史诗。

2. 弥尔顿在古典史诗与浪漫史诗之间的犹疑,是贯穿其作品始终的某种东西的又一例证。我说的是明显对立之两极的并行不悖,其间张力既活力充盈又感同身受(in a live and sensitive tension)。我们已经注意到,他的诗歌地图里异教兴趣和圣经兴趣之交融。在后面章节,我们将有机会注意到,跟他的反抗意识、他的个人主义、他对自由的爱并肩而立的是,他对纪律、对尊卑有等、对莎士比亚所谓"等级"(degree)的同样的爱。② 从《为斯梅克提姆努辩护》③所列的一份早年阅读清单中,我们可以归纳出第三种张力(tension)。他最初的文学爱好,无论风格还是题材,都是罗马的爱情(确

---

① 根据亚瑟王的传说,亚瑟王在最后一次战斗中身负重伤,自知将不久于人世,于是独驾小舟驶向阿瓦隆(Avalon,苹果之岛)。据说,当不列颠遭遇大难需要伟大领袖时,他会回来重新执掌国政,故被称作"永恒之王"。

② 详见本书第 11 章"尊卑有序",尤其是第 5 段以下。

③ *Smectymnuus*,当是指弥尔顿《为斯梅克提姆努辩护》(*Animadversions upon The Remonstrant Defence against Smectymnuus*,1641)一书。

实近于色情)挽歌诗人(erotic elegiac poets)。从他们开始,他
逐渐把但丁和彼特拉克的爱情诗奉为圭臬,把"用严肃诗章
记述骑士事迹的高贵传说"奉为圭臬。由此开始,又走向"柏
拉图及其同代人色诺芬"对性爱激情的哲学升华。然而,一
种或许比任何英国诗人更甚的原始肉欲贪恋,却因持续之净
化而得到修葺(pruned)、形塑(formed)、检束(organized),最
终得到人化(made human)。这一净化本身,来自同样强烈的
贞洁之志——同样引人遐想且激动人心的志向。关于伟大
人物(a Great Man)的现代观念是,他站在某一单线发展之极
端——要么和平如托尔斯泰,要么尚武如拿破仑;要么像瓦
格纳那样入尘(clotted),要么像莫扎特那样出尘(angelic)。
弥尔顿当然不是这种伟大人物。他是个伟大的人(a great
Man)。帕斯卡尔说:"我们不会把自己的伟大表现为走一个
极端,而是同时触及到两端并且充满着两端之间的全部。"①

---

① 帕斯卡尔《思想录》第353则:"我决不赞美一种德行过度,例如勇敢
过度,除非我同时也能看到相反的德行过度,就像在伊巴米农达斯的身上那
样既有极端的勇敢又有极端的仁慈。因为否则的话,那就不会是提高,那就
会是堕落。我们不会把自己的伟大表现为走一个极端,而是同时触及到两端
并且充满着两端之间的全部。然而,也许从这一个极端到另一个极端只不外
是灵魂的一次突然运动,而事实上它却总是只在某一个点上,就像是火把那
样。即使如此,但它至少显示了灵魂的活跃性,假如它并没有显示灵魂的广
度的话。"(何兆武译,商务印书馆,1985,页159—160)

3. 通过盘点弥尔顿如何给史诗分类，我们又一次面对形式问题——诗人内心的素材，简直就好比女子待字闺中，犹疑于不同的求婚者。当他写《教会政府的理由》时，不同诗体都列席弥尔顿心中，各不相同，均引人注目，每个都奉上其独一无二的机运（opportunities），却都要求特定的牺牲。他对史诗的裁断（sentence about epic），其实就是一部史诗简史。要想知道他在谈论什么、感他之所感，因而最终知道，当他做出选择时真正选择了什么、当他依最终选择去行动时他在做何种事情，我们也必须留意史诗。就阅读《失乐园》而言，文学体裁之生平对我们的帮助，至少跟诗人之生平一样大。

2　批评是否可能

Is Criticism Possible

Amicus Plato，我父亲把这两个词向我的脱庇叔
叔解释时常说，Amicus Plato；那就是，黛娜是我的姑
姑；——*sed magis amica veritas*——但是真理是我的
妹妹。①

——《项狄传》第一卷第 21 章

---

① 　拙译采蒲隆先生译本（译林出版社，2006，页 67）。中译本脚注
云："拉丁文：柏拉图是我的朋友，但真理是更好的朋友。这句谚语从苏格
拉底的话演变而来：'我要你想真理，而不要想苏格拉底。'见柏拉图《斐多
篇》，91。"

然而，先必须跑一下题。艾略特先生新近有个言论，一开始就为我们摆出了这一根本问题：我们（仅仅作为批评家）是否有权谈论弥尔顿。艾略特先生直截了当地说，只有当世尚在写诗且写得最好的诗人，才是唯一的"审判官"（jury of judgement）①。关于他对《失乐园》的看法，他只接受他们的裁决。② 艾略特先生在此，只不过把近百年来越来越流行的一种观点，明确说出来而已。这一观点就是，只有诗人才是诗歌的唯一裁判。假如我以艾略特先生的言论

① 【原注】*A Note on the Verse of John Milton. Essay and Studies*, Vol. xxi, 1936.

② 艾略特先生的《关于弥尔顿诗体的按语》（1936）一开头，就质疑了弥尔顿的"伟大诗人"这一身份："必须承认弥尔顿的确是一位伟大诗人，可是他的伟大毕竟在哪里，却是模糊不清，很难肯定的。如果分析一下，他的负方积分比他的正方积分好像更多些，更重要些。作为一个人说，他和别人不那么合得来。无论从什么观点看，从道德家、神学家、心理学家、政治哲学家，或从人类可爱的普通标准来说，弥尔顿都不能令人满意。我要对他提出的疑问比这些都更严重。"就作为诗人而论，艾略特认为弥尔顿的确是个"伟大诗人"，但却是个"坏诗人"。因为在他看来，弥尔顿"败坏了英语，使英语遭遇到非同一般的败坏"。艾略特自觉其观点，恐为批评界所不许，故而补充说："有那么一帮人，包括批评家在内，认为对一个大诗人的指责意味着破坏和平，是一种偶像破坏者行为，甚至是要无赖。我不得不对弥尔顿提出的贬抑之词不是为他们写的；他们不懂得某些要害方面，作个好诗人要比大诗人更重要；我认为我要讲的话的唯一审判官是我们今天从事于写诗工作中的最能干的人。"（殷宝书译，见殷宝书选编《弥尔顿评论集》，上海译文出版社，1992，页 300—301）

为由头，来讨论这一观点，那么，切莫以为，我这样做不只是图个方便，更不要以为，我是要攻击艾略特先生本人。我为何要攻击他呢？对于这么重大的问题，我跟他都同意，一切文学问题相比之下都无足轻重了。

我们先看看，若将艾略特先生的看法信以为真，会得出什么结果。第一个结果就是，鉴于我不是当世最好的诗人，根本就无法评判艾略特先生的评论。那么，接下来我该做什么？我是不是应该投奔当世最好的诗人？他们能评判，我可以问他们，艾略特先生说得对不对。然而为投奔他们，我必须先知道他们是谁。可这一点，根据前面的假定，我恰恰发现不了；诗人身份（poethood）之缺失，既令我对弥尔顿的评论变得一文不值，也令我对庞德先生或奥登先生的看法同样一文不值。然后，我是否应该投奔艾略特先生，问他当世最好的诗人是谁？可这样还是于事无补。我可能私意以为，艾略特先生是个诗人——事实上，我的确这么认为——然而就像他向我解释的那样，我的这点思考一文不值。我不可能发现，艾略特先生到底是不是诗人；而且在我发现之前，我不可能知道他对庞德先生及奥登先生之诗人身份的证词是否有效。出于同样理由，我也不可能发现，关于他的诗人身份,他们的证词是否有效。这样一看,诗人就成了一个无法辨识的社群([unrecognizable society],一个不可见的教会[an Invisible Church]),他们的相互批评在一个封闭圈里流通,圈外人在哪一点上都打不进去。

即便在圈内,情况也好不到哪里去。关于自己的评论,艾略特先生准备接受当世最好的诗人的裁断。可是,他怎么就认出他们是诗人?显然,因为他本人就是个诗人;因为,倘若他不是个诗人,他的意见也一文不值。这样说来,他的整个的评论大厦,就奠基在"我是个诗人"这一判断上面。然而,这是个批评判断(a critical judgement)。其题中应有之义就是,当艾略特先生自问"我是不是诗人",在他能找到答案"我是"之前,他就不得不设定"我是"。因为这一答案,作为一条评论,只有当他是个诗人时,才有价值。于是,他在开始证明论题之前,就被迫"乞求论题"。① 同理,奥登先生和庞德先生也在开始证明论题之前,被迫乞求论题。然而由于任何文名颇高的人,都不会让自己的思考基于明显的循环论证,所以其真正后果就是,这类人没有一个

---

① 原文 question-begging,指逻辑学里的丐题谬误,又译为"乞求论题"。其谬误在于,先假定命题 X 为真,后证明 X 为真。

能够评论诗,无论是自己的诗还是同侪的诗。文字共和国
(the republic of letters),于是就演变成为无法交流且没有
窗户的单子之汇集。① 每个人都不知不觉间,将自己封为
"立锥之地"的教主和国王。

对此,艾略特先生可能会理直气壮地响应说,在别的一
些我难以驳斥的准则(maxims)中,我们也会遭遇同样明显
的恶性循环。比如我们说,只有良善之人才能评判善,只有
理性之人才能评判推理,只有医生才能评判医术。然而我
们必须清楚,这是错误类比。(1)在道德领域,尽管知行并
不合一(合一则使得罪感和立志成为不可能),但没错的是,
长期违背良知,会使良知变瞎。然而,违背良知是有意为
之。与之相对,坏诗通常并非故意。作家总是力图写出好
诗。他竭力追随内心之光(such lights as he had)——在道
德领域就有道德精进,在诗歌领域却不会这样。再者,一个
人无缘"好诗人"之列,或许还不是因他是个糟糕诗人,而是
因为他根本就不作诗。而在他清醒生活的每一刻,他都要

---

① 单子(monads),德国哲学家莱布尼茨"单子论"的核心概念。他
提出,单子是实存的终极要素,不可分割,互不影响。所以每个单子都"没
有窗户"。

么遵守要么触犯道德律条。因成为坏人而导致的道德盲（the moral blindness），因而必定落在每一个不是好人的人身上；但是，因成为糟糕诗人而导致的批评盲（[the critical blindness]假如有的话），就无须落在那些不是好诗人的人身上了。（2）跟评判诗歌不一样，我们永远不会从外部评判推理。对一个推理过程的批评，本身就是一个推理过程；而对一部悲剧的批评，本身并不是悲剧。因此，说只有理性的人才能评判理性推理，其实只是提出一个分析命题："只有理性的人才能理性推理。"这类似于说"只有批评家才批评"或"只有诗人才作诗"，而根本不类似于这一综合命题："只有诗人才能批评。"①（3）至于一门技艺（*skill*），诸如医疗或工程之类，我们必须要做些区分。虽说只有内行才能评判手艺，但这跟评判其后果的价值，不是同一回事。说某一盘菜是否证明了厨师的手艺，这是厨师的事；可是，如此费心炮制出来的这盘菜，是否值得一吃，厨师的意见就没有什么

————————

① 分析命题（the analytical proposition），指谓词 P 的意义已经包含在主词 S 中的命题，如寡妇是死了丈夫的女人，我们通过分析主词"寡妇"，就能得出谓词"死了丈夫的女人"；至于综合命题（the synthetic proposition），谓词 P 的意义，并不包含在主词 S 中，而是需要借助外在经验进行判断。如"花是红的"，我们再怎么分析主词"花"，也分析不出谓词"红"。

特别的价值。因而,且让诗人告诉我们(至少在他们精通此道的情况下),像弥尔顿那样写作是难是易,而不要他告诉我们阅读弥尔顿是不是一种宝贵经验。要是有一种学说,只许牙医说我们是否牙痛,只许鞋匠说我们的鞋是否夹脚,只许政府告诉我们政治是否清明,请问,谁能忍受这一学说?

我们谨遵那一立场,后果就是这样。当然,假如它只是说,一个好的诗人,在其他条件都相同的情况下(往往并不相同),谈论自己特别拿手又乐于阅读的那类诗歌时,更有可能说出一些更加值得一听的话——这时,我们就无需否认了。

3　基础史诗

Primary Epic

第一道菜上席的时候,嘹亮的号角响起,

四下登时彩旗飘摇,迎风招展灿若繁星。

接着又铜鼓锵锵,管笛齐鸣;

就连林中的莺燕,也和着回声婉转歌唱,

真是万众一心,集成金声玉振。

——《高文爵士与绿衣骑士》116 行①

---

① 《高文爵士与绿衣骑士》中译全文,见余友辉、罗斯年编译《崔斯坦和伊索尔德:中世纪传奇文学亚瑟王系列精选》(浙江大学出版社,2016)。

传统批评家把史诗分为素朴和雕琢（Primitive and Artificial）两种。这并不令人满意。因为现存古诗，没有一首真正素朴，而且所有诗歌在某种意义上都是雕琢的。我更倾向把它分为基础史诗（Primary Epic）和二级史诗（Secondary Epic）——形容词仅表时间先后，并不隐含任何价值判断。这里，"二级"可不是指"二流"，而是时间上后于并派生于"基础"。[①]

"基础史诗"可以从《贝奥武甫》及《荷马史诗》见出。就当前的整个讨论而言，我们则是要努力发现，基础史诗是何种事物，会被派何种用场，人们期待它们满足何种期待。不过一开始，我们必须作个区分。《贝奥武甫》与荷马史诗，除本身就是诗歌之外，同时还描写了它们所展现的世界中飨宴之类场合的一些诗歌赋诵（poetical performances）。从这些描写就可以推断，史诗在英雄时代是什么样。不过并不

---

① 关于 Primary Epic 与 Secondary Epic 这一著名区分，沈弘先生译为"第一代史诗"与"第二代史诗"（见《弥尔顿的撒旦与英国文学传统》，北京大学出版社，2010，页 7），杨周翰先生译为"第一代或第一位"与"第二代或第二位"（见《埃涅阿斯纪》之"译本序"，人民文学出版社，1984，页 22）。拙译采美国西雅图大学华裔教授陈佐人的译法："基础史诗"与"第二级史诗"。只不过为求简洁，亦为凸显对比，将"第二级史诗"改译为"二级史诗"。

能由此推出,《贝奥武甫》与荷马史诗本身就是其所描写的那种事物。它们或许是,或许不是。所以,我们必须区分两种文学土壤(the literary conditions)。一种是现存诗歌中被认为属于英雄时代的那个文学土壤,它们由于得到描写,故而可加以研究;另一种则是现存诗歌得以产生的那个文学土壤,就只能作推想了。我这就去看看,荷马所描写的一些文学土壤。

所有诗歌都是口传(oral),都是由声音传递,而不是供人阅读;而且正如我们被告知的那样,也都不是写出来的。全部诗歌都合乐(musical)。诗人传诵诗歌时,有一些乐器伴奏(福明克斯琴或基萨拉琴就是其名称)。不过我想,在此口传诗歌中,我们可以分出两类——闾巷诗歌(a popular poetry)和庙堂诗歌(a court poetry)。我们在一个地方读到,(在收葡萄的季节)"无忧无虑的少男少女们心情欢畅,精编的篮筐提着累累甜美的硕果。有个男孩走在他们中间,响亮地把竖琴弹奏,一面用柔和的嗓音唱着优美的利诺斯歌"①(《伊利亚特》卷十八第 569 行);在另一个地方,我们又读到,跳

_____

① 罗念生、王焕生译《伊利亚特》(人民文学出版社,1994)卷十八,第 567—571 行。

舞场上,"许多青年和令人动心的姑娘在场上互相手挽手欢快地跳着美丽的圆舞,……两个优伶从舞蹈者中走到场中央,合着音乐的节拍不停地迅速腾翻"(《伊利亚特》卷十八第593行以下)。① 这两段文字里,都没有关于庙堂的任何暗示。假如我们现在转而去看庙堂场景,我们会发现上演着颇不相同的两样东西,其中第一个与闾巷诗歌或相同或不同。在头一个场景里,庙堂诗人(court poet)起身,步入专门舞者中间,诵一首简短叙事诗。这一叙事诗有三个特征:关乎诸神而非关人事;而且是喜剧;说下流之事。这是"轻松庙堂诗歌"(the light court poetry)(《奥德赛》卷八第256—265行)。②

---

① 罗念生、王焕生译《伊利亚特》(人民文学出版社,1994)卷十八第593—606行:"许多青年和令人动心的姑娘在场上互相手挽手欢快地跳着美丽的圆舞,姑娘们穿着轻柔的麻纱,青年们穿着精心纺织的短褂,微微闪耀着油亮;姑娘们头戴美丽的花冠,青年们腰挎金色闪灿的佩剑,系在银色的腰带上。青年们舞蹈着,或是踏着熟练的脚步,轻快地绕圈,有如一个坐着的陶工用手把轮子试推,能不能自如转动,或是重又散开,互相站成一行行。人们层层迭迭围观美妙的舞蹈,一位歌手和着竖琴神妙地歌唱。两个优伶从舞蹈者中走到场中央,合着音乐的节拍不停地迅速翻腾。"

② 王焕生《奥德赛》(人民文学出版社,1997)卷八第256—265行:"神明一般的阿尔基诺奥斯这样说完,传令官急忙去王宫摘取空肚的弦琴。遴选出的九位公众评判员站起身来,他们负责安排比赛中的一切事宜,划出一块舞蹈场,将场地准备就绪。这时传令官回来,给得摩多科斯取来音色优美的弦琴。歌人走进场中央,周围站着刚成年的年轻人,个个善歌舞,用脚踩击那神妙的舞场。奥德修斯看着他们闪烁的舞步,不觉心惊异。"

"严肃庙堂诗歌"（the serious court poetry）则是另一码事。为他设了一个座椅，交给他一件乐器。旁边的桌上摆着酒，"当他内心渴望时"可以饮上一口。现在，没有得到国王命令，他就开始诵诗，因为缪斯激发了他。此类诗有三个特征：关乎人事；史上实有其事；而且是悲剧（《奥德赛》卷八第62—75行）。①

需要注意的一点是，上述三种赋诵（performance）当中，只有最后一种才是史诗。基础史诗并不等于"英雄时代口传诗歌"，甚至也不等于"口传庙堂诗歌"。它是英雄时代庙堂上听到的两种不同诗歌之一。它跟那种更轻松的诗歌

---

① 王焕生译《奥德赛》（人民文学出版社，1997）卷八第 62—78 行："传令官回来，带来令人敬爱的歌人。缪斯宠爱他，给他幸福，也给他不幸，夺去了他的视力，却让他甜美地歌唱。潘托诺奥斯给他端来镶银的宽椅，放在饮宴人中间，依靠高大的立柱。传令官把音色优美的弦琴挂在木橛上，在他的头上方，告诉他如何伸手摘取。再给他提来精美的食篮，摆上餐桌，端来酒一杯，可随时消释欲望饮一口。人们伸手享用面前摆放的肴馔。在他们满足了饮酒吃肉的欲望之后，缪斯便鼓动歌人演唱英雄们的业绩，演唱那光辉的业绩已传扬广阔的天宇，奥德修斯和佩琉斯之子阿基琉斯的争吵，他们怎样在祭神的丰盛筵席上起争执，言词激烈，民众的首领阿伽门农心欢喜，看见阿开奥斯人中的杰出英雄起纷争。"关于"盲人诵诗"，《诗·周颂·有瞽》亦有描写："有瞽有瞽（gǔ），在周之庭。设业设虡（jù），崇牙树羽，应田县鼓，鼗（táo）磬（qìng）柷（zhù）圉（yǔ）。既备乃奏，箫管备举。喤喤厥声，肃雝（yōng）和鸣，先祖是听。我客戾止，永观厥成。"

截然有别，但由于我们只是读它，此区别给我们的印象，就不如本该有的那样深了。要是我们曾目睹诗人，先是受命起身，在一场诙谐又下流的舞剧中扮演角色；后来则是为他上座，美酒款待，内心受缪斯女神鼓动之时就自发诵唱悲剧诗章（tragic lay）——这样，我们就再也忘不了这一区别了。

反过来看《贝奥武甫》，我们就发现情境略有不同。在这部诗里，关于庙堂外的诗歌，我们什么都听不到。不过从别的来源，倒可以补此不足。在比德①对凯德蒙②的记述中（《英吉利教会史》卷四第 24 章），我们可以约略见到，显然出身农民阶层的一群人中间的一场飨宴。飨宴上，每个人轮流歌唱，就在竖琴传到他那儿的时候。③ 虽然可以想见，

① 比德（Bede，672—735），英国盎格鲁撒克逊时期的编年史家及神学家，其最重要的著作就是《英吉利教会史》（*Ecclesiastical History of the English People*）。《英吉利教会史》的"中译本前言"说："享有'可尊敬的'称号的比德是最早出现在英国历史上的卓越学者、历史家。"（陈维振、周清民译，商务印书馆，1991）

② 凯德蒙（Caedmon），公元前 7 世纪的英国诗人。其身世仅见于比德（Bede）所著《英吉利教会史》。原为不识字的牧民，到老年突然受神灵启示，创作了有关创世的圣歌。该《圣歌》是古英语口传诗歌的典范。

③ 比德《英吉利教会史》卷四第 24 章："他一直长期过世俗生活，直至年岁颇大也还未有时间学诗歌。所以，有时在桌席上人们为了助兴而一致同意轮流作诗时，他总是在竖琴送到之前离席，晚饭吃了一半时就跑回自己家去。"（陈维振、周清民译，商务印书馆，1991，页 285）

每首诗都是极为简短的英雄诗章(heroic lay),但却没有理由假定如此。确实,盎格鲁撒克逊人有一种很不相同的歌诗(songs)。797 年阿尔昆①写给希格鲍尔德②的信,常被引用,因为在探讨庙宇里异教诗歌之运用时,他提到了*Hinieldus*,此人可能就是罗瑟迦的女婿英叶德。③ 然而也应谨记,他问的是"屋内读者的声音,而不是街头大众的笑声"。此"笑声"可能与英雄诗章并无关联。无疑,阿尔昆可能是指下流段子,根本不是诗歌。可在我看来,极有可能的是,他是指喜剧诗(comic poetry)。这种喜剧诗,或者至少说轻松体诗(light poems),也在凯德蒙出席的飨宴上吟唱。我承认,这是猜想。可是,要是说乔叟、莎士比亚、狄更斯及雅各布斯先生④的祖先,没编过笑话,那才是咄咄怪事。

转向《贝奥武甫》所描绘的庙堂图景,我们心中就更有

---

　　① 阿尔昆(Alcuin,735[？]—804),中世纪英格兰大学者,我们今日所用英文小写体,就是他的发明。

　　② 希格鲍尔德(Hygebald),生平不可考,因与阿尔昆通信而留名于世。

　　③ 罗瑟迦(Hrothgar,亦译赫罗斯加),《贝奥武甫》中的丹麦王,鹿厅主人;英叶德(Ingeld),髯族王子,娶罗瑟迦女儿茀莱娃为妻。

　　④ 雅各布斯先生(Mr. Jacobs),疑指英国短篇小说家(W. W. Jacobs,1863—1943),因为按照路易斯的行文习惯,凡在世者,均称"先生"。

底了。在第 2105 行以下，我们看到了罗瑟迦本人的赋诵。
我们得知，他时而唱起"真实而悲伤的歌"，时而讲述"奇闻
逸事"，时而因岁月蹉跎，怀念起自己的年青时光，回忆曾几
何时的战场神勇；忆起曾经的辉煌时，他心潮澎湃。① 托尔
金教授提示我说，这就是对庙堂诗歌的全景记述。其中可
分出三种诗歌：哀叹岁月无常，以《流浪者》(*Wanderer*) 为
代表；奇特冒险故事，以《航海者》(*Seafarer*) 为代表；"真实
而悲怆"的短章，如《芬斯堡之战》(*Finnsburg*)，这才是真正
的史诗。《贝奥武甫》本身虽包含"奇闻逸事"的成分，但它
肯定是"悲伤的"(*sarlic*)，而且很大一部分可能被认为是
"真实的"(*sop*)。不用把这一区分推得太远，我们也能从这
一段落得出结论，《贝奥武甫》的作者明白庙堂诗歌的不同
种类。在此，恰如在荷马那里，史诗并不仅仅意味着在厅堂
中咏唱的东西。它是可能的娱乐之一，在荷马那里，借着诗

---

① 陈才宇译《贝奥武甫》第 2105—2117 行："席间歌乐齐鸣，一片欢
腾。一位博识的老者讲起故事。这位老战士时而拨动欢乐的竖琴，时而
唱起真实而悲伤的歌，有板有眼地叙述奇闻逸事，以及心胸豁达的国王的
事迹。有时候这位年迈的武士还怀念起他自己的青年时代战场上的神
勇。每当回顾已逝的岁月，年迈的智者便禁不住心潮澎湃！就这样，我们
快活地度过漫长的白昼，直到另一个黑夜降临人间。"(译林出版社，1999)

人赋诵之自发及其准神谕品格而迥异于其他娱乐;而在荷马和《贝奥武甫》中,则借着其悲剧品质、借着其假定的历史真实、借着"真实悲剧"所带有的沉重而迥异。

这就是我们最初听到的史诗。口传时代最崇高及最沉重的庙堂诗歌,关乎贵族(*about* nobles),为贵族而作(made *for* nobles),在某些场合则由贵族(*by* nobles)赋诵(参见《伊利亚特》卷九第 189 行)。① 假如从一开始,没有在心中确定如下图景的话,我们就会离题万里。这幅图景就是:一位尊贵人物,一位国王,一位勇士,或许还有一位得缪斯之灵感的诗人被奉为上宾,在庙堂里一大群贵族面前,伴着竖琴吟唱高尚题材(high matters)。那时,庙堂就是许多兴趣的共同中心,只是后来才专门分开。当时的庙堂,不仅是部落的温莎城堡,而且还是部落的萨默塞特府,禁卫骑兵团部,科芬园,甚至可以说,还是部落的西敏寺大教堂。② 还有,此

---

① 罗念生、王焕生译《伊利亚特》(人民文学出版社,1994)卷九第189行:"他借以赏心寻乐,歌唱英雄们的事迹。"

② 温莎城堡(Windsor Castle),英国王室温莎王朝的家族城堡;萨默塞特府(Somerset House),15 世纪都铎王朝的宫殿;科芬园(Covent Garden),中古时期修道院的花园;至于禁卫骑兵团部(Horseguard)与西敏寺大教堂(Westminster Abbey)的象征意涵,似不用解释。

乃宴飨之地,乃炉火通红开怀畅饮之地,乃奉承、嬉戏、流言蜚语及缔结友谊之地。所有这一切,虽距约翰·弥尔顿先生在 17 世纪的伦敦印书售卖,年代遥远,但却并非毫不相关。早期史诗与英雄时代庙堂的这一关联,就让史诗具有的那种品质,几经奇妙的转化与增益,一直承传至弥尔顿自己的时代;正是这一品质,现代人发觉难以索解。新近之发展,使得它分崩离析。因而我们如今,不得不靠拼凑那些仿佛毫无相干然而却是古老一体的碎片,来使之重现。

谁真正理解了中古英语 solempne(隆重)一词的意涵,谁就会理解这一品质。这个词的意思,与现代英语 solemn(庄重)不太相同,却不是大不一样。像 solemn 一样,其暗含的反面是熟悉、轻松自如或普通日常。然而不像 solemn,它并不暗含肃穆(gloom),压抑(oppression),严正(austerity)。《罗密欧与朱丽叶》第一场中的舞会,是一种"隆礼"(solemnity)。《高文爵士与绿衣骑士》一开头的飨宴,则更是一种隆礼。莫扎特或贝多芬的大部分作品也一样是隆礼,其令人欢喜的《光荣颂》如此,其令人痛伤的《圣体颂》亦如此。在此意义上,飨宴(feasts)比斋戒(fasts)更庄重一些。复活节隆重(solempne),耶稣受难日则否。隆重意味着节庆（the festal），节庆又意味着堂皇（the stately）与仪礼（the ceremonial）。这是铺张（*pomp*）的合适场合——"铺张"一词如今只用于贬义这一事实，就度量出我们已经在多大程度上遗弃了关于"隆礼"的古老观念。要还原这一古老观念，你在思及一场宫廷舞会、一场加冕礼或一次凯旋之时，必须要像那些乐享（*enjoy*）此事的民众那样。身处如今这个时代，每个人兴高采烈时都会穿上最平常的服装；而你必须唤醒那种更为质朴的心灵状态，其中人们兴高采烈时，会披金戴银大红大紫。特别是，你必须摒除合适场合的铺张均与虚荣或自负有些联系这一恶劣念头，该念头是一种流布甚广的自卑情结的产物。走向圣坛的司祭神父，由国王领入小步舞池的公主，游行庆典上的将军，圣诞节飨宴上供奉公猪头的管家——这些人全都身着盛装，迈着固定的庄严步伐。这并不意味着他们虚荣，而是意味着他们顺从；他们顺从的是主导每场隆礼的那种"诚敬"。① 对待节庆之事不拘礼节的现代习惯，并非谦卑之证明；毋宁说，它证明了唐突者没能力在典礼中忘我，证明了他随时准备玷辱任

---

① 本句原文是：they are obeying the *hoc age* which presides over every solemnity。其中拉丁语 *hoc age* 的意思是"做事要留意、注意"。

何他人在仪节中的正当快乐。

　　这是我们必须跨过的头道藩篱。史诗，从一开始，就隆重（*solempne*）。你期待的就是铺张。恰如法国人所说，你打算出席盛大节日活动。我之所以这么早就强调这一点，是因为从一开头就必须清除误解。然而我们的史诗史，只让我们触知史诗隆礼（epic *solemnity*）之胚芽。史诗并不是由英雄时代的庙堂诗章（lay），降至弥尔顿之层次，而是升至弥尔顿之层次；岁月更迭，史诗踵其事而增华，变其本而加厉。

　　荷马与《贝奥武甫》提及的诗歌就是这样，那么荷马与《贝奥武甫》本身，又是怎样？它们是否也是其所描述的那类口传庙堂诗歌？

　　荷马史诗是不是口传诗歌，这个问题极有可能得到索解。当然，切莫将"口传"诗歌或口诵诗歌与佚名诗歌混为一谈，更不用说与民间诗歌（folk poetry）混为一谈了。尼尔森先生①为我们讲了苏门答腊的一位现代诗人，此人花了五年时间编撰一首诗，尽管他目不识丁（《荷马与迈锡尼》第

————————

　　①　M. P. 尼尔森（Martin P. Nilsson，1874—1967），瑞典的语文学家、神话学家、宗教史学家，其《荷马与迈锡尼》一书，1933年在伦敦出版。

五章)。《伊利亚特》是不是口传诗歌这个问题,与其作者问题着实是两码事,甚至与作者是否识文断字是两码事。我所说的口传诗歌是指,它以口诵为媒介抵达其受众;其背后有部手稿并不能更改其口传性质,只要这部手稿只是诵诗人的提词剧本,而不是向公众销售或献给赞助人的一本书。真正问题是,荷马史诗是否为口诵而作。无可否认,两部荷马史诗都太长,不可能整个口诵。但我们从《奥德赛》看到,这一点如何得到克服。要一位诗人讲述特洛伊木马的故事,他就从"阿尔戈斯人登上建造坚固的船只"(卷八第500行)开始。换言之,从一部长得无法整个口诵的诗歌(或组诗)中如何分段或挑选,他看起来是驾轻就熟。我们也知道,在这一历史时期,荷马史诗事实上就在泛雅典娜节上轮番口诵。因而,没有证据表明它不是口传诗歌,极有可能它就是。关于《贝奥武甫》,两方面的外部证据都付诸阙如。它易于口诵,大约会用三小时;再加上一个中场休息,时间就不会显得太过漫长。不过关于《贝奥武甫》,关于荷马史诗,还有一个内部证据。他们都有复沓(repetitions)这一口传技巧(oral technique),都有口传诗歌的程式辞藻(stylized diction)。即便它们自身并非口传诗歌,那至少也是取法口传诗歌。这一点,才是我们主要关注的。

还有一个问题,它们是不是庙堂诗歌?《贝奥武甫》显然就是。其心系荣誉、专说宫廷生活、对仪典及世系的兴味,使得此事无可怀疑。荷马史诗则就可疑一些了。我们已经看到,在有历史记载的时期,它不是在庙堂口诵,而是在盛大民族节日上,而且有可能就是为此而作。换言之,它要么是庙堂诗歌,要么是节庆诗歌(festival poetry)。假如是后者,那么,史诗从其早期短诗时代以来,就在上升,而不是下降。厅堂之上的原初隆礼(*solemnity*),被寺庙或广场上的更盛大的隆礼所替代。我们对于史诗诗人的初步印象有待修正,需要联想到馨香、牺牲、公民自豪及公众节日。由于这一印象迟早要变,我们最好现在就做出调整。我们要进一步远离“诗歌”一词所引发的现代联想:坐在扶手椅上的孤独个体。

荷马史诗与《贝奥武甫》,无论它们如何产生何时产生,都属于基础史诗之传统。它们都承袭了基础史诗的口传技巧,也承袭了其节庆、贵族、公众及仪礼基调。这一点的美学后果,需深加留意。

4 基础史诗之技巧

The Technique of Primary Epic

他妙语连珠，就像奴隶铺展地毯

绣满精灵的名字——绣艺巧夺天工——

但那沉静明澈的眼神，打消了疑虑

——吉卜林①

① 原文为：And the words of his mouth were as slaves spreading car-
pets of glory / Embroidered with names of the Djinns — a miraculous wea-
ving — / But the cool and perspicuous eye overbore unbelieving. 语出吉卜
林的诗歌《女囚》（The Captive），该诗收入《交通与发明》（*Traffics and
Discoveries*，1904）。

　　口诵技巧最为明显的特征就是，反复运用陈套（stock）语词、短语以至诗行。重要的是要一开始就认识到，这可不是诗人灵感衰竭之时的次优选择：它们在精彩段落和平常段落，同样频繁。描写赫克托尔和安德洛玛刻离别的那103 行（当之无愧的欧洲诗歌巅峰之一），那些反复出现的短语和诗行重复了 28 次之多（《伊利亚特》卷六第 390—493 行）。粗略说来，整个段落有四分之一是"陈套"。在贝奥武甫对威拉夫所说的遗言中（《贝奥武甫》第 2794—2820 行），①那 28 行里"套语"表述出现了六次——又是大约四分之一。

　　从诗人角度解释这一现象，已经太多太多。尼尔森先生说："这些重复对吟唱者有很大帮助。机械背诵它们，方便他下意识地运思下一乐章。"（《荷马与迈锡尼》②，页 203）然而一切艺术，都为了面对受众（*face* the audience）。无论对

---

　　① 陈才宇译《贝奥武甫》（译林出版社，1999）第 2794—2809 行："为了眼前这些玮宝明珠，我要感谢万能的主，光荣的王，永恒的上帝，是他庇护我在临终以前为自己的人民获得这么巨大的一笔财富。我用自己的残生换来这一切，你务必拿它去供养百姓。我的生命已经十分有限，请你在我火化后吩咐士兵，让他们在海岸上为我造一穴墓。为了便利我的人民前往悼念，这墓要建得高过赫罗斯尼斯，这样，当航海者在茫茫的大海上驾驶他们高大的帆船航行，就可称之为'贝奥武甫之墓'。"

　　② Martin P. Nilsson, *Homer and Mycenae*. London: Methuen, 1933.

表演者如何有用，假如并不能讨受众喜欢，或者让受众不堪忍受，那么就不能听之任之。评判舞台布局，必须站在前面来。要是诗人之方便就是唯一考虑，那他究竟为何要诵诗呢？酒伸手可及，肉他也有份，他的生活不已很好？我们必须考虑，这些重复能为听者带来什么，而不是能为诗人带来什么。我们或许会看到，这才是唯一的美学（aesthetic）问题或批评问题。音乐并不意味着制作起来美妙的声音，而是听起来美妙的声音。好诗并不意味着，人喜欢去作的诗，而是人喜欢听或喜欢读的诗。

无论是谁，要是愿意做个实验，一两周内不读诗，却大量去听，那么他很快就会找到对套语的解释。对口传诗歌来说，首要之务就是不要让听者过多惊异或过度惊异（surprised）。惊人之语，令我等疲惫：相对于意料之中的语词，我们理解并欣赏它们，要花更多时间。在口传诗歌中，让听者停顿一下的诗行，是个灾难。因为这会使他错过下一句诗。即便他没错过下一句诗，这样的稀世警句，也不值得去作。在吟诵之潮（sweep of recitation）中，没有哪句诗举足轻重。现代人在印刷诗作中主要渴望的那种快乐，根本上被排除在外。你不能细细品味单个诗句，好让它们像润喉糖一样慢慢消融心田。这是对此类诗歌之误用。它并非为了局部效果而构筑。诗就在段落里，或者说在整个篇章里。搜寻单个"妙"句，就像在大教堂上搜寻单个的"好"石头。

因此，其语言必须为人熟知（familiar），是意料之中意义上的熟知。然而，由于史诗作为口传庙堂诗歌的最高种类，就必须不能是白话（colloquial）或平常（commonplace）意义上的熟知。求质朴（simplicity），是后起之事，也是一种矫揉（sophisticated）。我们现代人可能喜欢那种跟走路难以区别的舞蹈，可能会喜欢那种听来就像即席演说的诗歌。[①] 我们的祖先不是这样。他们喜欢的舞蹈，就是舞蹈；盛装（fine clothes），没人会误认为是工作服；飨宴（feasts），没人会误以为是普通大餐；诗歌，毫不害臊地自称就是诗歌。要是受缪斯灵感的诗人给他们讲故事，就跟我或你去讲一个样，那还要他做甚？我们将会看到，对诗歌辞藻（a Poetic Diction）来说绝对必要的是，要同时满足这两个要求：其语言既熟悉——因为它在每一部诗的每一

---

① 在西方，诗用白话或日常语言，始于浪漫主义运动。

部分都曾用到——又陌生——因为它在诗歌之外不为人用。在别的领域，与之类似的是圣诞节那天的火鸡或葡萄干布丁。这个菜单，没人会惊异，而且每个人都认识到它不是日常（*ordinary*）食物。[1] 祈祷文的语言，可构成另一类比。按时上教堂的人不会对事奉仪式感到惊异，他们靠死记硬背已经知道了很多很多；但是，那是别样语言（a language apart）。史诗辞藻、圣诞晚餐及祈祷文，都是仪文（ritual）范例[2]——也就是说，它们都有意与其日常用途分开，但在其自身范围内却全然为人熟知。一些人颇不喜欢弥尔顿诗歌里的仪文元素，可它在史诗滥觞之时，就进入史诗。在弥尔顿诗歌中，它是否得体，我们留待后面讨论。但是那些概不喜欢仪式的人——不喜欢任一及每一生活环节的仪文——我们倒可以诚请他重新掂量一下这个问题。仪文是理性和意志加诸情感之流的一种条理（pattern）。它使得快乐更少逃避色彩，使得悲哀更可堪忍受。它将我们何时该选择喜庆还是肃静、放逸还是虔敬这一任

---

① 圣诞晚餐，火鸡和圣诞布丁乃必备食物。恰如中国之年夜饺子。

② 将 ritual 一词，译为仪文，取典张九龄《请行郊礼疏》："圣朝典则，盛世仪文，亦云咸备，可谓无遗矣。"

务(个人及其心情不足以完成的任务),交与礼俗(wise custom),使之不再受机运摆布。①

这是口传诗歌的共同根基。在此根基上,我们才能看到此诗与彼诗之不同。荷马的史诗辞藻不同于《贝奥武甫》。在我看来几乎确定的是,从语言和格律看,希腊史诗吟唱语速更快。因而它需要更多的重复,也需要更完整的重复。

荷马式辞藻的实际运用引人注目。"酒色的大海"、"有玫瑰色手指的黎明"②、船只起航"驶进神奇的海水"、"波塞冬震地之神",一成不变地反复出现,都产生了现代诗歌无法企及的效果,除非它从荷马本人那里学到了。它们强调的是一成不变的人类环境。它们表达的是现实生活中极深沉亦极经常的感情,而在别的地方却基本得不到文学再现。久居内陆,第一次看见海洋;在病房看护病人或在哨所瞭哨,抬头看见又一个破晓——当此之时,我们心作何想? 无疑,思绪纷纭感慨系之——那片海及那个清晨带来的希冀与恐惧,痛感

---

①　此段文字,可谓是对中国古代诗教说的绝佳脚注。如"乐而不淫,哀而不伤"(《论语·八佾》),又如"诗者,持也,持人情性;三百之蔽,义归无邪"(《文心雕龙·明诗篇》)。

②　见《奥德赛》卷五第131行,121行。

或快感，美丽或峥嵘。这一切都没错；不过，就像井底过深以至于投石无声，在这一切之下总有些东西，假如我们只嘬喏"一如往古的海洋"或"一如往古的早晨"，其表达就极为蹩脚。其亘古长存，其冷漠无情，无论我们是喜是悲世界自行其是这一令人心碎或令人宽慰的事实，总会进入我们的经验，而且在现实重压（pressure of reality）中扮演不小的角色。这个现实重压，正是生活与想象生活的区别之一。在荷马那里，有此重压。他把海洋、诸神、清晨、山峦程式化（stereotyped）的那些音调铿锵的音节，使得我们仿佛不是在应对描写事物的诗歌，简直就是应对事物本身（the things themselves）。正是这一点，才产生金莱克（《日升之处》第四章）①所谓的"荷马史诗的耀眼天光"，使得巴菲尔德先生说，在《荷马史诗》中"不是人在创作，而是诸神创作"（《诗歌辞藻》页96）。②

其通常结果就是，荷马诗歌之令人信服，非同寻常。无论哪桩事，争论是否真的发生过，在此就颇为无谓。我们目

---

①　亚历山大·金莱克（Alexander William Kinglake, 1809—1891），英国历史学家，人民文学出版社2016年出版其著名游记《日升之处》（*Eothen*），译者黄芳田。

②　《诗歌辞藻》（*Poetic Diction*），路易斯挚友欧文·巴菲尔德（Owen Barfield, 1898—1997）的名著。

睹其发生——仿佛并没有诗人为我们和事件做中介。有位
女子走在河畔，一个不知名的爱慕者抱住她。他们躺在一
起，黑闪闪的波浪犹如屏障，隐藏了他们。当他结束云雨之
事，报上自己的名字，"我就是那波塞冬震地之神"（《奥德赛》
卷十一第 242—252 行）。由于在这些不牵涉神迹（miracle）的
诗篇里，我们一再听闻"震地之神"，由于这些音节之感染
（affect）我们，有如现实世界一成不变的海洋，所以我们被迫
接受这件事。你若愿意，可以说它一派胡言；但我们目睹了
这一幕。不是住在海里的童话人物或奥维德式人物，①而是
真实的海洋本身，使得这位凡间女子受孕。科学家和神学家
尽可以挥洒其解释。这事（fact），则无可争论。②

---

① 奥维德（Ovid，公元前 43—公元 17 年），古罗马诗人，《爱经》之作者。奥维德式人物（Ovidian personage），意思当是情场高手。
② 王焕生译《奥德赛》（人民文学出版社，1997）卷十一第 235—252 行：我首先见到的是出身高贵的提罗……她深深地钟爱神圣的河流埃尼珀斯，那是大地上最美丽的一条河川，她常去埃尼珀斯的优美的流水侧畔。环绕大地的震地神幻化为埃尼珀斯，在漩流回转的河口和她一起躺卧。紫色的波浪有如高山四周矗立，屏幛隆起，隐藏神明和凡间女子。神明解开那女子的腰带，撒下睡意。当神明这样如愿地享受了爱情合欢，便抓住了那女子的手，招呼一声这样说："为这一爱情高兴吧，夫人，一年后你会生育高贵的孩子，因为神明的爱抚不会无结果，你要好好抚养他们。你现在回家，保守秘密，莫道我姓名，要知道我就是那波塞冬震地之神。"

这类辞藻也制造了《荷马史诗》的那种一如既往之壮丽（unwearying splendour）和冷酷无情之痛楚（ruthless poignancy）。可能发生了悲惨以至于可怖事件；然而太阳之光芒、山峦之莽莽苍苍，河水之滚滚长流，亘古在此。没有任何关于"自然的抚慰"（consolations of nature）的暗示（在浪漫诗歌中则有可能），而仅仅作为事实而存在。荷马式壮丽，乃实存之壮丽（splendour of reality）。荷马式伤痛（pathos）之所以打击人，恰恰因为它就像现实生活中的伤痛，无意求之却又无可避免。它来自人类情感与成规修饰语所再现的巨大、无情背景之间的冲突。"但是在他们的亲爱的祖国，拉克德蒙的土地已经把他们埋葬。"（《伊利亚特》卷三第 243 行）①海伦提起她的同胞兄弟，心想他们活着，可事实上，生养他们的大地已将他们埋葬，在拉克德蒙，他们亲爱的祖国。罗斯金（Ruskin）的评论可谓无以复加：

> 注意，在这里诗的高度真实性发挥到极致。诗人
> 不得不以悲伤的口吻讲述土地，但是他不会让悲伤影

---

① 原文为希腊文：ὡς φάτο, τοὺς δ' ἤδη κάτεχεν φυσίζοος αἶα.

响或改变他对它的想法。决不！尽管喀斯特和博洛克斯死掉了，但是土地仍然是我们的母亲，她仍然是多子多孙的和富有生命力的。这就是事实真相。除此之外我什么也看不到。设想如果你是他们你会怎样。（《现代画家》第四部分第 8 章《悲观的谬误》）①

即便是这一评论，也不足以穷尽这一篇章。要翻译它，我们不得不去说"他们的亲爱的祖国"。然而"亲爱的"一词则会误导。荷马所用原词并未描述任何人在任何时刻的情感。当他说某物是某人"自个的"（*own*），他用此词。于是迟钝的批评家就说，此词就是荷马式希腊语形容词"自个的"（*own*）。然而，又不尽然。它也意指"亲爱的"（*dear*），但又常常用来表示那种不可更改的关系；此关系比喜爱（fond-ness）深刻得多，与一切心绪变迁都相容。这一关系维系着

---

① 【原注】*Modern Painter*，IV，xiii，OF the Pathetic Fallacy。【译注】罗斯金（John Ruskin，1819—1900），英国著名作家、学者，维多利亚时代英国最伟大的艺术评论家，在英国享"美的使者"之誉达四十年之久。本段译文采自张鹏译《现代画家》（广西师范大学出版社，2005）卷三，页 153。需要说明的是，路易斯原注标明《悲观的谬误》为第四部分第 8 章，而中译里，此章列为第四部分第 12 章。

一个正常人与其妻子、其家园或其自个身体——这一相互
"归属"的纽带,一直存在,无论他喜欢与否。

罗斯金的评论文字或许有个错误暗示,我们一定要避
免。切莫以为,这效果由荷马逐行逐句仔细斟酌而得,就像现
代诗人可能会做的那样。辞藻一经确定,它就自行其是
(work of itself)。诗人要说的任何事情,差不多都被转化成这
类正统又现成的辞藻,并因而成了诗。"不论 T 小姐吃什么,
结果都变成了 T 小姐。"①史诗辞藻,借用歌德的话来说,就是
"教养之语言,为你吟诗,为你思考"。② 诗人之匠心(con-
scious artistry)因而就完全自由,一心致力于更大规模的问
题——谋篇,人物刻画,虚构;他的语辞诗学(*verbal* poetics)
已成为一种习惯,就像语法或出言吐语。我避免使用"自动"
(*automatic*)或"机械"(*mechanical*)之类语汇,因为它们负载
着错误暗示。机器由无机材料制成,而且利用一些非人力量,

①　语出英国诗人德拉·梅尔(Walter de la Mare,1873—1956)的四
句小诗 Miss T. (1913):It's a very odd thing—— / As odd as can be——/
That whatever Miss T eats / Turns into Miss T. 李敖译为:"那真是顶怪顶
怪的事,要怎么怪怎么怪,不论 T 小姐吃什么,结果都变成了 T 小姐。"

②　原文为:a language which does your thinking and your poetizing for
you (*Eine Sprache die für dich dichtet und denkt*)。暂未考明出处。此语
颇为有名,坊间亦常说,出自席勒之口。

诸如重力或蒸汽动力。而每一个荷马式用语，都是由人发明，并且像一切语言那样，都是属人事物(human thing)。它像机器，仅仅在于借着利用它，个体诗人释放出一己之力之外的力量；不过诗人释放出来的，却是陈藏的人类生命及人类经验——虽不是他自个的(his own)生命和经验，却仍是属人的(human)和属灵的(spiritual)。缪斯形象——拟人地构想出来的超人形象(superpersonal figure)——因而就比机器形象，更为"确切"一些。毫无疑问，这一切都与今日颇受抬举的诗法诗谱很不相像。这里没有跟事实的对立斗争。尽你所能利用它，这一全系人工的辞藻的结果就是，其客观程度，别的诗歌从未超过。荷马从一开始就接受了匠心(artificiality)：其结果却是，对他而言，"自然"(natural)一词是太过苍白的形容。他不用费心，要比自然本身还"自然"。

　　在一定范围内，《贝奥武甫》的技巧与荷马相同。它也有其不断复现的表述："飞云渺渺"①、"天南海北"②和"人的

---

　　①　原文为古英语：under wolcnum。在《贝奥武甫》中分别出现 5 次，分别是第 8、651、714、1631、1770 行，冯象先生注意到这一重复，分别译为"飞云渺渺"、"乌云下"和"飞云下"。

　　②　原文为古英语：in geardum. 在《贝奥武甫》中出现 4 次，分别是第 13、266、1138、2460 行，无论陈才宇先生还是冯象先生，中译都没有在意这一重复。

生命"①;至于作者想要提到的事物,绝大多数都有其"诗意"名称。它与荷马史诗的一个不同就是,诗人有大量的同义词,可以拿来用于同一事物:《贝奥武甫》里指人的词汇就有 beorn,freca,guma,hælep,secg 和 wer,荷马无法与之相比。同理,《贝奥武甫》更喜欢局部重复,运用某一诗歌短语或合成词,更喜欢形式略有变化。因而从我们已经提过的那段来看,我想,Wuldorcyninge 虽然没在诗中别的地方出现,但却出现了 wuldres wealdend 和 wuldres hyrde。同理,与 Wordum secge 构成局部重复的就是 wordum bædon、wordum wrixlan 和 wordum nægde;与 wyrd forsweop 局部重复的,则是 wyrd fornam、deap fornam 和 gupdeap fornam。在某种程度上,与此技巧差异相伴的是,更短的诗句,更多辅音的语言,无疑还有更慢更铿锵的吟诵。此技巧差异,牵涉到两种诗律之别,一个是每句都是字有定数,一个则既运用字有定数又运用重音——头韵诗的被称作"重音值"的特征,要求二者之结合。荷马的伟大篇章,有似骑兵冲锋陷阵;《贝奥武甫》的伟大篇章,则有似锤击,有似

---

① life 一词,在《贝奥武甫》中出现 9 次,分别是第 196、790、806、1387、2131、2342、2432、2471、2571 行。

惊涛拍岸。在荷马史诗里,语词流注而出;在《贝奥武甫》,它们奔腾汹涌水花四溅。听众有更多时间去咀嚼回味。这样,就不大依赖单纯重复之助了。

这一切,都与更深的气质差异不无关联。亘古未变的背景的客观性,这是荷马史诗的辉煌之处,却不是《贝奥武甫》之特征。与《伊利亚特》相比,在某种意义上,《贝奥武甫》已经有点"浪漫"(romantic)了。其中景物,具有了一丝灵气(spiritual quality)。葛娄代游荡其上的荒原,表现了葛娄代其人:[①]这就开了华兹华斯"幻觉中的悲凉"之先河。[②]变化,令诗歌有失亦有得。荷马史诗里的独眼巨人,跟英语诗歌里阴暗的遭逐的异域恶魔或嫉妒又郁郁不乐的恶龙相比,简直就是个傀儡。当然,《贝奥武甫》背后的苦难,不会比《伊利亚特》更多;而其中的善恶意识,荷马却付诸阙如。

---

① 如《贝奥武甫》第 102—104 行:"这恶魔名叫葛娄代,茫茫荒原,全归他独占,咸戚沼泽,是他的要塞。"第 161—163 行:"混混荒野,悠悠长夜,没有人知道,这头地狱之魔在哪里出没。"(冯象译,生活·读书·新知三联书店,1992)

② "幻觉中的悲凉"(visionary dreariness),语出华兹华斯《序曲》卷十二第 115—121 行:"我过分专注表面的事务,热衷于景色之间的比较,陶醉于色彩与比例所提供的一点可怜的异趣,而对于时间与季节那多变的情味,对于空间所具有的品德、性情及精神的力量,却是完全麻木漠然。"(丁宏为译,中国对外翻译出版公司,1999)

后来诗作"得体"的口传技巧,与荷马的截然不同,我们绝大多数人都在《诗篇》里遇见其变体或类似之物。"那坐在天上的必发笑。主必嗤笑他们。"[1]其法则是,说任何事,差不多都必须不止一次。[2] 写希尔德遗体送还大海的灵舟(《贝奥武甫》第50行),用冷峻散文体,就会说没人知道它飘向何方。而诗体的表述则是:"大厅里的谋臣,乌云下的勇士,没有人知道,小舟究竟驶向谁手。"

① 语出《诗篇》第二篇第4节。
② 关于《诗篇》的"对仗",路易斯在《诗篇撷思》第一章有详细铺陈。

5　基础史诗之题材

The Subject of Primary Epic

诸神造了一个人,取名克瓦希尔(*Kvásir*)。他如此聪慧,以至于你向他提问,没有回答不了的问题。他周游世界,给人们教这教那。终有一日,他成了两名侏儒的座上客。他们让他说话,设计杀了他。接着,他们用他的血液和着蜂蜜,制成一种蜜酒(*mead*),任何人喝了都会成为诗人。①

——缩写自 *Bragaröpur* 卷五十七

---

① 这段故事,来自北欧神话。路易斯缩写的底本 *Bragaröpur*,恕译者无知,暂不知是何书,可能是散文体《埃达》之一种。

在前文对基础史诗的说明里，读者可能注意到，只字未提后来批评家通常视为基础史诗本质所系的那个特征。关于题材之伟大，什么都没说。毫无疑问，我们所考虑的史诗，并不处理喜剧题材或牧歌题材。然而，后来时代认为悲剧主题就是超越个人利益的伟大的民族或宇宙题材，又该当何说？

依我看，伟大题材（"亚瑟王的一生，或耶路撒冷之陷落"）不是基础史诗之标志。它随维吉尔进入史诗。在我要述说的这个故事里，维吉尔是枢纽人物，改变了对史诗的理解。正是由于他，我相信，而今我们才企图将伟大题材读入基础史诗，而在那里它原本就不存在。不过，鉴于这样说可能会引发争论，因而，且让我们由此视点来看看《贝奥武甫》和《荷马史诗》。

《奥德赛》自不待言。特洛伊战争后，奥德修斯返家途中屡遭磨难这一事实，并没有让那场战争成为该诗题材。我们的兴趣在个人沉浮上面。即便他是一位国王，那也是弹丸小国的王。诗中也看不出任何企图，想使伊塔卡显得重要。除非说，像任何故事中一样，伊塔卡作为英雄之家园及田产，还是重要的。诗中也没假装，况且也没有可能假装，说倘若奥德修斯根本回不了家，那么整个世界，抑或整个希腊，就会大不一样。此诗仅仅是一部历险故事（adventure story）。就题材之宏大而论,它更接近《汤姆·琼斯历险记》或《艾凡赫》①,而不像《埃涅阿斯纪》或《耶路撒冷的解放》)。

至于《伊利亚特》,则能找到看似言之凿凿的证词。它曾被当作关于东西方冲突的史诗。甚至在古代,伊索克拉底②就称赞荷马,说他讴歌了那些与"蛮夷"作战的人。默里③教授在某种程度上赞成这一观点。对我来说,与这样一位大学者分道扬镳,或许有些虚妄。而且他的论著,我十几岁时就如饥似渴地读,而今则已深入骨髓,他的讲座仍是我最为激动人心的大学记忆;跟这样一个人分道扬镳,也着实令人不快。不过,关于这一问题,我实在无法苟同。关于《伊利亚特》,默里教授问:"难道它不是关于全体希腊人(All-Greeks)对亚洲蛮夷的战争故事?'全体希腊人':这一响亮词汇在诗中一再响起。"④这可不是我的印象。根据剑桥版

---

① 《艾凡赫》(*Ivanhoe*),英国小说家、诗人司各特(1771—1832)的代表作,人民文学出版社 1978 年出版刘尊棋、章益之中译本。

② 伊索克拉底(Isocrates,前 436—前 338),雅典雄辩家,修辞学家。

③ 吉尔伯特·默里(Gilbert Murray, 1866—1957),英国著名学者,牛津大学教授,希腊学专家,在英语世界以翻译评述古希腊戏剧闻名。其著作之中译本有《希腊文学史》(孙席珍 等译,上海译文出版社,2007)、《早期希腊》(晏绍祥译,上海人民出版社,2008)等。

④ 【原注】*Rise of the Greek Epic*, p. 211.

《伊利亚特》的索引,查勘 *Παναχαιών*(全体阿开奥斯人)一词在诗中出现的九个地方(有四处就在同一卷),我们会发现,有八处前面都冠以 *αριστήες* 或 *αριστήας*[①]——"全体希腊人之勇士"[②]。其中没有全体希腊人与蛮夷之对立。只有全体希腊人,希腊人作为一个整体,与希腊最优秀的人的对立。在第九处(卷九第 301 行),奥德修斯游说阿基琉斯,说即便他恨阿伽门农,也应怜悯"全体希腊"其他人。[③] 在这里,"全体"(All)看起来是指希腊人全体与全体之一成员的对立。就我所见,希腊人联合对抗蛮夷的意思,一点没有。人们禁不住好奇,*Παναχαιών* 的第一个音节,是否不仅仅是出于音律方便。

　　纵览这部诗,默里教授的观点,就更不能令我信服了。特洛伊战争并非《伊利亚特》之题材。它只不过是个背景(background),给一个纯个人故事(purely personal story)提供背景——阿基琉斯的愤怒、磨难、悔恨以及杀死赫克托

[①]　希腊文 *αριστήες* 和 *αριστήας*,词根都是 *αριστος*,意为"最英勇的人"。

[②]　原文为:the champions of the Panachaeoi.

[③]　罗念生、王焕生译《伊利亚特》(人民文学出版社,1994)卷九第300—303 行:"即使阿特柔斯之子和他的礼物非常可恨,你也该怜悯其他的阿开奥斯人,他们在军中很疲惫,这些人将把你当作天神来尊敬,给你莫大的荣誉。"

尔。至于特洛伊城之陷落,除顺便提及之外,荷马不置一词。有人曾争辩说,荷马无需去说,因为赫克托尔死后,特洛伊城陷落就不可避免。然而,故事高潮——假如攻城乃故事主题,那么城陷就应该是其高潮——只是被提及,这在我看来就难以置信。充其量,它可能是一种极端的蕴藉(subtlety);但那样的话,那就是吉卜林的艺术,而不是荷马的艺术了。而且我也没有在《伊利亚特》中找到任何反特洛伊的感情。其中最高贵的人物,是个特洛伊人。[①] 几乎所有暴行,都在希腊这边。我们甚至没找到任何迹象(卷三第2—9行可能算是个例外),[②]将特洛伊人看作是跟希腊人不同族类(*kind*)的人,无论是更好还是更坏。无疑,可以假定有个更早版本,其中特洛伊人遭痛恨,恰如可以假定在《贝奥武甫》的更早版本中全然没有基督教段落(Christian passages),或者假定有个"历史上的"耶稣全然不同于对观福

---

① 指特洛伊英雄赫克托尔。

② 罗念生、王焕生译《伊利亚特》(人民文学出版社,1994)卷三第1—9行:"特洛伊人列好队,每队有长官率领,这时候他们鼓噪、呐喊,向前迎战,有如飞禽啼鸣,白鹤凌空的叫声响彻云霄,它们躲避暴风骤雨,呖呖齐鸣,飞向长河边上的支流,给侏儒种族带去屠杀和死亡的命运,它们在大清早发动一场邪恶的斗争。阿开奥斯人却默默地行军,口喷怒气,满怀热情,互相帮助,彼此支持。"

音传统①中的形象。不过且容我直话直说，我打心底并不信任这种"研究"方法。②"除非必要，勿增实体"，③这里确无必要。其他文学中的平行现象也在暗示，基础史诗只需要英雄故事，并不在意"伟大民族题材"。查德威克（Chadwick）教授谈及德国史诗时，说"这些诗歌多么异乎寻常地摆脱了民族利益或民族感情的纠缠"。④ 冰岛史诗中最伟大的英雄，是个勃艮第人。⑤ 在《贝奥武甫》中，查德威克教

---

① 对观福音（the Synoptics，亦作 Synoptic Gospels），新约圣经马太、马可、路加三卷福音书的总称，一般汉译为"符类福音"、"对观福音"或"共观福音"。

② 在《魔鬼家书》第 2 章，路易斯以学者所谓"历史上的耶稣"（historical Jesus）为例，对这种研究方法做了详尽驳斥。其中大鬼 Screwtape 教导小鬼说，即便一个人信仰坚定，不为世俗或肉欲所动，也仍有办法。只不过办法不再是从其灵魂中移除灵性，而是"使这灵性腐化变质"。最好的攻击点就在"神学和政治之间的接界处"，因为那些有社会影响力的基督徒政论家正在发表高论，以为后来的基督教传统背离了创建者的教导。现在的引诱策略就是，用自由主义者和人道主义者所发明的"历史上的耶稣"这一概念，鼓励回到"历史上的耶稣"。"再次鼓励他们清除后人的'增补和曲解'，找到'历史上的耶稣'这一概念，并将其拿来与整个基督教传统作比较。"（况志琼、李安琴译，华东师范大学出版社，2010，页 89）

③ 原文为：Entities are not to be feigned without necessity. 这句名言，就是著名的"奥康剃刀"。这一原则的通行表述是："除非必要，勿增实体"或"若无必要，绝不设定多样性"。

④ 【原注】*The Heroic Age*, p. 34.

⑤ "冰岛史诗中最伟大的英雄"，疑指冰岛萨迦和诗体《埃达》中的屠龙壮士西古尔德，后来在《尼伯龙根之歌》中被称作西格弗里德。

授的论断得到很好展示。诗歌是英文。其场景最初设在西兰岛，①其英雄则来自瑞典。假如诗人持有维吉尔关于史诗题材的观点，那么，韩叶斯②就应当是我们英文史诗里的埃涅阿斯，然而，他仅仅是插曲。

　　真相就是，基础史诗既没有后世意义上的伟大题材，也不可能具有那种伟大题材。只有当某些事件，被认为会对世界历史产生深远影响，并带来或暂或久的改变，才会产生那种伟大。诸如罗马帝国的建立，更不用说人之堕落了。任何事件要具有此等重大意义（significance），历史就必须有些许条理（pattern），某种蓝图（design）。那种无休无止的命运浮沉，那种毫无目的的荣辱变换，这些构成所谓英雄时代的可怕现象，并不承认此种蓝图。没有任何事件真正比其他事件重要得多。没有成就堪称永久：今日我们烧杀抢掠大吃大喝，明日我们则被掠杀，我们的女人被抓走充奴。"无物永驻"，任何事情均无超出当下之意义。英雄主义和悲剧多之又多，因而好

---

　　①　西兰岛（Zealand），丹麦最大岛屿，在丹麦东部。
　　②　韩叶斯（Hengest），公元 449 年率日耳曼雇佣军在今英格兰南部登陆，《贝奥武甫》中的次要角色。（详参冯象译《贝奥武甫》注评 51 及其"《贝》学小辞典"）

故事也层出不穷。然而却没有"由治至乱的宏大蓝图"①。其整体效果不是一副蓝图,而是一个万花筒。特洛伊城陷落,特洛伊人哀哭,毫无疑问。不过,又能怎样呢?"宙斯曾经使许多城市低头,还要这样做,他的权力至高无上,不可企及。"(《伊利亚特》卷九第 25 行)规模宏大的鹿厅,到头来又如何? 从一开始,"大厦高高耸立,山墙雄伟壮观;它在等待仇恨的烈火将它付之一炬"(《贝奥武甫》第 81 行)。②

关于维吉尔之忧郁(melancholy),已经谈得很多。然而在荷马表面的光明下面,仅仅一肤之深,我们发现的不是忧郁,而是绝望。歌德的用词,则是"地狱"。它格外可怕,因为诗人视之为理所当然,一点抱怨都没有。说得不紧不慢,用的是明喻:

> 有如烟尘从遥远的海岛城市升起,
>
> 高冲太空,敌人正在围攻城市,
>
> 居民们白天不停歇地从城市护墙上,
>
> 同敌人展开激战。(《伊利亚特》卷十八第 207 行)

------

① 原文为：large design that brings the world out of the good to ill. 不知语出何处。

② 陈才宇译《贝奥武甫》第 81—83 行。

还有：

> 有如妇人悲恸着扑向自己的丈夫，
>
> 他在自己的城池和人民面前倒下，
>
> 保卫城市和孩子们免遭残忍的苦难；
>
> 妇人看见他正在死去作最后的挣扎，
>
> 不由得抱住他放声哭诉；在她身后，
>
> 敌人用长枪拍打她的后背和肩头，
>
> 要把她带去受奴役，忍受劳苦和忧愁。（《奥德赛》
>
> 第八卷第523行）

注意，这跟《埃涅阿斯纪》第二卷特洛伊城的劫掠比起来，何等不同。① 那只是明喻——每天都发生的那种事情。而维

---

① 《埃涅阿斯纪》卷二，全卷由埃涅阿斯向迦太基女王讲述特洛伊城之陷落。讲述开头的语气，足以昭示路易斯所说的这一不同："女王陛下，你要我回顾过去的痛苦，要我讲希腊人如何消灭伟大的特洛伊帝国，那真是惨不忍述。我亲见那悲剧，曾参加过许多战役。没有人能讲这个故事而不流泪，即使他是迈密登人或多洛皮安人，或铁石心肠的尤里西斯的士兵。现在夜露已迅自天空降下，众星已在沉落，使人想到必须休息，不过，如果你真的这么想知道我们的遭遇，听我讲述特洛伊的最后痛苦，纵使我想起就不寒而栗，殊难忍受它的悲惨，可是我仍将开始讲。"（曹鸿昭译，吉林出版集团，2014，页33）

吉尔笔下的特洛伊之陷落，则是场灾难，是一段历史的终结："多年来称雄的古都灭亡了。"①对于荷马，它只是家常便饭。《贝奥武甫》弹的是同一曲调。国王一旦死去，我们都知道，等待我们的是什么：那座幸福岛屿，就像在它之前及多年之后的众多岛屿一样，终将沉没，英雄时代的大浪翻涌而过：

> 既然英雄的主公已经弃绝
>
> 人间的幸福与欢乐，他的子民
>
> 别想再活得快活，他们将一个个
>
> 离乡背井。不管天气多么寒冷，
>
> 他们一大早就得把长矛紧紧地
>
> 握在手中。唤醒武士的声音
>
> 不再是清越的竖琴，而是乌鸦的聒噪，
>
> 它们在气数已尽的人身边低飞，
>
> 向老鹰叙述它们的经历，

---

① 原文为：*Urbs antiqua ruit*——'an ancient city, empress of long a-ges, falls.'语出《埃涅阿斯纪》卷二第 363 行。

夸耀自己如何与狼争食尸体。(《贝奥武甫》第 3020 行)①

　　基础史诗伟大，但不是后世的那种伟大。荷马史诗之伟大在于，以毫无意义的万物皆流为背景，构筑人类及个人悲剧。它格外之悲，因为在英雄世界上方高悬万事皆空(a certain futility)。阿基琉斯对普里阿摩斯说："我远离祖国，在特洛伊长久逗留，使你和你的儿子们心里感到烦恼。"②不是为"保卫希腊"，甚至不是为"赢得荣誉"，也不是因某种使命之呼召而伤害普里阿摩斯。他这样做，仅仅是因为事情就是这样发生了。我们这时，处于跟维吉尔的"他的思想坚定不移"③不同的世界。在那里，苦难具有意义，是意志坚定的代价；而在这里，只有苦难。也许歌德正是心想到此才说："《伊利亚特》的教诲就是，在这片土地上，我们必定上演地狱。"④只有这一风格(style)——荷马的一成不变、不

---

① 陈才宇译《贝奥武甫》第 3018—3027 行。
② 罗念生、王焕生译《伊利亚特》(人民文学出版社，1994)卷二十四第 540—541 行。
③ 语出《埃涅阿斯纪》卷四第 449 行。
④ 原文是 The lesson of the *Iliad* is that on this earth we must enact Hell. 出处未知。

动声色、超然物外的语调——使得它尚可忍受。离开这一风格，那么，现代最冷酷的现实主义（the grimmest modern realism）与《伊利亚特》相比，都是儿戏。

《贝奥武甫》略有不同。在荷马笔下，那种认命的绝望的背景（the background of accepted, matter-of-fact despair），毕竟只是背景。而在《贝奥武甫》中，那种根本的阴暗，则走向前景（foreground），并部分体现为怪物（monsters）。英雄就与这些怪物战斗。在荷马那里，无人曾与黑暗战斗。在英语诗歌里，我们有北方神话的标志性主题——诸神与人联合，跟巨人战斗。就此而论，《贝奥武甫》骨子里更为令人振奋，尽管表面上并非如此，而且首次暗合了伟大题材（Great Subject）。在这一方面，恰如在其他方面，它处于《伊利亚特》与维吉尔之间。但它并不特别接近维吉尔。怪物只是部分体现黑暗。怪物的失败——或者说黑暗在怪物那里的失败——并非永久，甚至也不长久。恰如其他任何基础史诗那样，《贝奥武甫》将它发现之物原封不动又留了下来：诗歌结尾，英雄时代一仍其旧。

6 维吉尔与二级史诗之题材

Virgil and the Subject of Secondary Epic

> 这副面孔告诉你，我的厄运已经过去；
>
> 不应为变化哀哭，即便是感官愉悦
>
> 也能够像它们确实迅即消逝那样，
>
> 迅速回来。大地定期摧毁
>
> 这些狂喜——黑暗之神鄙夷：
>
> 平静的快乐滞留此地——痛苦之高贵。
>
> ——华兹华斯①

---

① 原文为：*This visage tells thee that my doom is past*；/ *Nor should the change be mourned，even if the joys* / *Of sense were able to return as fast* / *And surely as they vanish. Earth destroys* / *Those raptures duly* —— *Erebus disdains*：/ *Calm pleasures there abide* —— *majestic pains*. 语出华兹华斯叙事长诗《劳达米亚》(*Laodamia*)，因未找到中译本，故而暂且妄译。

后来批评家所理解的史诗题材，是维吉尔的发明。他改变了史诗一词的含义。因为怀此雄心，即罗马应有堪与《伊利亚特》比肩的史诗，故而，他不得不自问，哪种诗歌会表现且满足罗马精神。这一问题的答案，无疑，他是在自己心中找到的；至于我们，则可以通过考察罗马人的早期尝试，找到答案。此前的两部拉丁史诗，已与荷马史诗，明显不同。奈维乌斯①讲述的是第一次布匿战争的故事，②但是，其规模宏大，一开头就是埃涅阿斯的传说。恩纽斯也以此传说开头，将自己人民的历史，一直记叙至自己的时代。清楚的是，两位诗人所写，我们会称之为韵文编年史。③ 这样的著作，与其说像荷马，不如说像莱亚门④及格洛斯特的

---

① 奈维乌斯（Gnaeus Naevius，前270－前201），古罗马文学家，其作品仅存残篇。

② 布匿战争（Punic War）是古罗马与古迦太基之间的三次战争：第一次布匿战争（前264年—前241年），第二次布匿战争（前218年—前201年），第三次布匿战争（前149年—前146年）。三次战争均以古罗马胜利而告终。其结果就是，迦太基被灭，迦太基城被夷为平地，领土成为罗马的一个行省，罗马争得了地中海西部的霸权。

③ 杨周翰《埃涅阿斯纪》译本序："罗马早期史诗如奈维乌斯（Naevius）的《布匿战争》（只存残篇），又如恩纽斯（Ennius）的《编年史》（也只存残卷）是用古体和六步诗行写的历史，据说罗马学童拿它们作历史教科书。这些著作显然给维吉尔提供了知识素材、爱国情绪和某些史诗技巧。"（人民文学出版社，1984，页26）

④ 莱亚门（Layamon），早期中古英语诗人，曾将亚瑟王及圆桌骑士的传说，写成韵文体编年史《布鲁特》，长达3万余行。

罗伯特①。他们精心照料的那种趣味（taste），为我们和罗马人所共有，在希腊人中间却奇怪地付诸阙如。无论希罗多德还是修昔底德②，都从未尝试追溯任何希腊城邦的历史。历史成长这一现象，某伟大事物成为现在模样的那个缓慢过程，看来引不起希腊人的兴趣。他们的雄心在于，无古无今（the timeless），恒常不迁（the unchangeable）。他们视时间为逝川（mere flux）。罗马人就不一样了。无论直截了当还是（蒂里亚德博士所说的）"拐弯抹角"（obliquely），罗马的伟大诗作，除非它只想模仿荷马，都会跟奈维乌斯和恩纽斯处理同样的素材。不过话说回来，像维吉尔这样的真正艺术家，不会满足于编年史的那种笨拙与单调。他对此问题的解决——诗歌史上最重要的革命之一——就是选取一个民族传说，却处理得让我们感到，这一宏大主题不知怎地就是其应有之义。他不得不讲述相对简短的故事，却给我们一个幻象，仿佛经历了千秋万代。他不得不处理数量有限的角色，

①　格洛斯特的罗伯特（Robert of Gloucester，约1260—约1300），在13世纪曾写过一部英格兰编年史。

②　希罗多德（Herodotus，约前485—前425），古希腊历史学家。西方首部历史著作《历史》之作者；修昔底德（Thucydides，约前455—约前396），古希腊史学家，《伯罗奔尼撒战争史》之作者。

却使我们感到,民族事务以至于宇宙事务仿佛亦牵涉其中。他必须把人物活动安排在传说中的过去,却使我们感到,当前以及中间的数个世纪,都得到了预表(foreshadowed)。维吉尔和弥尔顿之后,这一手法(procedure)再显见不过。然而之所以显见,是因为有个伟大诗人,为一个几乎无解的问题,找到了这一答案,并因此为诗歌本身找到了新的可能性。

部分因为浪漫的原始主义(romantic primitivism),产生了一个愚蠢习惯,将荷马树为典范(norm),来衡量维吉尔。然而在《埃涅阿斯纪》的第一页,二者之大相径庭,就跃然入目。该诗第三段(卷一第12—33行)就是个例子,为我们差不多例示了他所用的全部笔法。① 借这些笔法,他使得一

---

① 原文标为卷二,显然是印刷错误或笔误。杨周翰译《埃涅阿斯纪》卷一第3段:"且说有一座古城,名唤迦太基,居住着推罗移民,它面对着远处的意大利和台伯河口,物阜民丰,也热心于研习战争。据说在所有的国土中,朱诺最钟爱它,萨摩斯也瞠乎其后。她的兵器,她的战车都保存在迦太基,她早已有意想让这座城池统治万邦,倘若命运许可的话。但是她听说来了一支特洛伊血统的后裔,他们有朝一日将覆灭推罗人的城堡,从此成为一个统治辽阔国土的民族,以烜赫的军威,剪灭利比亚。这是命运女神注定的了。朱诺为此感到害怕,而对过去那场特洛伊战争,她记忆犹新,在这场战争里她率先站在心爱的希腊人一边和特洛伊人作过战。至今她心里还记得使她忿怒的根由和刺心的烦恼,在她思想深处她还记得帕里斯的裁判。帕里斯藐视她的美貌,屈辱了她;她憎恨这一族人;她也记得夺去加尼墨德的事是侵犯了她的特权。这些事激怒了她,她让这些没有被希腊人和无情的阿奇琉斯杀绝的特洛伊人在大海上漂流,达不到拉丁姆,年复一年,在命运摆布之下,在无边无际的大海上东飘西荡。建成罗马民族是何等的艰难啊。"(人民文学出版社,1984)

个相对简单的故事,承荷着如此之多的命运重负。注意其关键用词。迦太基是座"古"城,跟台伯河口"遥遥相对"。他已经在时空两方面展开他的故事。朱诺有意想让它"统治万邦",倘若"命运"许可的话:可是她听到传言,"有朝一日"特洛伊苗裔将使之覆亡。布匿战争全部登场。① 然而朱诺不只心想着将来;她仍对"过去那场战争"耿耿于怀——她还记着特洛伊城下心爱的希腊人,忘不了帕里斯的裁判,忘不了"伽倪墨得斯所受的荣宠"。你看到,我们不是处在开端(beginning)。我们着手的这个故事,逝入遥远的过去。我们要随之历险的英雄,是某种天谴之"劫余",大幕拉开之前,就已遭受灭顶之灾;这些幸存者,由于朱诺百般阻挠他们到达拉丁姆,又鬼魂一般"东飘西荡"(空间之广阔再次出现):

　　　　　在命运摆布之下,在无边无际的大海上东飘西荡。

---

　　① 原诗文是:"但是她听说来了一支特洛伊血统的后裔,他们有朝一日将覆灭推罗人的城堡,从此成为一个统治辽阔国土的民族,以烜赫的军威,剪灭利比亚。这是命运女神注定了的。"杨周翰译本注释:"指未来的罗马与迦太基进行的三次布匿战争。"

　　　　建成罗马民族是何等的艰难啊。①

关于艰难，这个"何等"是关键所在。这些人不像荷马笔下的英雄只为争夺私利。他们带有天命（vocation），他们有担当。

　　维吉尔对题材的这一扩充（enlargement），有个更为明显的例证，无疑经常得到留意——对未来的一瞥，现于卷一

―――――――――

　　①　此处采用杨周翰先生译文。关于《埃涅阿斯纪》，拙译主要依据杨周翰先生译本（人民文学出版社，1984），间或参照曹鸿昭先生译本（吉林出版集团，2014）。为方便读者理解路易斯分析的这一段落，兹列曹鸿昭先生译文如下：

　　从前有个古城叫迦太基，是泰尔移民的住处，跟意大利的台伯河口遥遥相对。这个城很富强，人民勇于战争。据说朱诺爱它甚于世上一切城池，甚至让萨莫斯屈居第二位。她把她的武器和马车放在那里。已经决定使它成为统治全世界的都城，不遗余力培植它，希望命运之神会同意她的愿望，可是她听说另一族人，属于特洛伊的血统，有一天会推翻这个泰尔重镇，因为他们将养出一族高傲的战士，辖制一片广大土地，他们的进展将招致阿非利加的毁灭。她听说这是纺线的命运之神的计划，她怕的正是这个计划。她也不能忘记特洛伊战争，她曾在前线替她所爱的阿果斯人作战。她记得那次争执的起因，和它在她心里促成的剧烈愤怒。巴黎的裁判及其对于她的美的不正当的藐视，仍然铭刻在她的心头；而且她一向嫉妒全体特洛伊族人，不能忘掉甘努麦德所受的荣宠。

　　这便是使朱诺生气的原因，这些特洛伊人子遗，希腊人和甚至残酷的阿基利斯所不能杀死的，就这样在所有海洋给风吹浪打；她总使他们离拉丁阿姆远远的，成年累月任凭命运摆布，从一处海洋漂到另一处。这就是罗马开始生命时所须经历的无限辛苦。（页2—3）

朱诺的未来预言中，①现于安奇塞斯的异象中，②现于盾牌上，也出现于整个卷四与布匿战争的关联中。也许，在所有这些前瞻（forward links）中，最令人印象深刻的则是卷八埃涅阿斯造访罗马城址。就《埃涅阿斯纪》之诗质（poetical quality）而言，后顾（backward links）也同样重要。假如我没有弄错，它几乎可以说是，第一首让"时间深渊"（abysm of time）真实可感的诗作。在维吉尔那里，"现在，未来和过去"是关键词。卷六至卷八——该诗之核心——一直不容许我们忘记，拉丁姆——黑森林，年迈的萨图努斯栖身之地③——从创世之初一直就等待着特洛伊人。拉提努斯的王宫，不像荷马笔下的任何屋宇："四面树木浓密，肃穆可畏，保留着前代的威严"，

---

① 在《埃涅阿斯纪》卷一，埃涅阿斯向其母维纳斯讲自己的家世："我的名声远播于天外，我是要到意大利去的，我家的始祖出自朱夫，是从那里来的。遵从我应得的命运，和我的神圣母亲给我指出的路径……"（曹鸿昭译，吉林出版集团，2014，页17）

② 安奇塞斯的异象（the vision of Anchises），疑指卷六第752—853行，埃涅阿斯奔冥府见父亲安奇塞斯，安奇塞斯给埃涅阿斯一一指点等待投胎的罗马名人，说出罗马的未来。

③ 本句原文为：*Lurkwood*, the hiding place of aged Saturn. 查《埃涅阿斯纪》拉丁文本，并无 Lurkwood 一词，疑为路易斯本人之英译，因为路易斯有英译《埃涅阿斯纪》未竟稿存世。Saturn，即杨周翰译本中的 Saturnus（萨图努斯）。

在一进门的厅堂里,排列着列祖列宗的塑像,是用雪松木雕的,有意大路斯,有远祖萨比努斯,他是第一个种植葡萄的,他的雕像的手里还拿着弯弯的镰刀,有萨图努斯老人,有两面人、门神雅努斯……(卷七第 180 行)①

所有这些早期意大利风景中,有一种诗情画意,百读不厌:台伯河刚一进入眼帘,就有走向这条尚未知名河流的孤独祈祷者,还有船只惊扰了人迹未至之森林的漫长航程。②就想象之高妙而论,我想不出更好的范例了:卡隆以敬畏的眼光看着金枝,"已有好久没有见到它了"。③ 半行诗一下子勾出了没有历史的冥界的世纪黑暗(卷六第 409 行)。④

---

①　杨周翰译《埃涅阿斯纪》卷七,页 172。

②　疑指《埃涅阿斯纪》卷七中对意大利台伯河的风景描写。比如卷七第三段:"这时,海上升起了红霞,黎明女神穿着橘黄色的盛装,驾着玫瑰色的战车,已从高天散发出夺目的光彩,风停了,突然间海上一片平静,船桨在一平如镜的海水上缓慢而费力地摇着。就在此时,埃涅阿斯从海上望见了一大片树林。台伯河欢乐的流水穿过这片树林,急流成涡,裹着滚滚黄沙,奔入大海。在树林的四周和上空各种不同的以河岸为家的鸟儿在飞翔,它们的歌声飘扬在空中,令人陶醉。"(杨周翰译本,页 167)

③　杨周翰译《埃涅阿斯纪》卷六,页 147。

④　卡隆(Charon),希腊神话中将亡魂引渡冥界斯提克斯河的艄公。埃涅阿斯欲去冥界见父亲,出示金枝,卡隆不再拦阻,欣然同意摆渡:"他以敬畏的眼光看着这件宝物,这司命之神祝福过的金枝,他已有很久没有见到它了,于是他把暗蓝色的船拨转,摇向岸边。"(杨周翰译本,页 147)

然而,除了时间的长度,维吉尔还调用了一些更细微的东西。我们的生命既漫长又曲折:总有那么些当儿,我们意识到,自己刚刚转了个折,一切因而就不同了,无论是更好还是更糟。在某种意义上,恰如我们已经看到的那样,整部《埃涅阿斯纪》正是关于世界大变局的故事。文明从东方移至西方,古老子遗或"劫余"变成了新时代的萌芽。因而,离别之哀伤以及新开端之欣悦,卷三开头就两者兼有,也是全诗的基调。有的时候,将"一切都会过去"①明白说出。如特洛伊人到了阿克提姆,喜出望外地发现,自己竟然逃脱了希腊世界的包围。这一重大时刻,由季节变换加以凸显:

> 也就是在这时候,太阳已经绕完它一年的路程,
>
> 寒冷的冬天刮起北风,海上掀起了风浪。(卷三第285 行)②

---

① 原文为: the sense of *paes ofereode*. 典出古英语诗歌《提奥的哀歌》(*The Lament of Deor*)中的名句: Tæs ofereode, tisses swa mæg! 意思是: That passed away, so may this.

② 杨周翰译《埃涅阿斯纪》,页 62。

有时候,则是一个细微的用词变化,读者或许浑然不觉。但是,这个变化无疑会部分渲染读者的整个体会。比如,当爱琴海上的冤仇一笔勾销时,"残忍的奥德修斯"变成了"不幸的奥德修斯"。① 维吉尔的一个最为大胆的笔触,或许当数卷二中克列乌莎的阴魂的出现。这个手无缚鸡之力的伤心女子,受命运挤兑,却必然前来预言,谁将取代她成为埃涅阿斯的妻子,预言丈夫的荣华富贵,她无缘享受的荣华富贵。要是她还活着,这就是一种说不过去的残忍。然而她已不是个女人,而是个阴魂。这部诗里的一切阴魂,无论是否令人痛惜,都飘荡至并定格在无可挽回的过去。这不是为了,像挽歌诗人笔下那样,让我们可以纵情哀叹人生无常,而是因为朱庇特的命令就是这样安排的,因为只有这样,一些伟大事情才会发生。在下一卷,埃涅阿斯被误以为是鬼魂。② 在某种意义上,在他成为罗马之父前,他就是个特洛伊阴魂。在整首诗里,我们都在转这个弯。正是这一点,给了《埃涅阿斯纪》的读者沧海桑田之感。细心读过此

---

① "残忍的奥德修斯"一语,见卷三第 273 行;"不幸的奥德修斯",则见卷三第 613 行。

② 杨周翰译《埃涅阿斯纪》卷三,页 62—63。

书的人,没有哪个还会少不更事。

大变局这一主题,当然与维吉尔式的天命紧密相连。他跟荷马的分歧,莫此为甚。而且这一分歧,有时候,就在他俩表面上最为相似的地方出现。卷一里(第198行)埃涅阿斯激励同伴的那些话,差不多就是取法《奥德赛》卷七(第208行)奥德修斯的话。两人都提醒部下,他们的处境以前更艰险。不过奥德修斯说起话来,就像船长对随便哪个船员那样,安全第一。埃涅阿斯则加上了某种很不荷马的东西:

> 也许有一天我们回想起今天的遭遇甚至会觉得很有趣呢。经过各种各样的遭遇,经过这么多的艰险,我们正在向拉丁姆前进,命运指点我们在那儿建立平静的家园;在那儿特洛伊王国注定要重振。(卷一第206行)①

"你的虔诚克服了道途的艰险";②借着这一理解,维吉

---

① 杨周翰译《埃涅阿斯纪》,页7。
② 杨周翰译《埃涅阿斯纪》卷六第668行,页157。

尔给诗歌增添了一个新的维度。我读到,他笔下的埃涅阿斯,虽然也受梦境和预兆的指引,却绝非荷马笔下阿基琉斯的翻版。他是一个堂堂正正的男人,是一个成人。而阿基琉斯有点像个哭闹的孩子。当然,你可以喜欢描写自发情感的诗歌,①而不喜欢描写情感与天命冲突并最终和解的诗歌。趣味无争辩吗!② 不过,你切莫因后者不是前者,就苛责后者。由于维吉尔,欧洲诗歌长大成人。因为总有些心境(moods),其中经历过的一切仿佛可以说具有童年诗意,其魅力及局限都取决于某种稚气(naivety),其中陡然高兴与陡然绝望就像是一回事。这些心境,我们当然恢复不了,或许也不应恢复。他心如磐石,"他的思想坚定不移,尽管眼泪徒然地流着"。③ 这就是维吉尔的主调。而在荷马笔下,究其极,没有什么可为之坚定不移。你或快乐,或不快乐,完了。埃涅阿斯则住在不同的世界,他被迫去看到

---

① 自从浪漫主义运动之后,这种抒情诗成了诗歌之正宗。华兹华斯《抒情歌谣集》1800 年版序言中的这段话,就是其最佳脚注:"诗是强烈情感的自然流露。它起源于在平静中回忆起来的情感。"

② 原文为:Every man to his taste. 这是学界的一句流行语,意同中国俗语"萝卜白菜各有所爱"。路易斯这里用此语,一则不想争辩,二则有反讽味道。

③ 杨周翰译《埃涅阿斯纪》卷四第 449 行,页 92。

某些比快乐更重要的东西。

对人而言，天命之为天命，就在于它既有义务（duty）之特征，又有渴欲（desire）之特征。① 维吉尔公平对待二者。就在"西土"得到暗示、预言及"隐隐发现"的所有篇章里，渴欲因素得到呈现。首先是通过赫克托尔的阴魂之口，那块土地还没有名字；接着是克列乌莎的阴魂，加上了"西土"及"台伯河"的名字；后来则是举足轻重的第三卷，疲惫而又坚定地寻找着的"永世长存的城池"，②总是眼见着近了，实际上却一直遥不可及。我们对它的知识，就跟着缓慢增长。那是我们"从前的母亲"——那是"祖先出生的国土"——"这是一个古老的国土，武力强盛，土地肥沃"③——它已经很近，但我们却仍有很长的路要走，而且还弄错了地方——如今它就在眼前，但却不是我们要寻找的那个。④ 这才是天命之肖像：有个东西在呼唤你或向你招手示意，那呼声不

---

① 路易斯所说的"渴欲"（desire），是一种属灵憧憬。依译者愚见，此憧憬颇似于静安先生所谓"古今之成大事业大学问者"之第一境："昨夜西风凋碧树，独上高楼，望尽天涯路。"详见拙译路易斯《天路归程》及《惊喜之旅》二书及《译后记》。

② 杨周翰译《埃涅阿斯纪》卷三第86行，页55。

③ 杨周翰译《埃涅阿斯纪》卷三第164行，页58。

④ 指埃涅阿斯误将"克里特岛"当作故土。见卷三第69—120行。

可阻挡,你却必须伸长耳朵去努力把捉;坚持要你寻找,却拒绝被寻见。

在人对此的反应里,我们发现了义务元素。一方面,我们看到埃涅阿斯,他受尽磨难,却顺从天命。在卷四,他真有个不顺从的机会,我们读起来觉得格格不入。这是由于越来越尊重女性和性关系,使我们觉得英雄没了人性(inhuman),恰恰在维吉尔旨在展现英雄的人性柔弱的那个当儿(对于具有历史常识的读者,维吉尔也确实展现了这一点)。① 而在别处,埃涅阿斯则不辱天命,尽管看着那些没有受召担荷天命的人,他心有戚戚:

> 我祝你们生活幸福,命运已使你们得到了归宿,而我的命运还悬而未决。你们已经安享太平,你们无须再在大海上漂流,也无须追求那永远在退却的意大利。
>
> (卷三第 496 行)②

另一方面,我们则看到女人们,她们听到呼召,一直痛苦地

---

① 卷四写埃涅阿斯与迦太基女王狄多的爱情悲剧。
② 杨周翰译《埃涅阿斯纪》,页 69。

顺从,最终却放弃了。维吉尔对她们的悲剧,体贴入微。追
从天命,并不意味着快乐:但是,一旦听到天命,对那些不追
从天命的人,就没有快乐可言了。当然,她们留在西西里,
"得到了允许"。为让她们在西西里生活得舒适,事无巨细,
都做了安排。① 其结果就是,在痛苦的离别之际,意志在同
样不可忍受的两端之间,游移不定:

　　　　一方面令人可怜地恋惜着她们业已到达的这块
土地,

　　　　一方面又舍不得不去那命运召唤她们去的国土。

　(卷五第 656 行)②

可以看到,在这两行诗里,维吉尔虽无意于作寓言,却一下
子勾画出了绝大多数人的生命品性,只要他尚未上升为圣
或尚未沦落为兽。不只由于《牧歌》其四,维吉尔才近乎成
为一名伟大的基督教诗人。在使得他的一个传奇故事(his

---

　① 　见杨周翰译《埃涅阿斯纪》卷五第 746—778 行,页 128—129。
　② 　杨周翰译《埃涅阿斯纪》,页 125。

one legend)成为罗马命运之象征时,他有意无意间,象征了人的命运(the destiny of Man)。其诗歌之"伟大",是与《伊利亚特》之类诗歌不一样的伟大。越过维吉尔,史诗是否可能还有发展,这大可以讨论。不过,有件事却确凿无疑:如果我们打算拥有另一种史诗,就必须从维吉尔接着讲。返回单纯的(merely)英雄史诗,返回到只讲述英雄为了活命、为了回家或为亲人报仇而打打杀杀的叙事诗,无论多么好,这时都是历史倒退。你不可能年轻两次。对于任何未来史诗而言,维吉尔已经为其明确制定宗教题材;留给后人的,是举步向前。

7 二级史诗之风格

The Style of Secondary Epic

> 形式与辞格,原是激情的产儿,但现在却是力量的
>
> 继子。
>
> ——柯勒律治[①]

维吉尔及弥尔顿风格之出现,是要解决一个特别具体的问题。跟基础史诗相比,二级史诗的目标甚至是更

[①] 原文为:*Forms and figures of speech originally the offspring of passion, but now the adopted children of power.* 语出柯勒律治的《文学生涯》(*Literaria Biographia*,亦译《文学传记》)。

崇高的隆礼（an even higher solemnity）；可是它又失去了基础史诗借以成就隆礼（solemnity）的所有外在辅助。不再有身披长袍头戴花冠的吟游诗人，不再有祭坛，甚至不再有厅堂中的飨宴——只有扶手椅中的私人阅读。然而无论怎样，却必须让这个私人感到，他仿佛在出席一场庄严仪式（an august ritual）。因为，要是没这感觉，他就体会不到史诗之乐。因而，整个场合都有助于荷马的那些事情，诗人必须单单靠写来自个完成。维吉尔或弥尔顿的风格，就是要弥补——对抗——人在自家书房静静阅读的那种私人性（privacy）及不拘一格（informality）。对此风格的任何评判，要是没认识到这一点，就文不对题。因其仪式色彩（ritualistic）或神魔色彩（incantatory）而责怪它，因其不近人情或口语色彩而责怪它，就是在责怪，它恰巧成了它有意为之的样子或应当成为的样子。这就像谴责一场歌剧或清唱剧，说演员为何只唱不说。

一般说来，亦显而易见，这一效果借助所谓的"壮丽"（grandeur）或"崇高"（elevation）风格来完成。就弥尔顿而言（因为我的学力不足以分析维吉尔），这一壮丽之产生，主要依靠三样东西：(1)运用略显陌生的语词或句法，其中包括古语(archaism)。(2)运用专名，不单是也主要不是为了凑韵，而是因为它们是富丽、遥远、可怕、撩人或闻名事物的名字。它们在此，是要鼓励读者去领略世界之繁富或多样——只要诗还在继续，它们就提供我们借以呼吸的浩荡之气(largior aether)。(3)持续暗示我们感官经验里的一切兴奋源(光明，黑暗，风暴，花朵，珠宝，性爱之类)，但却把握或"驾驭"得张弛有素。因而我们阅读之时，产生性兴奋感，却无耽溺或放纵之虞，我们的体验极端振奋又极端丰富。然而这一切，在并非史诗的伟大诗歌中，你也可能会拥有。我想着重指出的是另一回事——诗人对其读者不容暂歇的掌控(manipulation)——他如何挟裹我们，仿佛我们真的列席一场实际吟唱，不容我们咀嚼或回味一行或一段。人常说，弥尔顿的风格就像风琴乐(organ music)。就此而论，将读者视为风琴，将弥尔顿视为琴师，会更有益。是他在弹奏我们，假如我们容许的话。

且看开篇那段。这里，此诗名义上的哲学意图("向世人昭示天道的公正")，处于相当次要的地位。这26行的真正功能在于，①让我们感到"山雨欲来风满楼"。② 假如诗人成功完成这一点，在卷一剩余部分或更长时段，我们就成了他手中的泥巴。因为必须注意到，在这类诗歌中，诗人的绝大多数战斗，都提前奠定胜局。据我了解，他完全成功了。而且我想，我差不多看到，他是怎样做到的。首先，那里有一种沉重感（quality of weight），起因于几乎每行都以长读重读的单音节词结尾这一事实。其二，这里直接暗示了属灵预备之两端——"圣灵啊，您喜爱公正"及"我心中的蒙昧"。可是注意，对伟大开端的这一直接暗示，又如何聪明地得到强化。先是借着提起创世本身（"像鸽子一样孵伏

---

① 朱维之译《失乐园》（译林出版社，2013）卷一第1—26行："关于人类最初违反天神命令偷尝禁树的果子，把死亡和其他各种各色的灾祸带来人间，并失去伊甸乐园，直等到一个更伟大的人来，才为我们恢复乐土的事，请歌咏吧，天庭的诗神缪斯呀！您当年曾在那神秘的何烈山头，或西奈的峰巅，点化过那个牧羊人，最初向您的选民宣讲太初天和地怎样从混沌中生出；那郇山似乎更加蒙您的喜悦，下有西罗亚溪水在神殿近旁奔流；因此我向那山求您助我吟成这篇大胆冒险的诗歌，追踪一段事迹——从未有人尝试搞彩成文，吟咏成诗的题材，遐想凌云，飞越爱奥尼的高峰。特别请您，圣灵啊！您喜爱公正和清洁的心胸，胜过神殿。请您教导我，因为您无所不知；您从太初便存在，张开巨大的翅膀，像鸽子一样孵伏那洪荒，使它怀孕，愿您的光明照耀我心中的蒙昧，提举而且撑持我的卑微；使我能够适应这个伟大主题的崇高境界，使我能够阐明永恒的天理，向世人昭示天道的公正。"

② 原文为：*that some great thing is now about to begin.*

那洪荒"),接着是借着提举的意象("让歌声向上飞升,一刻不停……提举我的卑微,让我写出宏文")。① 还要注意,当提醒我们天和地"从混沌中生出"时,创世和提升又如何合流。除此之外,注意我们如何得到借自阿里奥斯托的那种好事临近的晨曦般的允诺("从未有人尝试摘彩成文吟咏成诗")。注意"直等到一个更伟大的人来",如何使得我们感到,自己就要阅读的这部史诗涵盖了全部历史。所有这些暗示伟大事情发端的意象,被置于一处。阅读时,我们为之激动。然而再看一遍,你将看到,这些意象之间名义上及逻辑上的关联,与我所追溯的情感关联,不是一回事。这一点很重要。一方面,弥尔顿的技巧很像一些现代作家。他把许多观念置于一处,是因为当我们的意识暂歇之时,它们具有情感的联系。然而又不像现代作家,他经常提供一种逻辑关联的假象。这样做的长处是,它令我们的逻辑禀赋入睡,使得我们接受给定之物,不再发问。

对于他的许多明喻(similes),区分诗人摆在表面的逻辑关联与他借以掌控我们想象的情感关联,颇为关键。弥

---

① 此处采陈才宇译文。

尔顿式明喻,并不总是用来昭示它假装要昭示的。拿来打
比方的两样事物,其相似之处往往无足轻重,而且只是为了
给逻辑审查留点面子。卷一末尾,魔鬼被比作侏儒。微小,
是其唯一的相似之处。这一明喻的首要用意是,为我们提
供对比和放松,借着由地狱转向月下小径,给我们提提神。
第二层用意,当我们突然转回这里,变得昭然若揭:

> 只是远在内庭的,伟大的撒拉弗
>
> 首领们和基路伯等大小天使
>
> 仍保原形未变,满满地挤在一间
>
> 密室里,约有一千个"半神"
>
> 坐在黄金的椅子上密谈。(卷一第 796 行)①

跟那些小精灵形成对比,这些密谈者变得非常巨大;跟那个
奇异明喻形成对比,他们争论之前的静寂就变得很是紧张;
正是由于这一紧张,我们已为阅读卷二做好准备。还可以
更进一步说,这一明喻提供了一个转折点,使魔鬼转变为侏

---

① 原著这里有印刷错误,应为卷一第 796 行,而非卷二。

儒体型得以完成,这一转变本身具有反衬万魔宫之巨大的效果。对于逻辑学家来说,这看起来像是"生拉乱拽",然而在诗歌中,它却与卷一结尾和卷二开头之联系如此紧密,以至于假如它被略去,那么,其裂口就会有一百行之宽。弥尔顿的每一诗行,几乎都具有物理学家时常认为我们应当归结于物质的那种力量——远程作用力。

这一隐秘功效(姑且这样说吧)在弥尔顿明喻中的例证,俯拾即是。将伊甸乐园比作"恩那原野"——将此美景比作彼美景(卷四第268行)。然而,这一明喻的深意在于,明显不会当作相似性的那个相似性是这样一个事实:两个地方美貌的年轻人在采摘花朵之时,都被从地下世界出来的黑暗力量劫掠。① 片刻之后,伊甸乐园又被比作尼栖亚岛和阿玛拉山。学问不大的读者,大可放心。为领略这一明喻的好处,根本无需在脚注中查找这些地方;诗人选择此喻的动机,与掉书袋根本无关。我们需要知道的,诗人都告诉了我们。其中之一是河中岛屿,另一个则是一座高山,二者都是<u>幽避之处</u>(*hiding*

----

① 朱维之译《失乐园》卷四第268—272行:"古时候有个美丽的恩那原野,比花更美丽的普洛塞庇娜在那儿采花,她自己却被幽暗的冥王狄斯采摘而去,害得刻瑞斯历尽千辛万苦,为她找遍全世界。"(页126)

places)。只要我们继续往下读，不提任何问题，这一明喻就会散发出伊甸园的隐秘感，散发出无限珍贵、受保护、被珍藏、密不示人的事物的气息。从而也丰富了弥尔顿始终要在每位读者心中激起的那种意识——乐园意识(the consciousness of Paradise)。我承认，诗人有时走得太远，逻辑关联的假象过于离谱，以至于难以接受。在卷四第 160—171 行，①弥尔顿为了让我们感受到撒旦出现于伊甸园纯粹就是亵渎，描写甜美花香时，却突如其来地插入鱼腥臭味，暗示最大煞风景的希伯来故事之一。然而，逻辑关联的假象(撒旦喜欢花香胜于亚斯摩代喜欢鱼臭)②太过牵强，令我们感到荒诞不经。

　　这种对读者的掌控力量，当然并不限于明喻。卷三行将结束时，弥尔顿让撒旦造访太阳。若喋喋不休太阳之光和热，将是毫无用处；只会陷入大而无当之泥淖，最终摆脱不了拙劣诗人之宿命。弥尔顿则使得接下来的 100 行诗，

------

　　① 朱维之译《失乐园》卷四第 165—171 行："那乐园的甜蜜妙香，使怀毒心而来的魔王也喜欢，虽然他的喜欢香气，比阿斯摩丢斯喜欢鱼腥气要好些，后者因追求托比的儿媳妇而被鱼腥所驱逐，怀着嫉恨，从米狄亚被赶到埃及，终于被牢牢地缚住。"(页 122)
　　② 亚斯摩代(Asmodeus)，古代犹太教及祆教文学作品中的恶魔，朱维之译为阿斯摩丢斯，太像希腊罗马人名，故不取。

将太阳刻画得淋漓尽致。我们先读到（第 583 行）太阳"缓缓地温暖宇宙"，还提到这一"无形美德射入万物的心脏"。①接着在 588 行，借着不过是一语双关的"黑点"（spot）一词，令我们想到伽利略新近所发现的太阳黑子。② 再接下来，我们则遇上了炼金术。这是因为，那门学问归给黄金的近于无穷的力量以及黄金与太阳威力（solar influence）之间的联系，就使得炼金术成了一面镜子，我们在其中可以看到太阳的王者的（regal）、厚生的（vivifying）、"大炼金术士"（arch-chemic）的气象。接下来，仍是间接为之，弥尔顿让我们看到，没有阴影的世界的景象（第 614—620 行）。此后我们遇到尤烈儿（神的光明）。③ 由于每个孩子都知道，即便不是从普林尼和伯纳德斯那里知道，④也从斯宾塞及奥维德那里得知，太阳就是"世界之眼"（the world's eye），所以

① 陈才宇译文。

② 朱维之译《失乐园》卷三第 588—590 行："魔王到了那儿便歇下来，给太阳增加了一个黑点，就是天文学家的望远镜也不能发现。"（页 103）

③ 朱维之的译注："尤烈儿（Uriel）是神的光明的意思。七大天使或七灵，见《启示录》一．4；八．2。"

④ 普林尼（Pliny），疑指撰写《自然史》的罗马科学著作家老普林尼（Pliny the elder，23—79）；伯纳德斯（Bernardus），疑指撰写《宇宙志》（Cosmographia）的中世纪诗人、哲学家 Bernardus Silvestris（1150 年前后）。

我们读到,尤烈儿就是七大天使之一,充当"上帝的眼睛"（第 650 行）；甚至可以说,是上帝查访这个物质世界的唯一的"眼睛"（第 660 行）,"在天国众精灵中,素以目光敏锐著称"（第 691 行）。当然,这不是现代科学中的太阳,而是将弥尔顿之前时代太阳对人所意味着的一切,几乎都集中到一块。这一大段,用弥尔顿的话来说,就是"冶金于一炉"。①

　　在弥尔顿身上,很多被误以为是掉书袋（pedantry）的东西（听人说他"博闻强识",我们耳朵都快结茧了）,究其实则是招魂术（evocation）。② 假如弥尔顿上穷碧落下黄泉地

---

① 《失乐园》卷三 609—610 行。

② 关于弥尔顿之博学,美国批评家哈罗德·布鲁姆说："位列莎士比亚和乔叟之后,约翰·弥尔顿是最迥绝的英语诗人。因为弥尔顿是孔硕渊博的诗人,对于大多读者来说,他的诗歌而今愈发艰涩,因为我们在这个时代所接受的教育要比过去贫乏得多。我在耶鲁大学已有半个世纪,至今不曾听见某位同事评价某人十分'有学问'。饱学之士已不时兴。……再无哪位伟大诗人（纵使但丁也不是）以如此清晰、有系统的意旨出发,将自己全然献身诗歌,志在超越前人。再无哪位大诗人似弥尔顿这般广泛而深刻地阅读。他意愿度过一个幽闭而世俗的人生,在这样的人生里,诗歌与学问相融,这是他的两大用心处。"（哈罗德·布鲁姆《史诗》,翁海贞译,译林出版社,2016,页 139）至于弥尔顿之喜欢用典,美国学者 M. S. 伯克哈特（M. S. Burkhart）的这段话也可供对参："弥尔顿是一位很有学问的诗人,他的学识已经成为现代读者的拦路虎。当然弥尔顿运用自己的渊博的知识不是为了使自己的作品把读者搞糊涂,而是使其更充实,更有意义。此外他从其他人的作品中所引用的典故多数都是当时读者所熟悉的。"（伯克哈特《约翰·弥尔顿的〈失乐园〉及其他著作：英汉对照》,徐克容译,外研社,1997,页 232）

寻求明喻或暗示,这可不是为了逞才,而是为了不知不觉间将我们的想象力领入诗人所期望的轨道。我们也都明白,读者领会某一暗示所需学养,跟弥尔顿要找到这一暗示所需学养,并不对等。只有理解到这一点,或许才有可能着手探讨弥尔顿最遭人诟病的风格特征——他的拉丁句法。①

不间断感(continuity),乃史诗风格之本质所系。书页若要像厅堂上吟游诗人的诵唱声那样感染我们,那么唱诵(chant)就必须持续不间断——圆转自如、不可阻挡、"振起不挠的双翼".② 定不容许我们专注于每行之结尾。即便是一段结尾之后的更长停顿,也必须让我们感到,这仿佛是音乐中的停顿,其中休止恰是音乐的一部分;而不能让我们感到,这是两个曲目之间的间歇。甚至接连的两卷之间,我们务必不要从迷醉(enchantment)中完全醒过神来,也不要立即卸掉我们的节日盛装。除非船在动,否则舵不起作用;

————————

①　关于弥尔顿的拉丁句法(the Latinism of his constructions),M. S. 伯克哈特也作过专门说明:"通常人们认为弥尔顿的风格相当拉丁化,也就是说他摒弃英语最常用的主-动-宾的句子模式,而采用拉丁语更为复杂的句子模式。他很喜欢用倒装句,如把一个介词短语,或是动词的宾语,或者是动词本身放在句首。"(同上)

②　原文为:upborne with indefatigable wings. 语出《失乐园》卷二第408行。

同理,只有我们保持灵动,诗人才能影响我们。

大致说来,弥尔顿借着避用语法学家所谓的单句,避免了间断感(discontinuity)。假如他所述说的事情,跟邓恩①或莎士比亚所说的根本相似,那么,这就会令人疲惫不堪。因而,他用来弥补句法之复杂的是,其背后广阔想象之简单质朴(simplicity),以及其语序之恰如其分。对我们读者而言,这事实上意味着,虽然我们只能玩味(*play* at)其复杂句法,但我们可以敞开心扉接受其潜在的简单质朴。恰如对胡克②的散文语句穷根究底毫无必要一样,我们亦无需对这些韵文语句穷根究底。大致感受(即便你坚持要分析它,通常发现的也是这种感受)就是,在你面前的事情牵一发而动全身,言语之流并未条块分割,你追随的是无比坚强的声音——这就足以让你保持"沉重",借此沉重,诗人才能掌舵。我们举个例子吧:

---

① John Donne(1572—1631),17世纪英国玄学派诗人。今日多译为约翰·但恩或约翰·多恩,之所以沿袭旧译"邓恩",只是因为相比于"但恩""多恩","邓恩"二字出现在拙译正文中,更像人名,读起来更通畅。

② 胡克(Richard Hooker,1554—1600),基督教神学家,安立甘宗神学的创立人。

是你啊;这是何等的坠落!

何等的变化啊! 你原来住在

光明的乐土,全身披覆着

无比的光辉,胜过群星的灿烂;

你曾和我结成同盟,同心同气,

同一希望,在光荣的大事业中

和我在一起。现在,我们是从

何等高的高天上,沉沦到了

何等深的深渊呀!(卷一第84行)

这是一个相当复杂的句子。① 一方面,倘若你读它时(让鬼魅
一样的诵唱而不是口说萦绕耳际)不操心句法,你将依其最自

---

① 句法之复杂,汉语译文可能难以体现。《失乐园》之原文是:If thou
beest he; But O how fall'n! how chang'd / From him, who in the happy
Realms of Light / Cloth'd with transcend brightness didst outshine / Myr-
iads though bright: If he whom mutual league, / United thoughts and coun-
sels, equal hope / And hazard in the Glorious Enterprise, / Joynd with me
once, now misery hath joynd / In equal ruin: into what Pit thou seest / From
what highth fal'n. 陈才宇先生译作:"是你吗? ——这是多大的沉沦! 多大
的变故! 你原先就生活在光明乐土,全身披覆着万道金光,那光芒胜过万千
个灿烂的同辈,我曾与你结成联盟,意气相投,在壮丽的事业中同甘共苦;如
今我们又同遭毁灭的灾患,从那至高处坠落,跌入无底深渊。"

然不过的顺序,接受诗人要给你的印象——失去的天堂荣耀,首次密谋,战争豪赌,接着就是痛苦,毁灭以及深渊。不过,复杂句法可不是毫无用处。它保持了如歌行板(the cantabile),它使得我们在短短几行就感到,我们借以启程的洪流的巨大推动力。而且,几乎诗中的所有诗句都会揭示这一点。①

句与句之间的拉丁语式连接,服务于同一目的。而且和明喻一样,包含着相当多的暗示。一个很好的例子就是卷三第 32 行的"我也忘不了"章。② 在这一段,弥尔顿直接

---

①　美国学者 M. S. 伯克哈特(M. S. Burkhart)说,欣赏《失乐园》的风格之美,得动用听觉:"人们不能否认弥尔顿的风格的确会造成一些困难,然而凡是认真阅读弥尔顿的诗的学生都会发现,一旦他们习惯了他的风格中的独特癖好,就会感到一切都不难。此外,多数学生最后会认为弥尔顿的风格十分令人兴奋,极为令人满足。朗读有助于培养对弥尔顿的欣赏能力,此外朗读还能向读者展示阅读所不能感受到的史诗音调之丰富。《失乐园》是既应看又应听的诗篇。"(伯克哈特《约翰·弥尔顿的〈失乐园〉及其他著作:英汉对照》,徐克容译,外语教学与研究出版社,1997,页 233)

②　朱维之译《失乐园》卷三第 34 行以下:"我也忘不了另外两位和我同命运,声名相似的人,盲人塔米里斯和梅奥尼德斯,以及古先知忒瑞西阿斯和菲纽斯,以能激起微妙和声的思想为食饵,好像那不眠的鸟儿在暗夜中歌唱,隐身于浓荫密林,独自谱奏她那夜的歌曲:这样,一年四季不停轮转,但白昼总轮不到我,无论清晨的或黄昏的赏心乐事,或春天的百花,或夏日的蔷薇,或羊群,或牛群,或圣贤的面容,都光临不到我。只有阴云和无穷的黑暗包围着我,人世间享乐的一切渠道都断绝了,美丽的知识书本,大自然的杰作,到我这里便成消削了的无字书,智慧被关闭在这一重门外。"(页 83—84)

唤起他一直在间接提及的伟大吟游诗人。当然，假如往古那些神秘的吟游瞽者跟我们相关，那么其意味就大大丰富。像斯宾塞这样的诗人，将会以"有如荷马"(*Likewise dan Homer*)之类句子写新的一节。可是这并不合弥尔顿心意：这有点过于随便，可能会令人想起一位坐在椅子里的老绅士的絮絮叨叨。"我也忘不了"，使得他从"锡安山，以及你山下百花竞艳的小溪"过渡到"盲人塔米里斯"，毫无间断。就像舞者借助程式化动作(stylized movement)，从一个位置过渡到另一位置。第 26 行的"可是我仍"是另一个例子。① 同样还有"这个题材比那在特洛伊"(卷六第 13 行)，以及"自从我最初喜爱这个主题的英雄史诗时候起"。这些表述，并不代表真正的思想关联，恰如亨德尔作品中的延长音，②并不代表真正发音。

也必须注意，弥尔顿的拉丁句法结构，一方面使我们的

---

① 朱维之译《失乐园》卷三第 26—33 行："可是我仍雅爱圣歌，逸兴遄飞，不断地徘徊在缪斯所常临的清泉、深林和日光照耀的小山，尤其是你，锡安山，以及你山下百花竞艳的清溪，冲洗着你的脚，低吟潺湲的地方，我每夜必到。"(页 83)

② 亨德尔(Handel)，疑指与巴赫齐名的英籍德裔作曲家 George Frideric Handel(1685—1759)。

语言更紧凑,另一方面也使其更流畅。固定语序是一种代价——差点是致命代价——英语因无字尾曲折变化而付出的代价。弥尔顿的句法结构,使得诗人能够从某种程度上脱离这一固定语序,自己选择语序,从而让观念渗入诗句。举例来说:

> 甜美的睡眠第一次找上了我,
>
> 轻柔的压力使我昏昏沉沉,
>
> 安然入睡。我以为自己不知不觉
>
> 又回到了先前的状态,一切都
>
> 已化为乌有。(卷八第 291 行)①

> soft oppression seis'd
>
> My droused sense, untroubl'd though I thought
>
> I then was passing to my former state

---

① 《失乐园》原文第 288—291 行:with soft oppression seis'd / My droused sense, untroubl'd, though I thought / I then was passing to my former state / Insensible, and forthwith to dissolve:拙译采用陈才宇先生译文。路易斯讨论的语序问题,汉译无法显示。朱维之先生译作:"平静的睡眠最初临到我,轻柔地压上我的朦胧睡眼,我以为自己已经被溶解了,回到原初无意识的状态去了。"

Insensible, and forthwith to dissolve.

这一句法如此雕琢,以至于它有歧义。我并不知道,*untroubled*(平静的)一词是限定 *me*(我)还是限定 *sense*(感官)。同样的疑惑也关乎 *insensible*(不知不觉)以及 *to dissolve*(化为乌有)的句法结构。然而我无须知道。*drowsed*(昏昏沉沉)——*untroubled*(安然入睡)——*my former state*(我先前的状态)——*insensible*(不知不觉)——*dissolve*(化为乌有),这个次第恰好合适。意识之瓦解,如在目前。句法之扑朔迷离,不是障碍,而是有助于这一效果。而在另一段落,我读到:

> 天庭那不朽的
>
> 大门已经洞开,黄金制作的门铰链
>
> 发出和谐的声音。(卷七 205 行)①

----

① 《失乐园》原文,卷七第 205—207 行:Heav'n op'nd wide / Her ever during Gates, Harmonious sound / On golden Hinges moving,本译采用陈才宇先生译文。路易斯讨论的语序问题,汉译无法显示。朱维之先生译文是:"天庭广开其不朽的大门,黄金的户枢发出谐和的声音。"

> Heav'n op'nd wide
>
> Her ever-during Gates, Harmonious sound
>
> On golden Hinges moving.

Moving 一词，可能是一个及物动词，与 *gates*(大门)一致，支配 *sound*(声音)；抑或 Harmonious sound On golden Hinges moving 这一短语，可能是一个独立夺格。[①] 无论我们选择哪一个，这一段之效果相同。一个极端现代的作家，为了达到这一效果，可能会这样写：

> 大门洞开
>
> 金枢转动
>
> 缓缓地
>
> 音声清雅
>
> Gates open wide. Glide
>
> On golden hinges...
>
> Moving...

---

①　独立夺格(ablative absolute)，一种拉丁语文法。

Harmonious sound.

消融了日常语言单位，重回不可切分、如水流动的直接经验——这一效果，弥尔顿也达到了。然而，由于他有极端雕琢的句法结构这一假象，他因而避免了"发烧"（fever）之虞，维持了一种尊严感；而且也没有激人发问。

最后，还可以说，这一风格并不仅仅属于史诗，而且也是弥尔顿选择去讲的特定故事的风格。我必须请求读者的一点耐心，让我考察这一风格在叙述中的实际功用。弥尔顿的主题，引领他处理人类心灵中某些很是基本的意象——就像鲍特金女士①可能会说的那样，处理一些原型模式（archetypal patterns），如天堂、地狱、伊甸乐园、上帝、魔鬼、双翼武士、裸体新娘以及虚空。无论这些意象来自真正的属灵感知，抑或来自胎儿期或婴儿期的混沌经验，在此并非问题所在。诗人如何唤醒（arouse）它们，如何完善（perfect）它们，以及如何让它们在我们心灵中相互作用，这

————————

①　鲍特金女士（Miss Bodkin），英国学者，据叶舒宪主编的《神话—原型批评的理论与实践》（陕西师范大学出版社，2011），她是神话原型批评中从事原型心理研究的荣格学派的代表人物。

才是批评家应该关心的。我用"唤醒"一词,乃有意为之。天真的读者会认为,弥尔顿要将伊甸乐园描写成他想象的那样。实际上,诗人知道(或表现得像是知道),这无济于事。他自己脑海中的乐园图像,跟你的或我的一样,都充满了毫不相干的特殊物件——尤其是,充满了童年时曾游戏其中的第一个花园的记忆。他越是详尽描述这些特殊物件,也就越远离我们心中的那个乐园,甚至远离他自己心中的乐园。因为真正要紧的,是透过(come through)特殊物件的某样东西,是使它们焕然一新的一线灵光。假如你对它们一门心思,你将会发现,它们在你手上死去或发凉。这样说来,我们越是费心修建庙宇,竣工之时,我们越可能发现,神灵已经飞走了。然而弥尔顿必须看似要作描写(seem to discribe)——你不可能对《失乐园》中的伊甸乐园无话可说。虽看似要描写自己的想象,但他必定实际上要唤醒我们的想象。唤醒我们的想象,不是要形成确定图景,而是要在我们内心深处重新发现一丝天光(Paradisal light);至于所有的明白图像,只不过是其瞬间映现而已。我们是他的风琴:当他表面看去是在描写乐园时,他实际上是在我们心中修造乐园站点(Paradisal Stop)。他主要如此落笔的地方

(卷四 131—286 行),值得细细端详。

它始于 *so on he fares*("这样,魔王向前走去",第 131 行)。*on*(向前)一词很关键。他向前走啊走。乐园路途遥远。当前,我们只接近其"边界"。距离意味着逐步接近。现在就在"近旁"(第 133 行)。接着来了障碍:"峻峭荒山","山坡上有毵毵密林"(第 135 行)。不要小觑 *hairy*(毵毵)一词。弗洛伊德认为乐园(happy garden)就是取自人类身体的一个意象,这一观点一点也不会让弥尔顿惊恐,尽管这里的要点当然是,山坡"荒莽瑰奇"(第 136 行),"难以接近"(第 137 行)。然而,我们想要的不仅仅是障碍。请记住,在这类诗歌里,诗人的战斗,主要是提前奠定胜局。假如他让我们持续期待,天光若现若隐,那么,当他最终装出要描写乐园的样子,我们已经被征服。他现在做着自己的工作,所以在高潮来临之时,我们将实际上为自己工作。因而在 137 行,他开始推进——向上推进,一个垂直序列。"山头上长着无比秀丽的高大树荫。"(第 138 行)然而这还不够。这些树,都是梯形参天树(松、杉、枞),其中插入一种东方传统的胜利之树(棕榈,第 139 行)。它们搭建了一个舞台(第 140 行),这里弥尔顿想起了"一片枝叶摇摆的大

树,像挂着的一幅垂幕"。① 它们层林叠翠,仿佛一个森林
剧场(第140—142行)。读着读着,我仿佛已经感到脖子发
酸,向越来越高处仰望。接着,出乎意料,就像梦境一样,我
们发现那看似顶峰却实非顶峰。层林之上,"高出树梢",高
耸着乐园的青翠围墙。现在,我们可以不再仰望,得片刻休
息。指挥棒一挥,我们沿相反方向去看全部事物——我们
就是亚当,大地之王,从绿色城头俯瞰下面的世界(第144—
145行)——当然假如我们回过神来,它依然高之又高。因
为围墙还不是真正顶端。围墙之上——几乎难以置信,我
们的凡俗之眼竟然瞥见了乐园里的树。在第147—149行,
我们读到了第一笔直接描写。当然,这些树结着金色果子。
我们已经知道,它们会这样。任何神话都已经告诉我们如
此;在这里追求"原创",是榆木脑袋。然而,我们不能再接
着看树。彩虹的明喻(第150—152行),引了进来。此时,我
们的目光,由乐园转向彩虹末端。于是,序列主义主题(the
theme of serialism)被再次捡起——空气渐趋清鲜(第153
行);这个意思(清风徐来)②很快就过渡到极富感性刺激的

---

① 原文为拉丁文:*silvis scaena coruscis.* 语出《埃涅阿斯纪》卷一第164行。

② 括号的原文,为拉丁文:*quan la douss aura venta.* 疑似出自 Bernat de Ventadorn 的诗歌 Odor de Paradis。

19行,突然被撒旦的臭气拦腰斩断(第167行)。① 接着就是停顿,仿佛管弦乐配合搞砸了一样。我们又重回逐步接近之意象。撒旦仍在缓缓前行(第172行)。如今,障碍变得更难克服,到头来却发现(就像特洛伊人终于望见意大利)②,唯一入口在另一边(第179行)。接下来的段落,关乎故事主题,在此可以略去不谈。在第205行,我们重回乐园。我们最终进入乐园,现在诗人仿佛不得不去描写了。对他来说好兆头是,我们心中的乐园情结(the Paradise-complex)现在已彻底苏醒,他给予我们的任何特殊意象,几乎都会被我们捕捉并同化。然而,他不是以一个特殊意象开端,而是以一个观念开端——"一块小小地区,展现出全部自然界的丰富宝藏"(第207行)。关键是,"小小地区",被保护起来的弹

---

① 路易斯所说的这19行,应是指《失乐园》卷四第153—171行:"他呼吸到的是清新无比的空气,内心不由得激起春日的喜悦,一切悲伤(除了绝望)都随之消散。软软的风张开芬芳的羽翼,将阵阵幽香散发出去,一边还窃窃私语从何处盗得这芳馨的战利品:那情景就像在好望角以外的洋面上航行的水手刚刚驶出莫桑比克,阵阵东北风吹来了盛产香料的阿拉伯海岸的沙巴香气,被陶醉的水手们放慢航行的速度,茫茫海面上弥漫着幽香,古老的大海因之而微笑。给人类带来灾难的恶魔也这样欣赏那阵阵幽香,他的喜爱远胜过阿斯摩第阿之于鱼腥味……"(陈才宇译本)

② 典出《埃涅阿斯纪》,参本书第6章。

丸之地，就像所有甜蜜被揉进一粒糖丸。一切都是上帝"安置"（第 210 行）。不是创造了（created）它，而是安置了（planted）它——出自《以西结书》第 16 章的拟人的上帝，我们童年及人类童年的上帝，制作了一个玩具花园（toy garden），就像我们童年时曾制作过那样。① 最早及最低层次，已被揭出。这一领域镶嵌着富丽的古城；一片"快乐的土地"（第 214 行），可是，乐园中的山峦，恰如镶嵌在黄金上面的珠宝，"远为快乐"（第 215 行）。因而，由古城之富丽而生的情感，如今汇进我们对乐园的感情。接着来了树木，神秘而又数不尽的树木，以及"鲜润金色的仙果，累累满枝"（第217—222 行）。接下来是河流，流入黑暗地下，潜流而进，又从中"如饥似渴地"喷涌而出（第 228 行）。乐园再一次让我们想起人体。跟这一幽暗形成对比，我们在地上有"涟漪的小河，滚流着东方的珍珠和金砂"（第237—238 行）。最终，从第 246 到 265 行，我们才读到了实际的描写。它全是最

① 关于"玩具花园"，详参拙译路易斯《惊喜之旅》第一章："在这些早年岁月里，有一天，哥哥带了个饼干盒盖到婴儿房来，他在上面铺满苔藓，用树枝和花朵装点成一个玩具花园（a toy garden）或一个玩具森林。那是我一生最早见识的美。……只要我活着，我所想象的'伊甸乐园'，总留着哥哥玩具花园的痕迹。"（华东师范大学出版社，2018，页 9）

为贴切的概括描写,而且简短。① 不喜欢此类诗歌的读者,可能会对弥尔顿的乐园提出他的反对,说它包含着"意料之中的一切"——芳香四溢,金果满枝,无刺蔷薇,轻声细语。他会更偏爱意料之外。然而,意料之外在此并无立足之地。在此诉诸显而易见及亘古既有,不是为了给我们一种关于已经失去之乐园的新观点,而是要让我们知道:乐园已被发现,我们最终还乡,最终抵达迷宫之中心(the centre of the maze)——我们的中心,人类的中心,而不是弥尔顿一己之中心。铺垫足够长,才能做到这一点。在第 264 行,用词开始铺张(swelling),开始颤栗(trembling),不安地重复着"风",为的是让风或可以"刮进"下面的诗行——或许可以涌进一团我们可谓耳熟能详的缤纷神话。② 这才是真正的

---

① 朱维之译《失乐园》卷四第 246—265 行:"森林中丰茂珍木沁出灵脂妙液,芬芳四溢,有的结出金色鲜润的果子悬在枝头,亮晶晶,真可爱。海斯帕利亚的寓言,如果是真的,只有在这里可以证实,美味无比。森林之间有野地和平坡,野地上有羊群在啃着嫩草,还有棕榈的小山和滋润的浅谷,花开漫山遍野,万紫千红,花色齐全,中有无刺的蔷薇。另一边,有蔽日的岩荫,阴凉的岩洞,上覆繁茂的藤蔓,结着紫色累累的葡萄,悄悄地爬着。这边的流水淙淙,顺着山坡泻下,散开,或汇集在一湖中,周围盛饰着山桃花的湖岸捧着一面晶莹的明镜,注入河流。各色的鸟儿应和着合唱;和风,春天的和风,飘着野地山林的芳馨。"(页 126)

② 这里是指《失乐园》卷四第 266—287 行所插入的大量神话典故。

高潮；这时既然已经进了乐园，我们就在第 288 行做好了准备，最终邂逅我们始祖的白皙、挺秀、高大、撩人的形象。

8 为此风格一辩

Defence of This Style

一只手转动着数术水晶球，

里面聚拢着秩序女神炯炯双目

发出的万道光芒，混乱消弭，

人间井然有序，各当其位。

借着那光，道德与合宜本身

才穿着得体，亭亭玉立。

她另一只手挥动桂冠宝杖，

将野蛮和贪婪击退。

要是秩序女神遭弑，

野蛮和贪婪就吞噬大地和人类的肢体，

傲慢地升坐神位。①

——查普曼《希洛与利安德》卷三第 131 行

我相信，许多读者对上一章的反应，或可表述如下：

你所描述的，恰好是我们不叫作诗的东西。你所说的弥尔顿对听众的掌控，正好是修辞家和宣传家的卑劣艺术手段，与诗人的无功利的活动决然不同。激发对陈规情境（conventional situation）的陈套反应②，你决定叫作"原型模式"（Archetypal Patterns），其实正

---

① 原文为：One hand a Mathematique Christall swayes, / Which, gathering in one line a thousand rayes / From her bright eyes, Confusion burnes to death, / And all estates of men distinguisheth. / By it Morallitie and Comelinesse / Themselves in all their sightly figures dresse. / Her other hand a lawrell rod applies, / To beate back Barbarisme and Avarice, / That follow'd, eating earth and excrement / And human limbs; and would make proud ascent / To seates of gods, were Ceremonie slaine. 语出查普曼（George Chapman）的《希洛与利安德》（*Hero and Leander*）卷三第 131 行。因暂未找到该诗之中译文，故只能妄译。

② 陈套反应（stock response，又译"套板反应"），文艺心理学术语。朱光潜《咬文嚼字》一文说：一件事物发生时立即使你联想到一些套语滥调，而你也就安于套语滥调，毫不斟酌地使用它们，并且自鸣得（转下页注）

低贱作家的标志。这种处心积虑的拔高与夸大，与

　　　　真诚（true poetic sincerity）恰巧相反。因为这就好

　　　　上高跷，咬牙切齿地要显得　　　　。简言之，我

　　　常怀疑，弥尔顿是　　　　心让我们确证了自己的

　　　　真是不　　　。

我基本　　　　，让持该观点的那些人回心转意。不过，假

如不澄　　　们的分歧乃本质所系，那也是个过错。假如

上述一　　是我的错，那么这些错可不是我粗心大意一时

失足，而　　灵魂深处。假如上述一切就是我所见到的真

理，那　　　就是基本真理，失却它们意味着想象力之死亡

（ima　　 death）。

（接上　　　这就是近代文艺心理学家所说的"套板反应"（stock response　　　的心理习惯如果老是倾向于套板反应，他就根本与文艺无缘。　　者说，"套板反应"和创造的动机是仇敌；就读者说，它引不起新鲜而真切的情趣。一个作者在用字用词上离不掉"套板反应"，在运思布局上面，甚至在整个人生态度方面也就难免如此。不过习惯力量的深度常非我们的意料所及。沿着习惯去做总比新创更省力，人生来有惰性。常使我们不知不觉的一滑就滑到"套板反应"里去。（《朱光潜全集》新编增订本卷六《我与文学及其他　谈文学》，中华书局，2012，页218）路易斯则在本章辩说，套板反应对人之为人，对人类社会之维系，非但必不可少，甚至性命攸关。

先说说掌控（Manipulation）吧。我并不认为（也没有哪个伟大文明会认为）修辞艺术必然卑劣。它本身是高贵的，尽管像绝大多数艺术一样，也会用于作恶。①我并不认为，修辞术与诗的区别就在于，一个掌控听众，另一个则是纯然自我表现，以自己为目的，不在乎任何听众。在我看来，这两类艺术，必定都要对其听众产生影响。二者影响听众，均靠语言运用，来支配我们心中的现有物事。修辞术的区别特征在于，它希望在我们心中产生某种实践决心（如咒诅沃伦·黑斯廷斯或对菲利普宣战）。它做到这一点，靠的是唤起激情（passions），使之成为道理（reason）之辅助。假如演说者真诚相信，他唤取激情支持的那件事情就有道理（reason），那么修辞术就是真诚的实践；假如他的这一信念没错，那么修辞术就是有益的实践。假如他唤取激情支持的那件事情，事实上就没道理（unreason），那么修辞术就是有害的

---

① 亚里士多德《修辞学》卷一第一章："如果说不正当地使用演说的力量可以害人不浅，那么，除了美德而外，许多好东西，如体力、健康、财富、将才，都应当受到同样的非难；这些东西使用得当，大有好处，使用不得当，大有害处。"（罗念生译，生活·读书·新知三联书店，1991）

实践；假如他自己知道那就是没有道理，那么修辞术就是骗人的实践。正当运用修辞术，既合法又必需。因为恰如亚里士多德所说，单凭理智"成不了事"（moves nothing）。思转换为行，无论何时，对所有人来说，差不多都需要得到相应心情襄助。由于修辞术的目的（end）指向行动世界，那么它所处理的对象，就必然大幅削减，要省略其许多实情。于是，菲利普的野心，就被揭露得既邪恶又危险，因为愤慨（indignation）和适度恐惧（moderate fear）就是人由思至行的情感渠道。而好的诗歌，假如它也处理菲利普之野心，那么它给你提供的东西，就更像是那野心的全部真实（total reality）——成为菲利普，在万物秩序中处于菲利普的位置，会感受如何。诗人笔下的菲利普，势必比演说家口中的菲利普，更具体（*concrete*）。这是因为诗歌旨在制造境象（vision），而不在唤起行动（action）。在此意义上，境象包括激情（passions）。某些事物，若没看到其可爱或可恶之处，就没得到正确观看。假如我们试图唤起某人对牙痛的恨，只为让他去找牙医，那就是修辞术；然而，即便这里并不牵涉实行，即便我们只想交流牙痛之真相以供沉思，或只是为交流而交流，那我们也有可能失职，假如我们在朋友心中所制造的观念并不包含对牙痛的恨的话。牙痛，舍却我们的恨，就只是个抽象。因而，在诗歌希望制造的那种具体真实之境象（vision of concrete reality）中，一个必不可少的因素就是，唤醒并塑造读者或听者的情感。大略说来，在修辞术中，想象（imagination）之存在，是为了激情（passion），因而最终是为了行动（action）；而在诗歌中，激情之存在，则是为了想象，因而最终是为了智慧（wisdom）或属灵健康（spiritual health）——人对这世界整体反应之正确（rightness）与丰富（richness）。这一正确，除了其本身令人振奋（exhilarating）亦令人平静（tranquillizing）之外，当然也会间接地有助于正确行动。那些老批评家说，诗歌寓教于乐（taught by delighting）或寓乐于教（delighted by teaching），其道理就在于此。瑞恰慈博士和 D. G. 詹姆斯教授①所提出的敌对理论，跟古人的分歧还没有大到找不出任何接合点的地步。对瑞恰慈博士来说，诗歌产生了我们的心理态度的一种整

---

① D. G. 詹姆斯（D. G. James, 1905—1968），英国文学批评家。

体均衡。① 对詹姆斯教授来说，它为"第二想象"提供客体，给了我们对世界的一种看法（a view）。然而，对实存（reality）的一种具体看法（与纯概念的看法相反），事实上势必牵涉到正确态度。假如人这一受造物，全然适应了他居于其中的世界，那么正确态度的总体，势必就处于整体均衡。不管怎么说，诗歌必定旨在使读者心灵不再原地踏步。认为诗歌只为诗人存在这一观念——公众只有旁听（overhears）的份而无听闻（hears）的份——乃是批评中的愚蠢杜撰。自说自话，没有什么特别钦羡之处。若说人在自己面前才最扭捏作态，人对自己才最处心积虑地行骗，这话倒还有的可说。

---

① 英国文学批评家瑞恰慈（I. A. Richards, 1893—1979）的《文学批评原理》（杨自伍译，百花洲文艺出版社，1997）一书，致力于让神经生理学为文学批评提供科学基础。在他看来，我们心中有许多相互冲突的冲动，故而，人之心灵健康端赖于冲动之组织（organization）和有条不紊（systematization），从而由"混乱心态"（chaotic state）转向一种"组织较好的心态"（better organized state）。准此，"道德规范这个问题（problem of morality），于是就变成了冲动组织的问题（problem of organization）"；"最有价值的心态（the most valuable state of mind），因此就是它们带来各种活动最广泛最全面的协调，引起最低程度的削减、冲突、匮乏和限制"（中译本，页49—50，英文乃译者参照英文原本所加）。他因而提出，优秀文学作品的价值就在于此精神疗效，也即成就心理态度的一种"整体均衡"（wholesome equilibrium）。

接下来就是关于陈套反应的问题。瑞恰兹博士用"陈套反应"一词，来指深思熟虑组织起来的态度，它取代了"随意直接搬弄经验"的位置。[①] 依我看，态度方面的这种"深思熟虑的组织"，倒是人类生活的首需之一；而艺术的主要功能之一就是，玉成之。诸如爱情或友爱中的始终如一，诸如政治生活中的忠诚，或者泛泛而论吧，诸如坚忍不拔——所有这些切实的美德和持久的快乐——端赖于组织某些态度（organizing chosen attitudes）；坚持这些态度，以对抗直接经验的永远的变动不居（或"直接随意搬弄"）。这一点，瑞恰慈博士大概不会否认。不过，他的学派将重点放在了另一边。他们说起话来，仿佛我们的反应，总是在更细微的分辨、更大

---

① 见瑞恰慈《文学批评原理》第 25 章。在瑞恰慈看来，人对于世界的"陈套的约定俗成的态度"（stock conventional attitude），十岁以下的孩子是没有的。在孩子身上，只有"随意直接搬弄经验"（the direct free play of experience）。随着孩子的"普通反思能力"（general reflection）的增长，"随意直接搬弄经验"的位置，就被"态度方面的深思熟虑的组织"（the deliberate organization of attitudes）所取代。瑞恰慈说，这是"一种笨拙而又粗糙的取代"。其结果就是，"使我们脱离经验"（removing us from experience）。因而，瑞恰慈根据针对陈套反应的不同态度，区分艺术家和通俗作家："艺术家内在和外在的冲突就在于同这些陈套反应进行斗争，而通俗作家的胜利则在于利用了它们"（杨自伍译，百花洲文艺出版社，1997，页 182—183）。路易斯此章所针对的，就是瑞恰慈的这一观点。

的特殊性的方向才需加以改进;仿佛人从来不需要让自己的已有反应,更正常,更传统。在我看来,恰恰相反,绝大多数人的反应,还不够"陈套"。在我们绝大多数人身上,"搬弄经验"过于"随意",过于"直接",以至于危及安定、幸福或人类尊严。他们的相反信念,其来有自。(1)逻辑式微:源于一个轻巧假定,即殊相(the particular)是真实的,而共相(the universal)不是。(2)一种浪漫的原始主义(a Romantic Primitivism):瑞恰慈本人并不持此观点。原始主义偏爱自然事物,不爱人为之物,偏爱无意得之,不爱有意求之。因而也就失去了一度为印度教、柏拉图主义者、斯多葛学派、基督徒以及"人文主义者"所共有的古老信念——朴素"经验"(simple 'experience')与其说是可敬之物,远不如说是质料,有待意志加以驾驭、形塑、琢磨。(3)混淆了组织某反应与假装某反应(混淆源于这一事实,即二者都是自觉的)。不知许革勒在何处说过:"亲吻儿子,不仅因为我爱他,而且是为了我会爱他。"[1]这就是组织(organization),好。不过,你也大可以亲

---

[1]　原文为:I kiss my son not only because I love him, but in order that I may love him. 许革勒(Friedrich von Hügel, 1852—1925),天主教平信徒,护教学家。

吻孩子,为的是显得你爱他们。这就是假装,不好。切莫小视这一分别。眼见得拙劣作家对着好的陈套反应照猫画虎,敏感的批评家就烦不胜烦,以至于当他们碰见真实的陈套反应,还误以为是装腔作势。这就像我的一个熟人,他看过太多太多的描画水中之月的滥画,以至于真有池水映月,他也批评说"老套"。(4)还有个信念(跟我下章要讨论的永恒人心说不无关联):自然本身为人的反应"赋予"了某种基本正直(elementary rectitude),这可以说是理所当然,因而诗人们得了这份基本保证,就可以自由地致力于更前沿的工作,教我们做细之又细的分辨。我相信,这是个危险的幻觉。孩子们都喜欢玩泥巴,但还是不得不教他们对泥巴的陈套反应。正常的性行为,与其说就是个"予料"(a datum),①远不如说是一个长期而又深思熟虑的建议(suggestion)和调节(adjustment)所成就的;而实践证明,对一些个体来说,有时对全社会来说,这一过程都太过艰难。弥尔顿刻画撒旦时所依赖的,正是对骄傲的陈套反应;自从浪漫主义运动发端以

---

① Datum 为拉丁文,字面义为"所给予之物"(what is given)。作为哲学术语,意指手头之事的难以否认的某个证据。汉语通译为"予料",系直译,亦为突出该词。

来,这一反应就式微了——这也正是我写这些讲稿的一个原因。对变节的陈套反应,已不再牢靠;有一天我听一个可敬的工人为"呵呵勋爵"(Lord Haw-Haw)辩护说(没有一点愤怒或反讽迹象):"你总该记得,他也是要挣工资的吧。"对于死亡的陈套反应,已不再牢靠;我听人说,住院时,唯一"有意思"的事,就是同病房的人死了。对痛苦的陈套反应,已不再牢靠;我听说,艾略特先生将黄昏比作躺在手术台上的病人,①这一比方为人称道,甚至令人欣喜若狂,不是因为它是对感受力衰颓的惊人刻画,而是因为它如此"令人愉快地不快"。甚至对快乐的陈套反应,也变得不可靠了;我听有人(还是年青人)骂邓恩的艳情诗,因为这人一说起"性"总是"使他想到消毒液和避孕用具"。人类对事物不假思索的正直反应(the elementary rectitude of human response),并不是"与生俱来",但我们总是动不动就用一些刻薄的形容词来抨击,诸如"陈套"、"粗糙"、"资产阶级"、"墨守成规"。其实,这些反应是经由不断历练、小心翼翼养成的,得来辛苦,失去却

---

① 见艾略特《J. 阿尔弗雷德·普罗弗洛克的情歌》:"趁黄昏正铺展在天际,像一个上了麻醉的病人躺在手术台上。"(汤永宽译,《荒原:艾略特文集》,上海译文出版社,2012,页 3)

易如反掌。这些正直反应是否能延续下去，成了人类的美德、快乐以至种族存亡之所系。因为，人心虽非一成不变（其实一眨眼间就会出现难以察觉的变化），因果律却永不改变。毒药变成流行品后，并不因此而失去毒性。

　　我所引用的这些例子，就已经警告我们，即便是人之为人所需要的这些陈套反应，都已面临威胁。照着这一惊人发现，就无需为弥尔顿或其他任何前浪漫派诗人去做申辩。古老诗歌，借着不断坚持一些陈套主题——诸如爱情是甜美的，死亡是苦涩的，美德是可爱的，小孩和庭园是有趣的——为人所提供的服务，不仅具有道德、文明教化的重要性，甚至对人的生物性存在也至关重要。再加上，当古代批评家说诗歌"寓教于乐"，他们说得一点没错。因为在以前，诗歌就是一个主要手段，新一代借以学习好的陈套反应；不是学着去模仿，而是借着模仿去做出好的陈套反应。① 自

---

　　① 【原注】恰如亚里士多德所见："对于要学习才能会做的事情，我们是通过做那些学会后所应当做的事来学的。"（《尼各马可伦理学》卷二第 1 章）【译注】这一段话意味深长，为帮助读者诸君理解，抄录一段更长一点的引文："我们是先有了感觉而后才用感觉，而不是先用感觉而后才有感觉。但是德性却不同：我们先运用它们而后才获得它们。这就像技艺的情形一样。对于要学习才能会做的事情，我们是通过做那些学会后所应当做的事来学的。比如，我们通过造房子而成为建筑师，通过弹奏竖琴而成为竖琴手。同样，我们通过做公正的事成为公正的人，通过节制成为节制的人，通过做事勇敢成为勇敢的人。"（《尼各马可伦理学》1103a—b，廖申白译注，商务印书馆，2003）

从诗歌放弃了这一职能（office），这世界也没变得更好。当现代人急着去占领意识的新领地，唯一那块人可以生活其中的老领地，却无人守护。我们的危险恐怕在大后方。我们亟需恢复那门遗失了的诗歌艺术：丰富某一反应，却不使其怪异（eccentric），使人正常而不俗气。当此之时——在此恢复完成之前——《失乐园》之类诗歌，对我们就是前所未有地不可或缺。

　　进言之，关于神话诗（mythical poetry）为何就不应追求新异（novelty），就其组成成分而论，还有个特别原因。神话诗处理其组成成分，你要多新异，就有多新异。不过巨人、恶龙、乐园、神祇之类，本身却是人的属灵经验中某些基本元素之表达。在此意义上，它们倒更像是词汇——一门语言里言说那些舍此即无法言说之事的词汇——而不像是一部小说里的人物或地方。赋予它们全新特征，与其说是创意，不如说是不合语法。电影《白雪公主》，这一天才与俗气的奇怪混合，就能说明这一点。在对皇后的刻画中，有个好的因袭（good unoriginality）。她就是一切美丽而又残酷的皇后的原型：那就是人期望看到的东西，只是其对典型之忠实，超出了人敢于承望的程度。小矮人的自大的、醉意十足的、滑稽的面孔,则是个坏的创意。既见不到真正小矮人的智慧、贪婪,也见不到其泥土气,只见一种随意创新的愚蠢。而白雪公主在林中苏醒那幕,创意及因袭都用得恰如其分。好的因袭,在于让灵敏的小动物来充当安慰者,在于其真正的童话风格(the true *märchen* style);好的创意则在于,让我们起初将它们的眼睛误认为是鬼怪的眼睛。其全部艺术不在于出人意料,而在于以出乎意料的完美和准确,唤起那个萦绕我们终生的意象。弥尔顿笔下的乐园或地狱,其妙处只在于,它们就在那儿——那个事情最终还是发生了——梦境就在我们面前,没消散。像这样用一钓钩就能钓出海怪的诗人,不多。与此相比,诗人添加的任何新意所带来的短命快乐,都是小儿科。

至于刻意夸大与拔高的指责,还在。这里难就难在,现代批评家趋于认为,弥尔顿不知怎地总是试图欺骗。在每一个词上面,我们都感到诗人所承受的压力——韵文的造作性质(the *builded* quality)——又由于这是今天的绝大多数诗人最不愿意产生的效果,所以我们也容易陷入这样的假设,即弥尔顿要是能够,他就会掩盖这一点,认为这正是他没能力成就天机自发(spontaneity)的标记。然而问题是,弥尔顿是否真的想听上去天机自发？他告诉我们，他的韵文事实上是未经谋划（unpremeditated），他将此归功于缪斯。或许如此吧。或许直到那时，他自己的史诗风格已经成为"一门考虑自身、诗化自身的语言"。① 不过，这很难说就是要点所在。真正的问题在于，就这类作品而言，天机自发的样貌（an *air* of spontaneity）——给人以个人自发情感直接流露的印象——是否最不合适？我相信这不合适。那样的话，我们会错过这一至关重要的感觉：某些不同寻常的事情发生了。② 邓恩传统里的拙劣诗人，会雕琢地写，努力使诗听上去像是口语。即便弥尔顿打算蒙骗，那也是另一种骗法。践礼之人，并不试图让你认为，这就是他走路的自然样貌，这就是他自己居家生活的未经谋划的肢体动作。即便仪礼会因日用而不知、因习焉而不察，他也必定努力让它显得刻意，为的是让我们这些参与者感到，他以及我们自己都肩负着隆礼之重任（the weight of the solemnity）。他的一举一动，要是随意或是熟悉，那就不是"真诚"或"天机自发"，而是鲁莽

---

① 原文为：a language which thinks and poetizes of itself. 不知语出何处。

② 原文为：*something out of the ordinary is being done.*

无礼。即便他的长袍并不重，也应显得重。这里没必要假定任何欺骗。习惯及专心致志，或者有着缪斯或随便哪个名字的东西，都可以使得《失乐园》的韵文流入弥尔顿的心田，毫不费力；不过流进来的，则是程式化的东西（something stylized），与会话相距甚远，倒像是布道词（hierophantic）。此程式（style）不会假装"自然"，恰如歌唱家不会假装在说话。

即便在自己的诗里，诗人以第一人称出现，那也不能认为就是约翰·弥尔顿本人。即便是他本人，那也是个不相干的枝节（an irrelevance）。他也成为一个形象——目盲的吟游诗人形象——我们就他所知的一切，都无不有助于这一原型模式（archetypal pattern）。在吟唱的，不是他这个人（his person），而是他的职分（his office）。认为《斗士参孙》的开篇以及《失乐园》卷三之开头，分别给我们提供了弥尔顿对自己目盲的真实感受，以及他自己臆想到的感受，那我们就大错特错。弥尔顿本人，既生而为人，对目盲的切身感受，相比于二者所表达的，会更多，也更无趣。从那份体验中，诗人为自己的史诗和悲剧，分别撷取了各自适合的东西。烦躁、屈辱以及质问天意，进入了《斗士参孙》，那是因为悲剧的要务在于，"借引起怜悯、恐怖或惧怕而具有力量，足以消除心中那些类似的激情，……由于阅读或观看激情惟妙惟肖的模仿，激起某种愉快"。① 即便没有目盲，他仍会（尽管供他支配的知识会少一些）将盲人体验的这些要素，如数置入参孙之口，因为，为了"最好地反映现实和习尚"的"故事的剪裁"②需要它们。另一方面，平静而又伟大的一面，令目盲变得可敬的那些联想——所有这一切，他都选用在了《失乐园》卷三的开头。对此二者，真诚及不真诚这两个词，都用不着。我们在一个场合，要一个伟大的盲诗人；在另一个场合，则要一个受苦的问天的囚徒。"得体即为杰作。"③

诗人在他的诗才中所撷取的壮丽（grandeur），不应唤起敌意。那是为我们好。他将自己的史诗弄成一场典礼（a rite），以便我们共享；它越仪式化，就越是抬举我们跻身参

---

① 语出弥尔顿《斗士参孙》之序言"论诗剧中的悲剧"，更长一点的引文是："悲剧，如古时所创作的，历来被认为是从前一切诗歌中最严肃、最具有道德意义、最有益的；所以亚里士多德说它借引起怜悯、恐怖或惧怕而具有力量，足以消除心中那些类似的激情，就是说，由于阅读或观看激情惟妙惟肖的模仿，激起某种愉快，用以适当地调节激情使之得以缓和、减轻。"（金发燊译，广西师范大学出版社，2004，页1）

② 出处同上。更长一点的引文是："至于全剧的风格和一致性，以及一般叫作'情节'的东西，不论错综复杂还是一目了然的，实际上都只为的是故事的剪裁或意向能最好地反映现实和习尚。"（页4）

③ 原文是：Decorum is the grand masterpiece. 语出弥尔顿的《论教育》(Of Education)一文。

与者之列。正因为诗人不是以私人身份出现，而是以祭司或乐队指挥的身份，所以就不是呼唤我们去聆听某特定的人对堕落（the Fall）作何想何感，而是呼唤我们在他的指挥下，参与到全体基督徒的盛大的模仿性乐舞当中，我们自己从天堂跌落，我们自己上演地狱和乐园，上演堕落及悔罪。

关于弥尔顿风格的这个假定——即它确如人们所想，事实上既生僻（remote）又雕琢（artificial）——就说到这里。我的申辩里，一点都不依赖于质疑这一假定。因为我想，它应当生僻，应当雕琢。不过我相信，人们还是夸大了其程度。对此按下不表，有违诚实。我们所认为的《失乐园》的典型"诗歌辞藻"（Poetic Diction），大部分不是这么回事。它成为诗歌辞藻，只是因为弥尔顿使用了它。他写下"望远镜"（卷一第 288 行）一词，我们以为这是个诗歌委婉语（poetical periphrasis），因为我们记得汤姆森或阿肯赛德；[1]不过，那在弥尔顿的时代，好像就是一个普通表达。当我们读到

---

[1]　阿肯赛德（Akenside），当指英国物理学家、诗人 Mark Akenside（1721—1770）。至于以汤姆森（Thomson）名世的英国物理学家，则有两个：一个是 J. J. Thomson（1856—1940）爵士，一个则是 G. P. Thomson（1892—1975）爵士。

"周身燃着烈焰，头冲下跌落"（卷一第 46 行），我们自然会惊呼："不为弥尔顿，宁为魔鬼！"①然而，同样的词，据说就出现在长期议会（the Long Parliament）的一份文献中。"金号角"（alchymy，卷二第 517 行），听上去像是弥尔顿式含混：其实它差不多是个商品名。numerous 一词用于限定韵文（卷五第 150 行），②听上去像是"诗化"了，其实不然。要是我们能如其本然地读《失乐园》，我们就应看到比这更多的险僻用字（play of muscles）。不过，只多那么一点点。我为弥尔顿的风格辩护，是将它视为一种雅正风格（a ritual style）。

我想，老一辈批评家们也会误导我们，当他们说"景慕"（admiration）或"震惊"（astonishment）就是对这类诗歌的合适反应的时候。当然，假如"景慕"一词取其现代义，误解就成了灾难。我倒想说，悦慕（joy）③或兴发（exhilaration）才是它产生的效果——在包含着狂喜和伤痛的整体经验里，

---

① 原文为：*aut Miltonus aut diabolus*！这里是套用拉丁习语：*Aut Caesar, aut nihil*（不为恺撒，宁为虚无）。

② 《失乐园》卷五第 150 行出现短语 numerous verse，刘捷译为"节奏鲜明的韵文"。

③ 路易斯笔下的 joy 有特别含义，不能译为"喜乐"。至于缘何译为"悦慕"，拙译路易斯《惊喜之旅》译后记第 3 部分，曾作专门讨论。

迭加着雄壮与平静的元素。在《干燥的塞尔维吉斯》(*Dry Salvages*)里，艾略特先生说到"音乐听得心醉神迷，以至于一点都没听到"。① 只有从交响乐所感发的心境中走出来，我们才开始再一次分分明明听到感发此心境的那些声音。同理，当我们沉浸在"宏伟"(grand)风格所唤起的经验中时，在某种意义上，我们就不再意识到此风格。香，用过之后，就不香了。诗作所激发的景慕，却使得我们没空去景慕诗作。当我们完全融入一场典礼(a rite)，我们不再想着仪节(ritual)，而是全神贯注于为之举行典礼的那个事情；可是之后，我们认识到，仪节才是我们得以聚精会神的唯一手段。读《失乐园》，发觉自己被迫始终留神音韵(the sound)和手法(the manner)的那些读者，只是没有发现这音韵和这手法旨在做什么。一个学童，有个偶然机会读了一页弥尔顿，那是第一次，接着抬起头来说："我的天!"他一点都不知道怎会有此效果，只知道有股新的力量、广度、光明和热情改变了他的世界。这孩子，比老批评家更接近真理。

---

① 原文为：Music heard so deeply that it is not heard at all. 语出艾略特的诗歌《干燥的塞尔维吉斯》(*Dry Salvages*)第 5 章。裘小龙先生译为"听不到太迷人的妙音"，兹不取。

9 永恒人心说

The Doctrine of the Unchanging Human Heart

拒绝列席一切时代，无视一切王国的美，大错而特错。

——特拉赫恩①

直至目前，我们一直关注《失乐园》的形式（form），现在看看其内容（matter）。这里，现代读者也有困难。布莱恩·霍恩（Brian Hone）先生这位板球选手和校长曾告诉我，为了让学生甘心接受我们阅读弥尔顿需要批注这一事实，他给

---

① 原文为：Man do mightily wrong themselves when they refuse to be present in all ages and neglect to see the beauty of all kingdoms.

学生指出,假如弥尔顿来阅读现代书籍,不知需要多少批注。这招实在高明。假如弥尔顿起死回生,花一礼拜时间阅读我们当代文学,想想他会向你提出怎样的一大堆问题吧。你不知道要走多远,才会让他理解自由(liberal)、深情(sentimenal)、自得(complacent)怎就成了贬义词。而且还没说完,你就会发现,你已经在开始从事哲学疏解了,而不仅仅是一个简单的字义问题。我们读《失乐园》时,位置正好倒了个个儿。弥尔顿站在原地,必须成为学习者的是我们。

　　研习诗歌的学生,如何面对这些时代鸿沟?有一个经常得到推荐的方法,可以称之为"永恒人心说"。按照这一方法,那种使一个时代与另一时代分离的东西,都是皮相。这就好比,剥去中古骑士的武装或卡罗琳朝臣的朝服,我们就会发现他们的皮囊跟我们相差无几。因而他们认为,剥去维吉尔的罗马帝国主义,剥去锡德尼的荣誉至上,①剥去卢克莱修的伊壁鸠鲁哲学,②剥去所有信教者的宗教,我

---

①　菲利普·锡德尼爵士(Sir Philip Sidney,1554—1586),伊丽莎白时代的诗人和骑士,《为诗辩护》之作者。

②　卢克莱修(Titus Lucretius Carus,约公元前98—前53),罗马诗人,伊壁鸠鲁派哲学家,以长诗《物性论》闻名于世。

们终会找到那颗永恒人类心灵（Unchanging Human Mind）。这才是我们的核心关注。我曾多年持有此论，现在则抛弃了。当然，我依然承认，假如你去掉人的不同处，留下的必然就是人的共同处；我依然承认，那颗人类心灵当然也会显得永恒不变，假如你对其变化视而不见的话。然而我开始怀疑，研究这个最小公倍数（L. C. M.），就是研习古诗的学生为自己设定的最好目的？倘若我们是在寻找这个最小公倍数，那么，在每一首诗中，就会诱使我们将那些属于最小公倍数的因素看作重中之重，而最小公倍数就是我们剥除完了以后的剩余物。可是，要是这些因素在我们所读那首诗的实际收支（actual balance）里无足轻重呢？这时，我们对此诗的整个研究，就会变成我们与作者之间的一场战争。在战争中，我们试图将他的作品强塞进他从未赋予的另一形状，让他在实际上使用柔音踏板的地方使用强音踏板（loud pedal），强迫他在泰然自若之处虚张声势，将他的浓墨重彩之处加以轻描淡写。一个例子就是，对但丁的陈旧的现代阅读：过分强调《地狱篇》；在《地狱篇》里，过分强调保罗与弗朗西斯卡之恋情。一致关注让·德·梅恩续写的《玫瑰传奇》①中的讽刺因素,则是另一例。而且有时候,我们赋予这一虚假尊荣的那些特征,其实根本就没有真正展现人性的永恒不变因素,而只是长期变迁过程中,古代作者与现代风气(modern mood)的碰巧相似。我们找到的不是永恒不变,而是它与我们自己的变异(modification)之间的偶然相似。这就好比有个苏格兰人认为,希腊步兵必定是个铁杆的长老会教徒,因为他们也穿短裙。在这种幻觉下,我们说不定还会假定,维吉尔借狄多的恋情特意表现永恒人类心灵,押沙龙之死比亚伯之死更"核心"。② 我不是说,这样去读我们将会一无所得;只不过切莫想象,我们正在欣赏古代作者实际所写的作品。

幸运的是,还有更好的一条路。不再去剥除骑士之武装,你也可以自己试着披挂上他的武装;不再去看朝臣脱下朝服什么样,你可以试着去看自己穿上他的朝服会感觉如

---

① 《玫瑰传奇》(*Roman de la Rose*)分上下两卷,上卷共 4300 行,为基洛姆·德·洛利思(Guillaume de Lorris)所著;下卷 17000 多行,为让·德·梅恩(Jean de Meun,约死于 1305 年)所著。

② 押沙龙(Absalom),古以色列第二位君王大卫的第三子;亚伯(A-bel),亚当与夏娃的次子,为兄长该隐所杀,这是大地上流的第一滴血。

何；也就是说，试看看你拥有《大居鲁士》①里他的荣誉（honour）、机智（wit）、忠诚（royalism）及勇武（gallantries）会如何。我深知，自己倘若接受卢克莱修的信念，会感觉如何；但我不知道，卢克莱修要是从未热衷于这些信念，会感觉如何。我自己心中那个可能的卢克莱修，比卢克莱修心中那个可能的 C. S. 路易斯，更有意思。② 切斯特顿的《公认与否认》一书中，有一篇令人五体投地的文章，名为《论人：所有时代之子嗣》。子嗣，就是继承人，"任何人被切断

---

① 《大居鲁士》(*Grand Cyrus*)，法国古代篇幅最长的长篇小说，作者玛德琳·史居里。全书十卷，于 1649 至 1654 年陆续出版。

② 拙译路易斯《文艺评论的实验》最后一章，详细陈述了这一阅读伦理：

好的阅读尽管本质上并非一种情感的、道德的或理智的活动，却与这三者有某些共通之处。在爱中，我们摆脱我们自己，走入他人。在道德领域，任何正义或慈爱之举，都牵涉到设身处地，因而超越我们自身的争竞特性（competitive particularity）。在理解事物时，我们都拒斥我们想当然的事实，而尊重事实本身。我们每个人的首要冲动是，自保及自吹。第二冲动则是走出自身，正其固陋（provincialism），治其孤单（loneliness）。在爱中，在德性中，在知识追求中，在艺术接受中，我们都从事于此。显然，这一过程可以说是一种扩充（enlargement），也可以说是一种暂时之"去己"（annihilation of the self）。这是一个古老悖论："失丧生命的，将要得着生命。"

因而我们乐于进入他人之信念（比如说卢克莱修或劳伦斯之信念），尽管我们认为它们有错。乐于进入他们的激情，尽管我们认为其情可鄙，如马洛或卡莱尔有时之激情。也乐于进入他们的想象，尽管其内容全无真实。（华东师范大学出版社，2015，页 252—254）

与过去之联系……就被最不公正地取消继承权"。[①] 为了乐享我们的全部人性(full humanity),无论什么时候,只要可能,我们就应将人类所经历的一切感受方式和思考方式都吸收进来;只要时机允许,就应尽力将这些感受方式和思考方式付诸实际。你读荷马,这取决于你,必须化身为一名雅典统帅;读马罗礼,必须化身为一位中古骑士;读约翰逊,必须化身为一个 18 世纪伦敦人。只有这样,你评判作品才能"感作者之感,思作者之思",[②]从而避免想当然的批评。研究人类心灵之存在所包含的基本变迁,胜于以虚构的恒久不迁来自娱自乐。因为真相在于,当你剥除在此文化或彼文化中人类心灵之实际所是(actually was),给你留下的就是一种悲惨抽象(miserable abstraction),全然不同于任何人的实际生活。就以简单事务为例吧,比如说饮食,一旦你抽象掉社会实践和烹饪实践中不同时代不同地域特有的东西,饮食就会沦为纯生理活动。一旦你抽象掉,跟人类爱

---

① 切斯特顿(G. K. Chesterton)的《公认与否认》(*Avowals and Denials*)一书,是一部随笔集,其中《论人:所有时代之子嗣》(On Man: Heir of All the Ages)是第 13 篇。

② 原文为:in the same spirit that its author writ. 见本书第一章题辞。这里为保持文意通畅,译文不同。

情相伴随的形形色色的禁忌、情操以及伦理，人类爱情就会沦为医疗对象，而不会成为诗歌对象。

逻辑学家将会看到，永恒人心说的谬误，就是又一例的最小公倍数共相论（the L. C. M. view of the universal）。这种共相论认为，一台引擎最真正地是一台引擎，假如它既不是蒸汽驱动，也不是电气驱动；既不固定也不移动；既不大也不小。然而究诸实际，你理解引擎之为引擎、人之为人或其他任何共相，恰好靠的是研究其可能具有的全部不同样态——靠着沿波讨源，而不是靠着剪枝芟叶。

当绍拉教授①请我们"去研究弥尔顿思想中那些有持久原创力（lasting originality）的东西，尤其要从其神学垃圾中剥离出那些永久关怀及人文关怀"（《弥尔顿》页111），②我们必须充耳不闻。这就好比，请我们去研究《哈姆雷特》，却先让我们去除其有仇必报（revenge code）；研究昆虫，去除其不相干的腿；研究哥特建筑，不要其尖顶。假如清除了神

---

① 绍拉（Saurat），亦译索拉特，法国学者，弥尔顿专家。

② 路易斯所引，应来自此书：Denis Saurat, *Milton: Man and Thinker*, New York: The Dial Press, 1925。下同。

学,弥尔顿的思想就不存在。我们的计划必须决然不同——一头扎进那些所谓"垃圾",去看看假如我们信它,世界会是什么样;然后,假如我们在想象中仍持此立场,再看看最终会得到何种诗篇。

为了避免一种不公平的优势,我应该敬告读者,我本人就是个基督徒。无神论读者必须"努力装着信仰的样子去感受"的一些事情(绝非全部),说得直白一点,我的确相信。然而对于研读弥尔顿的学生来说,我的基督信仰是优势。当你读卢克莱修时,如果有一个真正的、活生生的伊壁鸠鲁主义者伸手可及,你还有什么不愿意付出的?①

————————

① 古罗马诗人、哲学家卢克莱修(Lucretius,约公元前 98—前 53)是古希腊哲学家伊壁鸠鲁的忠实信徒。正因为他,伊壁鸠鲁主义在罗马才被视为一种严肃的哲学思考,而不是径直沦为享乐主义的代名词。

10 弥尔顿与圣奥古斯丁

Milton and St. Augustine

但是你一定要克服自己，

不管顺境逆境都热爱上帝。

——《珍珠》第 401 行①

　　人类堕落故事的弥尔顿版本，本质上就是圣奥古斯丁的版本。后者则是全体教会的故事版本。通过研究这一版本，我们将会了解到，这一故事对弥尔顿及其同代人意味着

---

　　① 见张晗 编译《农夫皮尔斯：中世纪梦幻文学精选》，浙江大学出版社，2016，页 262。

什么，从而也就能够避开现代读者极有可能做出的种种错误强调。这一教义如下：

1. 上帝创造之万物，无一例外地善。正因为它们是好的，"这世上没有任何东西生来就是恶的，所谓'恶'无非就是善的缺乏"（《上帝之城》卷十一第 21、22 章）。[1] 因而弥尔顿笔下的上帝说亚当，"我凭正直公平创造了他"，并接着说"我造大天使和天人也是这样"（《失乐园》卷三第 98 行）[2]；因此天使说："只有一位全能者，万物从他生出，又转归于他，万物如不从善良坠落，可说是创造得完美无缺。"（《失乐园》卷五第 469 行）[3]

2. 我们所谓的恶物，乃善物之悖逆（《上帝之城》卷十四第 11 章）。当有意识的造物（同前），更关心自身而不关心上帝并进而希望"按自己"生活（《上帝之城》卷十四第 13 章），这一悖逆就出现。这是骄傲之罪。[4] 第一个犯骄傲

---

① 王晓朝译《上帝之城》（人民出版社，2006）卷十一第 22 章，页 472。

② 朱维之译《失乐园》页 85。陈才宇译《失乐园》（吉林出版社集团，2014）译作："我完美地创造了他……我也是这样创造天上的神灵。"（卷三第 103、105 行）

③ 朱维之译《失乐园》页 180。

④ 王晓朝译《上帝之城》卷十四第 13 章："除了骄傲，还有什么能成为他们邪恶意志的开端呢？因为'骄傲是犯罪之始'。除了是一种想要得到有悖常情的提升的欲望，骄傲又能是什么呢？……当一个人对自己感到喜悦时，骄傲就产生了；他本应对不变之善感到喜悦，而不应对自己感到喜悦，而在这种时候他就偏离了不变之善。"（页 607）

之罪的造物是撒旦，"这种傲慢曾诱使它离开上帝而追随自己。它抱着僭主一般的野心希望能对下属发号施令，而不是做一名好属下"（卷十四第 11 章）。① 弥尔顿笔下的撒旦，极符合这一描述。他首先关心的是自己的尊严；他之所以造反，因为他"觉得对于他自己是一个损害"（《失乐园》卷五第 665 行）。② 他企图"按自己"生活，意思是他并非上帝所造，而是"凭我们自身的活力，自生，自长"（卷五第 860 行）。③ 他是"伟大的苏丹"（卷一第 348 行）及"大君主"（卷二第 469 行）④，是东方暴君与马基雅维利式君主的混合（卷四第 393 行）。⑤

3. 准此善恶教义，就能得出：(a) 就像弥尔顿笔下的天堂或乐园，善可离开恶而存在，但恶的存在却离不开善

---

① 王晓朝译《上帝之城》（人民出版社，2006）卷十四第 11 章，页 604。

② 《失乐园》卷五第 663—666 行记述，撒旦因对圣子心存嫉恨而反叛："那一天，伟大的天父宣布圣子被封为弥赛亚，受膏的王，由于他的傲气，觉得不能忍受，这光景对于他自己是一个损害。"（朱维之译本，页 186）

③ 朱维之译《失乐园》卷五第 861—862 行，页 193。

④ 陈才宇译《失乐园》（吉林出版集团，2014）。

⑤ 马基雅维利（Machiavelli），意大利政治思想家，代表作《君主论》中提出了为达到政治目的可以不择手段的观点，故而 Machiavellian（马基雅维利式）一词就成了玩弄权术不择手段的代名词。

(《上帝之城》卷十四第 11 章)。① （b）好天使与坏天使，具有同样本性（Nature），忠于上帝则幸福，忠于自己则悲惨（《上帝之城》卷十二第 1 章）。② 这两个推论就解释了弥尔顿的那些经常遭到误解的段落，其中撒旦本性（*nature*）之卓尔不群在其意志之悖逆中得到强调，与其意志之悖逆形成对比，因其意志之悖逆而变本加厉。假如根本就没有善（也即假如并无存有［no being］）可供悖逆，那么，撒旦将不会存在（exist）；这就是告诉我们"他并未失去昔日的光辉"仍"尊严依旧"的原因所在。（《失乐园》卷一第591 行）

4. 尽管上帝所造诸物皆善，但上帝预知一些造物将自

---

① 王晓朝译《上帝之城》卷十四第 11 章："若无善的事物，恶也就不能存在，但就其本性而言，有恶存在于其中的本性确实是善的。还有，消除恶靠的不是消除恶产生于其中的本性，或消除本性的任何部分，而是依靠治疗和矫正受到恶的侵犯而堕落的本性。"（页 604）

② 王晓朝译《上帝之城》卷十四第 11 章："好天使与坏天使性格上的对立并非源于他们本性与起源上的差异……而是源于他们的意志和欲望方面的差异。"（页 492）"好天使幸福的原因是他们矢忠于上帝，同理，坏天使可悲的原因也可以在前者的对立面中找到，这就是他们不忠于上帝。因此，要问好天使为什么幸福，那是因为他们忠于上帝，这样的回答是正确的。要问好天使为什么可悲，正确的回答是他们不忠于上帝。除了上帝，没有其他任何善能使理性的或理智的生灵幸福。"（第 493）

愿使自己变恶（《上帝之城》卷十四第 11 章）①，他也预知能对恶物善用（同前）。因为，他创造（*creating*）好的自然，展现的是他的仁慈（benevolence）；他利用（*exploiting*）邪恶意志，展现的是他的公义（justice）（《上帝之城》卷十一第 17 章）。② 所有这些，在诗中反复出现。上帝看到撒旦让人步入歧途；他也看到"步入歧途是一定的了"（《失乐园》卷三第 92 行）。③ 他知道，罪（Sin）与死（Death）也认为他"愚蠢"，因为他让它们轻而易举地进入宇宙，然而罪与死并不知道上帝"召唤地狱的群狗来舔去人间污秽罪孽，落在洁净东西上面的脏污和渣滓"（卷十第 620 行以下）。④ 罪，因可怜的无知，

---

① 王晓朝译《上帝之城》卷十四第 11 章："由于上帝预知一切，因此他不会不知道人会犯罪。……因为凭着他的预知，上帝知道由他本身创造出来的本性为善的人会变得何等邪恶，也知道自己能从这种恶中兴起什么样的善。"（页 602—603）

② 王晓朝译《上帝之城》卷十一第 17 章："上帝是自然之善的最高创造者，所以他也是邪恶的最正义的统治者。"（页 466）吴飞译作："上帝是好的自然的最好的创造者，同时也是对坏的意志的最正义的安排者。"（《上帝之城》中册，上海三联，2008，页 96）

③ 陈才宇译《失乐园》（吉林出版集团，2014）卷三第 91—98 行："我把人安置在那里，目的是想看看：他能否用武力将他摧毁，或者凭奸计让他步入歧途。看来步入歧途是一定的了；因为人会轻信他动听的谎言，会轻易违背那唯一的禁令，并放弃表示忠诚的唯一誓言。"

④ 朱维之译《失乐园》卷十第 616—630 行："看那些地狱的群狗，一心想要进行破坏，糟蹋那边的世界，那是我如此美好地创造了（转下页注）

还误以为神明(the Divine)"用交感作用或自然的权力"让她走向撒旦(卷十第247行)。在卷一,当撒旦由于"那统治万汇的天神的洪量"(卷一第212行),从炎炎的火湖上昂起头来时,这一教义得到了强化。恰如天使所指出的,那些企图反抗上帝的,最终事与愿违(卷七第613行)。诗的结尾,亚当惊叹于"这一切善由恶而生"(卷十二第470行)。① 这恰好是卷一里撒旦规划之反面,他那时期望,假如他想要从他的恶中寻找善的话,那么他就要"颠倒目标"(卷一第164行)②;他被容许为所欲为地作恶,反而发现他成就了善。那些不想做上帝之子(God's sons)的人,最终成为上帝之工具(His tools)。

(接上页注)的,本来可以保持原状,可惜因为人的愚蠢,引进这些破坏的暴徒,他们如此容易进去,而且取得这么高的地位,雄视一切,让我的敌手得意洋洋,还以为是我的愚蠢所致,地狱的王和仆从们也这样看,他们嘲笑我,以为我兴致大发,把一切都送给他们,随随便便地向他们的暴政让步,却不知我召唤地狱的群狗来舐去人间污秽罪孽,落在洁净东西上面的脏污和渣滓,直到被腐肉碎骨塞饱到胀破的程度。"(页369)

　　① 朱维之译《失乐园》卷十二第469—471行:"啊,无限的善良,莫大的善良! 这一切善由恶而生,恶变为善;比创造过程中光出于暗更可惊奇。"(页443—444)

　　② 朱维之译《失乐园》卷一162—165行:"假如他想要从我们的恶中寻找善的话,我们的事业就得颠倒目标,就要寻求从善到恶的途径。"(页8—9)

5. 假使没有堕落，人类生养众多，最终会升至天使席位（《上帝之城》卷十四第 10 章）。① 弥尔顿也这么看。上帝说，人类住在地上而不住在天上，"积累功绩而逐步升高，为自己开拓攀登到这儿的道路"（《失乐园》卷七第 157 行）。② 天使暗示亚当说，"将来会有一天"，"你们的五体变得轻灵起来，终于全部化灵，同我们一样长了翅膀，飞升天上"（《失乐园》卷五第 493 行以下）。③

6. 撒旦从夏娃下手，而不是从亚当下手，是因为他知道，她更少理智（less intelligent）而更多轻信（more credulous）（《上帝之城》卷十四第 11 章）。④ 因而，弥尔顿笔下的撒旦高兴地发现，"那个女人独自一人，正好实施各种诱惑"，

---

① 王晓朝译《上帝之城》卷十四第 10 章："这种幸福会一直延续下去，他们会'生养众多'，直至出现许多预先确定的圣徒；他们也还会被赋予另一种更大的幸福，即给予最幸福的天使的那种幸福。"（页 602）

② 朱维之译《失乐园》卷七第 157—162 行："我要在转瞬间，另造一个世界，从一个人，能够产生无量数的人类，住在那儿，不是在这儿，他们将经过长期顺从的试炼，积累功绩而逐步升高，为自己开拓攀登到这儿的道路。"（第 243 页）

③ 朱维之译《失乐园》卷七第 495—500 行（页 181）。

④ 王晓朝译《上帝之城》卷十四第 11 章："它选了这对夫妻中较弱的一方下手，以逐渐实现它的全部目的，它设想那个男人不那么容易上当，或者说不那么容易由于他自己的错误而落入圈套，但会屈服于那个女人的过失。"（页 605）

而那个男人不在，"正好避开他较高的智慧"（《失乐园》卷九第 483 行）。①

7. 亚当没受骗。他并不相信，妻子所说的是真的。但他听从她，是因为他们两人之间的社会纽带（《上帝之城》卷十四第 11 章）。② 除了约略强调亚当动机之中的情爱因素、降低亲情因素之外，弥尔顿几乎复述了这一点——"他不迟疑地吃了，违反自己的识见，溺爱地被女性的魅力所胜"（《失乐园》卷九第 998 行）。③ 然而，我们不要夸大这一差异。奥古斯丁所说的"男人并不相信女人说的是真的，但是这个团体使他必须如此"，④回响于弥尔顿笔下的亚当口中："没有你，我怎么能够活下去呢？ 怎么能抛弃你亲切的话语和如此深情的夫妻间的爱？"伊甸乐园一下子就变成了"野蛮的丛林"，⑤诗中此前可从未见过，除非我们内心渴望如此。

---

① 陈才宇《失乐园》（吉林出版集团，2014）卷九第 481—484 行。

② 王晓朝译《上帝之城》卷十四第 11 章："我们不能相信是那个男人受了诱惑而违反上帝的律法，因为他以为那个女人讲的是真话，倒不如说是由于他们的亲情，所以他顺从了那个女人的愿望。"（页 605）

③ 朱维之译《失乐园》卷九第 996—998 行（页 331）。

④ 原文为拉丁文：*ab unico noluit consortio dirimi*. 语出《上帝之城》卷十四第 11 章，见吴飞译《上帝之城》中册，页 206。

⑤ 刘捷译《失乐园》卷九第 910 行。

在任何诗中，这或许就是分水岭的最佳表述。

8. 堕落在于忤逆（Disobedience）。关于魔力苹果的所有想法，不着边际。苹果"之所以是坏的或有害的，乃因为它是禁止的"。禁止之要义就在于要求顺从（obedience）："这个德性是理性的被造物（重点在被造物；尽管是理性的，但也仅仅是个被造物，而非自足存在）的一切日常德性之母，是它们的护卫。"（《上帝之城》卷十四第 12 章）①这恰好也是弥尔顿的观点。苹果具有某种内在（intrinsic）重要性的观点，出自反面角色（bad characters）之口。在夏娃的梦里，苹果成了"神圣的果子"，"专为神们所享用，而且还能把人变为神"（《失乐园》卷五第 67 行以下）。② 撒旦想，苹果里魔力般地包

---

① 吴飞译《上帝之城》（上海三联，2008）卷十四第 12 章："这之所以是坏的或有害的，乃因为它是禁止的；在那个如此幸福的所在，上帝没有创造或种下任何的坏。但是在他的诫命中，人们被要求服从，这个德性是理性的被造物的一切日常德性之母，是它们的护卫。人被造的时候，服从就是对他有益的；如果他的意志不听从他的造物主，那就是毁灭性的。上帝禁止他们吃某一种食物，但他们可以吃别的丰富的东西，这个命令轻易就能遵守，不费力就会牢记于心，特别是，那时候欲望不会对抗意志。但作为对这僭越的惩罚，随后就对抗了。越是容易遵守和警惕的，违背了就是越大的不义。"（页 207）

② 朱维之译《失乐园》（译林出版社，2013）卷五第 68—71 行，撒旦对夏娃说："啊，神圣的果子，你的味道本自甘美，但因这样的采摘便更甜蜜，禁止人采食，大概是专为神们所享用，而且还能把人变为神。"（页 165）

藏着知识,谁吃了它,知识就会传递给他,无论是否禁止他吃(卷九第 721 行以下)。① 正面角色说法迥异。对他们来说,苹果是"必须谨守的唯一禁令"(卷三第 95 行),②是"唯一必须服从的指示"(卷四第 428 行),③是"简单而又公正的命令"的对象(卷五第 551 行),④是"我给你的唯一命令"(卷八第 329 行)。⑤ 只有撒旦表述这一观点,即,假如苹果没有内在魔力,那么违犯禁令就是小事一桩——换言之,弥尔顿的上帝简直是小题大做:"我用计谋引诱他背离创造主,更让你们惊奇的是,我只用了一个苹果,他便因此而发怒,简直可笑至极! 他已经遗弃了他的宠儿和整个世界。"(卷十第 485 行)⑥圣奥古斯丁认为,忤逆之所以罪大,是因为服从乃轻而易举(《上帝之城》卷十四第 12 章)。⑦

9. 虽然堕落在于(consisted in)忤逆,却起于(resulted

---

① 朱维之译《失乐园》卷九第 723—725 行,撒旦对夏娃说:"谁吃了它,不等许可便能直接产生智慧,是谁把辨别善恶的知识封锁在这棵树上呢?"(页 322)

② 朱维之译《失乐园》卷三第 97 行(页 85)。

③ 朱维之译《失乐园》卷四第 428 行(页 133)。

④ 朱维之译《失乐园》卷五第 551 行(页 183)。

⑤ 朱维之译《失乐园》卷八第 329 行(页 278)。

⑥ 陈才宇译文。

⑦ 详见前页注①。

from)骄傲,与撒旦类似(《上帝之城》卷十四第 13 章)。① 因而,撒旦从夏娃的骄傲着手:首先恭维她的美(《失乐园》卷九第 532—548 行),"您是神中女神,受您的从者,天使们的崇拜、供奉";②接着(这更重要),怂恿她的自我直接反抗她是上帝臣民这一事实。它问:"为什么只威吓你们,他的崇拜者,置你们于卑下无知的地位呢?"(卷九第 703 行)③这直接诉诸有限受造物的"按自己"生活的欲望,"为自己存在,即爱自己"。④ 偷吃禁果时,"也不无成神的思想"(卷九第 790行)。⑤

10. 由于堕落在于忤逆在上者(his superior),惩罚则是人失去对在下者(his inferiors)的权威;也即主要对其情绪(passions)和机体(organism)的权威(《上帝之城》卷十四第 15

---

① 王晓朝《上帝之城》卷十四第 13 章:"除了骄傲,还有什么能成为他们邪恶意志的开端呢? 因为'骄傲是犯罪之始'。除了是一种想要得到有悖常情的提升的欲望,骄傲又能是什么呢? ……当一个人对自己感到喜悦时,骄傲就产生了;他本应对不变之善感到喜悦,而不应对自己感到喜悦,而在这种时候他就偏离了不变之善。"(页 607)

② 朱维之译《失乐园》卷九第 547—548 行(页 316)。

③ 朱维之译《失乐园》卷九第 704—706 行(页 321)。

④ 原文为拉丁文:esse in semet ipso. 出自《上帝之城》卷十四第 13章,见吴飞译《上帝之城》(中册)页 208。

⑤ 朱维之译《失乐园》卷九第 791 行(页 325)。

章)。① 人类要求无政府（anarchy），上帝就让他拥有无政府。因而在弥尔顿笔下，上帝说，人类的权力将"被失去"、"被剥夺"及"被奴役"（《失乐园》卷三第 176 行）。② 卷九告诉我们，堕落之后，理智停止统治，意志不再听从理智，二者都臣服于僭主肉欲（卷九第 1127 行以下）。③ 当人不服从理性，"情绪便马上袭取理性的政权"（卷十二第 88 行）。④

11. 人的机体对人的这种忤逆，如今，在性事中最为明显。要是没有堕落，性事就不会如此（《上帝之城》卷十四第 16—19 章）。圣奥古斯丁在此所言，其本身既是如此之清晰，又是如此之易遭误解，故而我们不能一扫而过。他的意思是说，性器官根本不受意志的直接（direct）控制。你可以握拳，无须发怒；你也可以发怒，无须握拳。准备战斗之时，

---

① 吴飞译《上帝之城》（上海三联，2008）卷十四第 15 章："对不服从之罪的惩罚，不就是'不服从'这一报应吗？除了自己不服从和反对自己，难道人还有什么别的悲惨？因为他不愿做他能做的事，而今他不能做他愿做的事。……他不服从他自己；即，他的心灵，乃至他的更低下的肉身，不服从他的意志。"（页 211）

② 朱维之译《失乐园》卷三第 176—177 行（页 88）。

③ 朱维之译《失乐园》卷九第 1127—1131 行："因为理性不能治理，意志不听她的命令，二者都屈服于肉欲，肉欲由卑微上升、夺位而君临至高的理性，自居于优胜的地位。"（页 336）

④ 朱维之译《失乐园》卷十二第 88 行（页 431）。

对拳头所作的调整,直接受意志控制,只是一如既往地间接受情绪(Passion)控制。然而,对性器官作相应调整,仅仅凭借意愿,既无法产生也无法去除。① 弥尔顿在描写堕落之后立即设置一个性耽溺场景,其原因就在于此(卷九第1017—1045 行)。他无疑想将此场景,与卷四和卷七(第500—520 行)中那尚未堕落的性事图景做一对比。然而,由于他将那尚未堕落的写得如此撩人,将那已经堕落的写得如此诗意,以至于这一对比并不像理所应有的那样尖锐。

我只是希望,这一简短分析,能够防止读者再提某些在我看来会将批评领向死胡同的问题。我们无需追问"那苹果是什么?"它就是一个苹果。它不是讽喻(allegory)。它就是一个苹果,恰如苔丝狄蒙娜②的手帕,就是一只手帕。每样事情都围绕着它,但它本身无足轻重。我们也可以排除那些曾使一些伟大批评家颇为激动的问题。"什么是堕落?"堕落仅仅只是忤逆(Disobedience)——告诫你不要去做,你偏做了。堕落之起因是骄傲(Pride)——起因于自命

---

① 【原注】毫无疑问,圣徒的生理学很是浅显。关于我们的器官的忤逆,还有一个好例证:面对馋人食物,嘴巴不自觉地流口水。

② 苔丝狄蒙娜(Desdemona),莎士比亚悲剧《奥赛罗》的女主人公。

不凡,忘记你的本分,认为你就是上帝。这正是圣奥古斯丁之思考,(据我所知)也是教会的再三教导。弥尔顿在卷一第1行,说的正是这一点。① 这一点贯穿全诗,其笔下人物反复重申,又随每一可能视角不断变换,就像赋格曲的主题一般。夏娃为吃苹果所作的申辩,本身有理有据(reasonable enough);对这些申辩的答复,只在于这一告诫:"你不能。你被告诫不要去做。"艾迪生说:"主宰弥尔顿的伟大道德(great moral),是可以想象的最普遍也最有用的道德,即服从上帝意志令人幸福(happy),忤逆则使人悲苦(misery)。"②纳闷的是,蒂里亚德博士称此为"迂阔之论"(《弥尔顿》页258)。③ 假如你愿意,你可以称其乏味(dull),或称其

---

① 朱维之译《失乐园》卷一第1—6行:"关于人类违反天神命令偷尝禁树的果子,把死亡和其他各种各色的灾祸带来人间,并失去伊甸乐园,直等到一个更伟大的人来,才为我们恢复乐土的事,请歌咏吧,天庭的诗神缪斯呀!"(页2)

② 原文为:That which reigns in Milton is the most universal and most useful that can be imagined; it is, in short, this, that Obedience to the will of God makes men happy, and that Disobedience makes them miserable. 1712 年,约瑟夫·艾迪生(Joseph Addison,1672—1719)在《旁观者》(Spectator)杂志上连续发表了 18 篇文章,根据古典传统来评论弥尔顿的《失乐园》,才使得《失乐园》广为人知。路易斯所引,出自《旁观者》第369 期。

③ 蒂里亚德,详见第一章第 3 段脚注。

陈腐，或称其刺耳，或称其幼稚，然而何谈迂阔（vague）？它所具有的，难道不正是我们从小就记得的一些老话里的那种久已废弃的明晰和具体？"弯腰"——"上床睡觉"——"将'父母命，行勿懒'抄个百十遍"——"食不言"。如此简单明白，现代学者总是错失，我们该作何解释？我想我们必须假定，堕落的本质以及此诗的真正道德意义（true moral），牵涉到的观念如此无趣（interesting）如此令他们不适，以至于他们产生一种心理必需，对此避而不谈且秘而不宣。他们感到，弥尔顿必定另有深意！于是，永恒人类心灵又一次粉墨登场。假如没有所谓上帝，那么，弥尔顿的诗歌跟真实生活就没有艾迪生所解释的那种明显联系。因此，必然会把弥尔顿所写的主干事件，当作历史偶然加以清扫，而把那些边缘或从属方面，当作其真正核心大书特书。毫无疑问，弥尔顿之意就是艾迪生所说：不多，不少，也不会是别的。假如你不会对此产生兴趣，那么你就不会对《失乐园》产生兴趣。

那么我们如何对此产生兴趣？我想，有两条路。认为诗歌只是不假思索的激情（a passion without afterthought）的读者，数量日渐见少。他们必须接受弥尔顿的顺服教义

(doctrine of obedience)，恰如他们必须接受《罗恩格林》（*Lohengrin*）、《灰姑娘》或《朱庇特与赛姬》中那难以理喻的禁令。毕竟，这是最常见的主题；即便是彼得兔，也因它会溜进麦奎格先生的菜园而陷入不幸。那种更为常见的读者，则需要绕远一点。他们必须努力进行历史想象，尝试激活弥尔顿诗歌从属其中的那种尊卑有序的宇宙观，并训练自己仿佛感到信以为真。他们必须放弃"永恒人类心灵"，相反，要尝试经历（*live through*）人类心灵的一些真正转变。关于尊卑有序这一观念，需要一本书，我现在只能给一章。

11 尊卑有序

Hierarchy

对宇宙秩序的同一种理解,在印度和波斯的宗教发展中,也具有根本的重要性。它出现在《梨俱吠陀》中⋯⋯名为"梨多",通常被译为秩序或公义。但是在现代英语中,却难以找到任何对等词汇,因为它既关乎宇宙,又关乎仪礼,还关乎道德。①

——克里斯托弗·道森《进步与宗教》第四章

---

① 原文为:The same conception of a universal order is also of fundamental importance in the religious development of India and Persia. It appears in the Rigveda⋯ under the name of Rta or Rita. It is usually translated as Order or Right,but it is difficult to find any equivalent for it in modern English since it is at once cosmic,ritual and moral. 语出克里斯托弗·道森的《进步与宗教》(*Progress and Religion：An Historical Inquiry*,1929),商务印书馆 1947 年出版中译本,译者柳明。

你平素的勇猛不可变得如此卑贱,拿来对你的臣民横征暴敛,无怪乎那么多王族祖先没给你带来一位王子。①

——《阿卡迪亚》(1590)卷二第 28 章

约翰逊曾抱怨,弥尔顿认为男人之被造只为反叛,女人之被造只为顺从。其他人则假定,既然弥尔顿是斯图亚特王朝的一个反叛者,那么,他必定也是天庭的反叛者,暗下里是魔鬼的同党。至少至少,在对尘世的共和主义与对天庭的君主主义之间,也有个令人不安的对比。在我看来,所有这类观点都是假的,而且深深误解了弥尔顿核心思考。

这一思考,对弥尔顿并不突兀。它属于欧洲伦理的古老正统,从亚里士多德一直延续到约翰逊自己。因理解不了它而引发的虚妄批评,不仅关乎《失乐园》,而且差不多关乎革命时代以前的所有文学。或许,可将其称作"尊卑

---

① 原文为:Neither can your wonted valour be turned to such a baseness, as in stead of a Prince delivered unto you by so many roiall ancestors, to take the tyrannous yoke of your fellow subject.

有序"（Hierarchical conception）。准此观念，价值等级客观地呈现于宇宙之中。除上帝之外，任何事物之上，都有某种天生之尊贵者（natural superior）；①除了未成形的物质，任何事物之下，都有某种天生之卑贱者（natural inferior）。任何存有的善（goodness）、幸福（happiness）以及尊严（dignity），都在于服从其上之尊贵者，统治其下之卑贱者。这一双重任务，无论哪个出了问题，万物格局（the scheme of things）之中就会有疾患或畸变，直到那个腐化的存有或被摧毁或被校正为止。二者必居其一。因为越位而行，无论像反叛的天使那样上逼（step up），还是像惧内的丈夫那样下落（step down），就是让事物与其本性为敌。这无法得逞。②

亚里士多德说，统治与被统治，符合万物之天性（Nature）。灵魂是肉体的天生统治者，男人对女人、理性对激情，亦是如此。奴隶制之所以正当，是因为一些人之于另一

---

① 《孟子·告子上》：“人人有贵于己者，弗思耳。”可供参证。

② 路易斯重申尊卑有序，现代耳朵听起来可能有些刺耳，然而，这正是古典常识。《周易·系辞上》云：“天尊地卑，乾坤定矣；卑高以陈，贵贱位矣；动静有常，刚柔断矣；方以类聚，物以群分，吉凶生矣；在天成象，在地成形，变化见矣。”

些人,恰如身体之于灵魂(《政治学》卷一第 5 章)。① 然而,我们切莫以为,主人对奴隶或灵魂对肉体的统治,是唯一的统治种类:尊贵或卑贱有多少种,就有多少种统治。于是,人统治其奴隶,应像主人;统治其儿孙,应像君主;统治其妻子,应像政治家。② 灵魂应当是肉体的主人(despot),理性应当是情绪的立宪君主(同前,卷一第 5 章第 12 行)。③ 任何既定统治实例正义与否,全然依赖于双方的本性,一点都不依赖于任何社会契约。假如公民彼此真的平等,那么他们就应当生活

---

① 这是亚里士多德著名的"自然奴隶"说。"自然奴隶"与"强迫奴隶"相对。亚里士多德否定战争造成的强迫奴役,认为这并不合乎正义。但他认为人类德能天生具有差异,而自然奴隶则"有益而合乎正义"。亚里士多德在《政治学》(吴寿彭译,商务印书馆,1965)卷一第 5 章说:"世上有统治和被统治的区分,这不仅属必需,实际上也是有利益的;有些人在诞生时就注定将是被统治者,另外一些人则注定将是统治者。"又说:"世上有些人天赋有自由的本性,另一些人则自然地成为奴隶,对于后者,奴隶既属有益,而且也是正当的。"对于此等论调,现代读者居高临下展开批判,容易之至,不读书就可以批判。然而,假如批判如此容易,正是我们应当警惕批判之时。

② 吴寿彭译亚里士多德《政治学》卷一第 7 章:"政治家所治理的人是自由人;主人所管辖的则为奴隶。家务管理由一个君主式的家长掌握,各家家长以君臣形式统率其附从的家属;至于政治家所执掌的则为平等的自由人之间所付托的权威。"(页 19)

③ 吴寿彭译亚里士多德《政治学》卷一第 5 章:"灵魂的统治身体就掌握着主人的权威而理性的节制情欲则类似一位政治家或君王的权威。"(页 14)

在一个共和政体之中,轮流执政(同前,卷一第 12 章,卷二第 2 章)。假如他们彼此并不真正平等,那么共和政体就不正义(同前,卷三第 13 章)。君主与僭主之别,并不全然取决于一个统治温和而另一个统治残酷这一事实。君主是这样一个人,他统治的是其真正的、天然的卑贱者(natural inferiors);对其天然的平等者(natural equals)乾纲独断,则是僭主——即便(我们假定)他统治得相当好。他并不相宜(同前,卷三第 16、17 章;卷四第 10 章)。正义意味着,对平等者平等,对不平等者不平等(同前,卷三第 9 章)。① 我们现在所追问的问题——民主制或独裁制哪种政体最好——在亚里士多德听起来毫无意义。他可能会问,"因谁而民主?""因谁而独裁?"

亚里士多德主要思考的是公民社会(civil society)。将尊卑有序的观念,应用于私人生活(private life)或宇宙生命(cosmic life)之中,则见诸其他作家。当邓恩说"你的爱可以做我的爱的天体",②他的思想背景就是,柏拉图主义神学家

---

① 《礼记·中庸》:"义者,宜也,尊贤为大。亲亲之杀,尊贤之等,礼所生也。"

② 原文为:thy love shall be my love's sphere. 语出《空气与天使》(Air and Angel),见《约翰·但恩诗选:英汉对照》(傅浩译,外语教学与研究出版社,2014)页 55。

的宇宙尊卑有序,我想尤其是阿布拉瓦内尔的。[①] 任何存有都是导体,尊贵的爱(superior love)或神爱(*agape*)借此下抵更低存有,卑贱的爱(inferior love)或爱欲(eros)借此上达更高存有(being)。这就是爱的不平等,主宰穹苍的理智与被主宰的穹苍之间的不平等。[②] 这不是隐喻。对于这位文艺复兴思想家来说,更不用说对于经院哲学家,宇宙充满且涌动着类人生命。在老对开本书籍里那些设计讲究的扉页,就可找到其真实画面。其中风在四角里吹,海豚在底部喷水,眼睛向上看,越过城市、国王和天使,直至顶端放射光芒的四个希伯来字母,那就是不可口呼的圣名。斯宾塞笔下的阿西高申斥重新度量万物的巨人说,万物被造"用的是完美无缺的标准尺度",[③]而且"万物都非常清楚自己的限度",[④]因而高山并不

---

① 阿布拉瓦内尔(Judah Leon Abravanel,约 1465—约 1523),文艺复兴时期的葡萄牙医生、诗人、哲学家,新柏拉图主义者。

② 【原注】Abrabanel, *Dialoghi d'Amore*, Trans. Friedburg-Seeley and Barnes under the title *Philosophy of Love by Leone Ebreo*. Soncino Press, 1937, p. 183.

③ 斯宾塞《仙后》中的骑士阿西高,代表的是公义(justice)。《仙后》卷五第 2 章第 35 节:"万能的造物主在创世纪之初,用的是完美无缺的标准尺度。"(邢怡译,北京时代华文书局,2015)

④ 斯宾塞《仙后》卷五第 2 章第 36 节:"造物主的公义就像阳光雨露,万物都非常清楚自己的限度,经年以来各行其道,和平共处,其中不曾发现过有任何变故。"(同上)

"鄙夷"深谷,深谷亦不"妒忌"高山;出于同一伟大权威,国王发令,臣民服从。[1] 当此之时,我们才接近隐喻边缘。对于斯宾塞来说,这也不仅仅是一个突发奇想的类比。社会及宇宙之尊卑有序,乃同源现象;恰如同一印章,烙在不同的封蜡上。

同时指向市民生活和宇宙生命的这种尊卑有序的观念,最好的描述或许当数莎士比亚的《特洛伊罗斯与克瑞西达》中俄底修斯的那段台词。这段话的特别重要之处在于,它清晰陈述了尊卑有序之反面。假如你去掉"等级"(Degree),"一切都是互相抵触","强力"(strength)将会成为主人,权力(power)便是一切。[2] 换言之,我们可以在等级和平等之间

---

[1] 斯宾塞《仙后》卷五第 2 章第 41 节:"巍峨的高山从不小看山谷低,深谷对高耸的山岭也不存妒忌。造物主让王坐上君王的交椅,而且让臣民对王卑躬屈膝。"(同上)

[2] 莎士比亚《特洛伊罗斯与克瑞西达》第一幕第三场。特洛伊城久攻不下,奥德修斯认为,其原因不是特洛伊之强大,而是希腊联军各自为政。于是就有了路易斯所引的这段台词:"尊卑的等级不分,那么最微贱的人,也可以和最有才能的人分庭抗礼了。诸天的星辰,在运行的时候,谁都恪守着自身的等级和地位,遵循着各自的不变的轨道,依照着一定的范围、季候和方式,履行它们经常的职责。所以灿烂的太阳才能高拱出天,炯察寰宇、纠正星辰的过失,揭恶扬善,发挥它的无上威权。……只要把纪律的琴弦拆去,听吧!多少刺耳的噪音就会发出来;一切都是互相抵触;江河里的水会泛滥得高过堤岸,淹没整个的世界;强壮的要欺凌老弱,不孝的儿子要打死他的父亲;威力将代替公理,没有是非之分,也没有正义存在。那时候权力便是一切,而凭仗着权力,便可以逞着自己的意志,放纵他的无厌的贪欲。欲望,这一头贪心不足的饿狼,得到了意志和权力的两重辅佐,势必会把全世界供它的馋吻,然后把自己也吃下去了。"(朱生豪译,《莎士比亚全集》卷二,译林出版社,1998,页 294)

做选择的现代观念,在莎士比亚笔下的奥德修斯看来,乃捕风捉影(moonshine)。尊卑有序之真正反面乃僭政;一旦你失去权威,那么你将会发现自己服从暴力(brute force)。

尊卑有序是莎士比亚心爱的一个主题(theme)。比如,接受不了他关于天然权威(natural authority)的观念,就会使得《驯悍记》变得荒唐。这使得桂冠诗人将凯萨琳娜言说妇道的那段台词,看作"感伤的废话"。① 这也使得现代制片人让凯萨琳娜给观众的印象是,她的顺从是策略或反讽。这在莎士比亚写她的诗行里,一点影儿都没有。假如我们去问莎士比亚,凯萨琳娜的顺从预兆着什么,我想莎士比亚会通过披特鲁桥之口给出他的回答:"它预兆着和睦、亲爱、恬静的生活,威严的统治和绝对的权威;总而言之,一切美满和幸福。"②这些词,假如取其表面价值,就太令现代观众震惊;然而,那些无法面对这一震惊的读者,就不要去读古

---

① 桂冠诗人是指约翰·梅斯菲尔德(John Masefield, 1878—1967)。他在《威廉·莎士比亚》(1911)一书中,把《驯悍记》剧末凯萨琳娜(Katharine)说妻子对夫主本分的那段长台词,称作 melancholy clap-trap。这段台词见朱生豪译《驯悍记》第五幕第二场,《莎士比亚全集》卷一,页 142—143。

② 朱生豪译《驯悍记》第五幕第二场,《莎士比亚全集》卷一,页 142。

书。假如诗人并不打算让我们为凯萨琳娜的改过自新而由衷欣喜，他就会将她塑造得贤惠温柔一些。诗人可不是要千方百计晓谕我们，在她假装仇恨男人的面具之下，是她对妹妹出于妒意的悍暴。别的戏中也不乏证据，表明莎士比亚全面接受"纲常"。① 我们从《错误的喜剧》中看到，（女人对男人）"倔骜不驯的结果一定十分悲惨"。② 儿女就是父母"在软蜡上按下的钤记"，忒修斯说。③ 儿子企图和父亲争辩——这个父亲即贤哲普洛斯帕罗——儿子得到的唯一答复是："什么！小孩子倒管教起老人家来了不成？"④假如

---

① 朱生豪先生将 right supremacy 译为"绝对的权威"。这里为保持文意通畅，将 doctrine of 'right supremacy' 译为"纲常"。

② 《错误的喜剧》第二幕第一场，露西安娜向阿德里安那讲妻子应当服从丈夫："倔骜不驯的结果一定十分悲惨。你看地面上，海洋里，广漠的天空，哪一样东西能够不受羁束牢笼？是走兽，是游鱼，是生翅膀的飞鸟，只见雌的低头，哪里有雄的伏小？人是这一切的主人，他更为神圣，大千世界和荒凉海洋的至高尊君，上天赋予他智慧、知觉和灵魂，比所有游鱼和飞禽远为优胜，男子又是女子的主人和夫君，你应该温恭谦顺侍候他的旨意。"（朱生豪译，《莎士比亚全集》卷一，页12—13）

③ 《仲夏夜之梦》第一幕第一场，忒修斯对赫米娅说："你有什么话说，赫米娅？当心一点吧，美貌的女郎！你的父亲对于你应当是一尊神明：你的美貌是他给予你的，你就像他在软蜡上按下的钤记，他可以保全你，也可以毁灭你。"（朱生豪译，《莎士比亚全集》卷一，页 320）

④ 朱生豪译《暴风雨》第一幕第二场，《莎士比亚全集》卷七第 322 页。英文原文是：What? I say, my foot my tutor? 朱先生采用意译。

我们对父母权威及君主权威不做出现代让步的话，即便是《李尔王》也会读歪。假如我们认识到，内当家是一种"荒谬统治"（monstrous regiment），①甚至《麦克白》也变得更好理解。在我看来，莎士比亚无疑会同意蒙田的这句话："服从是一个理智的心灵的主要责任。"②

　　一旦全然把握尊卑有序的概念，我们就会看到秩序（order）崩坏有两途：（1）统治或服从天生平等者（natural equals），也即僭政（Tyranny）或奴役（Servility）；（2）未能服从天生尊贵者（natural superior）或未能统治天生卑贱者

---

　　①　16世纪的加尔文主义者约翰·诺克斯（John Knox），曾经谴责英格兰的伊丽莎白女王和苏格兰的玛丽女王政府是"妇女的荒谬统治"（this monstrous regiment [rule] of women）。

　　②　语出《蒙田随笔全集》卷二第12章第3节"最大的智慧是承认无知"："只有屈辱与服从可以影响一位正直的人。一个人有什么样的责任，不应该由他自己来评论。应该向他确定，而不是由他任意选择；不然的话，由于我们的理智和看法有说不尽的弱点和变化，我们给自己定下一些责任，像伊壁鸠鲁说的，结果会使我们相互一口吞掉。上帝给人制订的第一条戒律是绝对服从，这是一条不容置疑的戒律，人不需要去探究原因和争辩，因为服从是一个理智的心灵的主要责任，承认至高无上的天主。在服从与退让产生一切美德，犹如从骄傲产生一切罪恶。因而，魔鬼对人的第一个诱惑，也就是人的第一个毒药，是它转弯抹角答应我们说，我们将有学问与知识：'你们便如神能知善恶。'（《圣经·创世记》）在荷马的作品中，那些女妖塞壬为了诱惑尤利西斯，使他跳进她们设下的陷阱，这就是献给他学问这个礼物。"（马振骋译，上海书店，2009，页145）

(natural inferior)，也即忤逆（Rebellion）或荒政（Remissness）。凡此种种，无论其过犯是大是小，都是畸变。因而，断言在维护上帝之君权与拒斥查理二世之君权之间，有一种逻辑不一甚或情感不谐，那就是思维混乱。我们必须首先探究，查理二世是不是我们的天生尊贵者。假如他不是，造他的反就没有背离尊卑有序的原则，而是维护此原则。① 我们服从上帝与不服从查理二世，乃出于同一理由——恰如现代人服从法律却拒绝服从匪徒，乃出于同一理由。为了防止如此显见的真理逃脱他的读者，弥尔顿在两个相反的段落，令此理明明白白。

第一个段落就是卷五之中，撒旦与亚必迭的那场辩论。辩论双方听上去都是亚里士多德，然而关键是，撒旦搞错了事实。在撒旦的论证里，碍手碍脚的是这一事实，他要刻意避免他自己集团内部的平等（equality）。因而他不得不暂时离开正题，解释说："地位和等级，跟自由不相矛盾。"（第 789 行等等）不用说，他没搞清这问题。这一段落，是容许出现一点冷喜剧（grim comedy）的场合之一（正当其时亦无可避免）。然

---

① 《孟子·梁惠王下》："贼仁者谓之贼，贼义者谓之残，残贼之人谓之一夫。闻诛一夫纣矣，未闻弑君也。"

而撒旦的主要论点清清楚楚。他坚持，遵照亚里士多德，圣子摄政就是僭政。他认为"对平等的同辈冒称帝王而君临"（第792行），①没有道理。亚必迭的回答有二。首先他根本否定了撒旦批评上帝之作为的权利，因为上帝是他的造主。作为造主，他具有无上父权（super-parental right）去行他愿行之事，被造无权过问——"小孩子倒管教起老人家来了不成？"其次，他承认撒旦对僭政之界定，但他否认撒旦所谓的事实：圣子与天使并不具有同一天性，圣父借由圣子创造众天使。当然，假如他并非他们的同辈，那么"永恒的大权"（第818行）由他执掌（"永恒的"一词是此段与亚里士多德的纽带），就不是僭政，而是正当统治。这一点是如此明显，以至于撒旦企图响应之时，被迫提出一个可笑的语无伦次的理论，说他们得了"命运"这位好心的怪兽之助，是"自生"的（第858行）。②

---

①　朱维之译《失乐园》卷五第789—797行，撒旦动员天使反叛："如果我没有错认你们，你们必也自知都是天上的子民，本来不从属于谁，即使不完全平等，却都自由，平等地自由；因为地位和等级，跟自由不相矛盾，可以和谐地共存。那么，论理性或正义，谁能对平等的同辈冒称帝王而君临？论权力和光荣，虽有所不同，但论自由，却都是平等的。"（页191）

②　朱维之译《失乐园》卷五第859—863行："我们无从知道我们自己的前身；当命运循着他的路程巡行周轮时，凭我们自身的活力，自生，自长，自成天上成熟的产物，神灵之子。"（页193）

另一段落在卷十二的开头。弥尔顿在这里告诉我们，人类君权（human monarchy）如何兴起。一个"野心者"——也即一个有罪撒旦的自身的罪——不满于应当流行于天生平等者中间的那种天下一家。拒绝天下一家，他就是在忤逆"天理"（law of nature）。他的"帝国"因而是"僭取"，他妄称神义（[devine Right]"再从天上要求第二主权"）也是似是而非。① 因为，恰如亚当所指出的，上帝只赋予人类治理兽类的"绝对主权"（Dominion absolute），没有赋予一个人凌驾众人之上的绝对主权。② 当此之时，亚当"父亲似地不高兴"。亚当以"父亲似地"不高兴，肯定了真正的尊卑有序原则，咒诅了对此原则的僭妄违背。

（卷七第24—70行）

---

① 朱维之译《失乐园》卷十二第24—38行："各部族都过着长期的和平生活。直到一个高傲的野心者起来，不满于公平正义、天下一家的状态，僭取不正当的权力，凌驾于自己的同胞之上，把人间和气与自然法则，从地上一扫而光；以猎取人群而不是以猎兽为游戏，以战争和敌对为罗网来俘获那些反对他的暴虐、霸权的人。因此他在上帝面前将被称为大能的猎人，他藐视天，或者再从天上要求第二主权；他自己虽从叛逆而得名，但他谴责别人的叛逆。"（页429）

② 朱维之译《失乐园》卷十二第67—71行："他只给予治理鸟、兽、鱼的绝对主权；我们可以保持它；他却没有制定人上人的主权。这样的称号只为他自己保留，人与人之间，只授予自由。"（页430）

撒旦的忤逆，宁录之流①或查理一世之流②的僭政，如出一辙。僭政是忤逆，因为它统治同辈就好像他们低人一等一样。同理，恰如莎士比亚笔下的俄底修斯所见，忤逆就是僭政。③ 弥尔顿对僭政的憎恨，贯穿全诗。然而，要我们去恨的那个僭主不是上帝，而是撒旦。他就是苏丹王④——在弥尔顿时代欧洲人憎恨的一个名称，无论是基督徒还是自由派。他是"首领"，"将军"，"大司令"。他是马基雅维利式君主，他以"迫于形势之类暴君口实"为其"政治现实主义"（political realism）开脱。⑤ 他的忤逆，始于阔论自由，旋即就转入我们"还要求荣誉、主权、光荣、声名等更高的东西"（卷六第 421 行）。⑥ 夏娃也经历了同一个过程。

---

① 宁录（Nimrod），圣经中的强大猎人，暴君，其名字的意思是"我们要反叛"。他单凭武力建立帝国，大名鼎鼎的巴别塔即他建造。《失乐园》卷十二第 24—47 行，对宁录有专门叙写。

② 路易斯的原词是 a Charles，疑指英国斯图亚特王朝的最后一位国王，被国会以"暴君、叛徒和国家公敌"的罪名判处死刑的查理一世（1600—1649）。

③ 详见莎士比亚《特洛伊罗斯与克瑞西达》第一幕第三场。

④ 英文中大写的 Sultan，特指历史上的土耳其君主，故而一般中译为"苏丹王"。

⑤ 朱维之译《失乐园》卷四第 393—394 行："魔鬼这样说，以'不得已'的暴君口实来开脱自己邪恶的行为。"

⑥ 撒旦战败，动员其徒众："亲爱的伙伴们啊，现在，经过了危险的考验，我们知道武器不足以制胜；不单要求自由，这个要求太低了，还要求荣誉，主权，光荣，声名等更高的东西。"（朱维之译《失乐园》卷六第 418—422 行，页 215）

她刚一吞下禁果，就想要"更加和他平等"；她刚说出"平等"，旋即就要"胜过"亚当（卷六第 824 行）。[①]

有人或许会说，尽管这样一看，弥尔顿对神圣君主制（Divine monarchy）的肯定与他的共和主义在逻辑上是兼容的，但仅靠逻辑服不了人。他们在诗中侦查到一种情感上的不谐调：无论诗人会说什么，照他们的说法，诗人都没感受到（*feel*）权威要求（the claims of authority），而是感受到自由要求（the claims of freedom）。真正算数的是我们阅读诗篇的实际体验，而不是我们可以设想的逻辑架构（logical construction）。然而，我们的实际体验并不仅仅依赖于诗篇，而且依赖于我们带给它的先见（preconceptions）。一点也不奇怪的是，我们绝大多数人受平等观念乃至反叛观念的哺育，因而带着一颗偏爱撒旦而非上帝、偏爱夏娃而非亚当的心灵走向《失乐园》，然后带着这一偏爱从诗中读出一种原本没有的同情（sympathy）。

我相信这就是已经发生的事情，但我还是想作一个厘

---

①　朱维之译《失乐园》卷六第 822—824 行："这样，就补足女性的缺陷，更加惹他爱，更加和他平等，恐怕有时候还能胜过他，这也不是非分的希望。"（页 326）

清。说弥尔顿对尊卑有序的观念没有身体力行是一码事，说他的这一信条仅在表面是另一码事。我们竟然"对人性如此无知，以至于不知道说教可以极其真诚，而实践却一塌糊涂"。① 我则打算承认，弥尔顿本人或许没有养成顺从及谦卑之德：假如你说诗中的不和谐，仅仅指的是诗人的思想强于其生活、他更爱那种他尚未达致的更高德性，那么诗篇则要另当别论。但是，假如你的意思是说他对主从原则（principle of subordination）只是敷衍，说在这事上，他那表面而又老套的良知的指令跟他内心最深处的冲动相对立，那我就不同意你了。尊卑有序的观念，并不仅仅是在这一教义所要求的那一点上，附着于他的诗篇：它是整部著作之内在生命，随处都在翻出浪花或抽枝发芽。

他将美好生活描画为有序生活——一种精妙乐舞（intricate dance）。如此之精妙，以至于看似无规则之时，却正好是最苦心孤诣的规则（卷五第 620 行）。② 他所描画的整个

① 原文为：we are not 'so grossly ignorant of human nature as not to know that precept may be very sincere where practice is very imperfect'.

② 朱维之译《失乐园》卷五第 621 行："错综、纵横、迂回、如入迷阵，看似最不规则，却是超乎寻常整齐的规律。"（第 185 页）

宇宙,是一个有层级的宇宙(a universe of degrees),因根生干,因干生枝,因枝生花,因花而生香,从果实一直到人类理性(卷五第 480 行)。① 他兴味益然于尊卑仪节,一方礼下(我们所糟践的美丽语词之一),一方敬上。他让我们看到圣父,"全部威光直接照射在"圣子身上;圣子起身,"鞠躬于王笏上面"(卷六第 719、746 行)。亚当上前迎接大天使,虽然"心不惧怕"却对天生尊贵者"鞠躬深深";天使并不鞠躬,和蔼地祝福人间这一对(卷五第 359—390 行)。下等天使向上等天使之仪节,"在天上没有忽视礼貌和敬意的"(卷七第 737 行)。亚当以"高尚的爱"对夏娃"顺从的魅力"微笑,就像伟大"天父"对"地母"微笑一般(卷四第 498 行)。还有兽类听从夏娃的声音在她面前嬉戏,"比赛西呼召假装的畜类时更为听话"(卷九第 521 行)。

　　所有这一切的重要性,在我看来明明白白。作者可不是勉强拥护尊卑有序原则,而是为之着迷(enchanted)。这

---

　　①　朱维之译《失乐园》卷五第 480—490 行:"植物从根上生出较轻的绿茎,再从绿茎上迸出更轻盈的叶子,最后开出烂漫圆满的花朵,放出飘渺的香气。花和果,人类的滋养品,也逐步上升,沿着阶梯,上升到生物,到动物,到万物的灵长,给以生命和感觉,想象和理解……"(页 181)

一点都不奇怪。我们所知的关于弥尔顿的一切，几乎都向我们预示着这一着迷，几乎都使我们确定，尊卑有序将既吸引他的想象也吸引他的良知，主要经由其想象抵达其良知。他整洁（neat）、讲究（dainty），人称"基督学院的淑女"；[①]他挑剔，在修剪的花园漫步。他是语法学家，剑客，偏爱赋格曲的音乐家。他特别在意的所有事物，都要求秩序（order）、比例（proportion）、尺度（measure）及克制（control）。在诗歌里，他认为伟大杰作在于古雅（decorum）。在政治上，他偏偏最不像一个民主派——他是个贵族共和派，他认为"没有什么比小者服从大者，更切合自然秩序或人类利益了，但不是数量之小大，而是智慧与德性之小大"（《为英国人民申辩后篇》，Bohn 译，《文集》卷一，页 256）。远远翱翔于政治领域之上时，他写道：

规矩，当然不仅仅是要去除无序（disorder）。不

---

① 塞夫顿·德尔默《英国文学史》第十章："他受教育于剑桥大学的基督学院（Christ's College）。当时他不但以他的拉丁诗著名，在众学生中尤其是以容貌秀丽、言行不苟和态度娴雅见称：所以得到'基督学院的淑女'（Lady of Christ's）的绰号。"（林惠元译，河南人民出版社，2016，页170）

过,倘若可以为神圣之物(divine things)赋予可见形状,那恰好就是美德的可见形状和形象。借此形状和形象,当美德行走,我们不仅看见其天庭步伐的仪态和举止,而且使得她那悦耳的声音,有死之人可以听闻。是啊,天使本人并无失序之惧。就像灵魂出窍时曾看见他们的使徒所描述的那样,他们被四个一组分配到天庭辖域,遵奉的是上帝亲手写就的诏书。天国中蒙福的灵魂也是如此,尽管没有如此完美,但并未因而就没了规矩。他们的金色芦苇,规划并测量了新耶路撒冷的每个地区、每条线路。①

---

① 原文为:And certainly Discipline is not only the removal of disorder; but if any visible shape can be given to divine things, the very visible shape and image of virtue, whereby she is not only seen in the regular gestures and motions of her heavenly paces as she walks, but also makes the harmony of her voice audible to mortal ears. Yea, the angels themselves, in whom no disorder is feared, as the apostle that saw them in his rapture describes, are distinguished and quaternioned into their celestial princedoms and satrapies, according as God himself has writ his imperial decrees through the great provinces of heaven. The state also of the blessed in paradise, though never so perfect, is not therefore left without discipline, whose golden surveying reed marks out and measures every quarter and circuit of New Jerusalem. 语出弥尔顿《教会政府的理由》(*Reason of Church Government*)卷一第 1 章。

请记好其理由。不是因为即便是得救的灵魂,仍然是有限的;也不是因为撤除规矩(discipline),是受造不可企及的特权。不是的。在天堂,将依然有规矩:

> 因而有上千条荣耀与欢乐的轨迹,我们的幸福可以令自己进入。又因一种奇怪的等式,可以说成为一颗喜乐和幸运的行星。(《教会政府的理由》卷一第1章,见 *Prose Wks*. Bohn,第 II 册,页 442)①

换言之,我们可以"看似最不规则却整齐一律"。认为这一观念大而无当的人,不必浪费时间企图乐享(enjoy)弥尔顿。因为这一观念,或许就是弥尔顿的识见之中最核心的悖论。规矩之存在,当这一世界尚未堕落之时,恰好就是为了其表面上的对立面——为了自由,甚至为了放逸。文理(pattern)深藏于乐舞之中,藏得如此之深,以至于浅薄之辈

---

① 原文为:that our happiness may orb itself into a thousand vagancies of glory and delight, and with a kind of eccentrical equation be, as it were, an invariable planet of joy and felicity. 语出弥尔顿《教会政府的理由》卷一第1章。

看不见。这一深藏的文理,将美赋予乐舞中那些狂放、自由的动作;恰如格律,将美赋予诗人辞章的所有破格或变体。快乐灵魂恰如行星,是个漫游的天体(*wandering* star);然而就在这个漫游之中,(恰如天文学教导我们)有不变者在;她出乎意料地古怪,然而她的古怪却平心静气(equable)。这种天庭嬉戏(heavenly frolic),起于协调一致的管弦乐队;礼制(the rule of courtesy)使那些遵礼而行的人,可能完全放松和自由。假如没有罪(sin),这一宇宙是一场庄严游戏(a Solemn Game);舍却规则(rules),就没有好的游戏(good game)。恰如这一段落应该能一劳永逸地解决,弥尔顿是否真心热爱顺从原则的问题;它同样也应该能平息,现代人往往不幸读入伟大诗篇的那个臆想的诗性与伦理之争。这里根本无此分际。完全的人,都是受其所见的"美德型范"(shape of virtue)之激发。除非我们谨记这一点,否则将既无法理解《科马斯》或《失乐园》本身,也无法理解《仙后》、《阿卡迪亚》或《神曲》本身。我们将一直有做出如下假定的危险:诗人反复教导一个规则(a rule),实际上却倾心于一种完美(a perfection)。

12 《失乐园》之神学①

The Theology of *Paradise Lost*

他们盘问我所不知道的事。

——《诗篇》第三十五篇第 11 节

《失乐园》不但跟奥古斯丁一脉相承，不但尊卑有序，而且大公普适（Catholic）。因为此诗引以为基的一些观念，其持有者"无分古今、无分南北、亦无论何人"。这一普适品质是如此

---

① 【原注】关于这一论题，读者应该参看休厄尔（Sewell）教授的大著《弥尔顿的基督教义研究》（*Study in Milton's Christian Doctrine*）。细数休厄尔教授与我自己见解的同异，需要大量脚注，这是本章的篇幅所不能允许的。

突出，因而就是任何没有偏见的读者的第一印象。而诗中所存在的异端成分，只有通过钩玄索隐才能发现。任何将其推向前台的批评，不但都搞错了，而且无视这一事实：数代以来有良好神学基础的敏锐读者，都将此诗奉为正统（orthodox）。

研究弥尔顿，绍拉教授厥功至伟。但我相信，抱着先驱者偶然会有的热情，他将自己的事业推进得太远。他告诉我们，"弥尔顿的上帝，远远不同于民众信仰的上帝，甚至不同于正统神学。他不是外在于他的受造，而是一种整全的完美的存有，将全部空间和全部时间囊括于自身"（页113）；[①]"……物质是上帝是一部分"（页114）；"《失乐园》将上帝等同于原始的、无限的虚空"（页115）。他"全然没有显现：就在此世界上有人活动的当儿，弥尔顿就写圣子，不再提他"（页117）；他的"一体……与三位不相容"（页116）；"创造圣子，是在某一天"（页119）；他是"圣父的唯一显现"（页120），而圣父则"绝对不可知"（页121）。借着创世，上帝"强化了自己的存在，光大了他的良善部分，抛弃了他自己的邪恶部分……驱逐了无限（the Infinite）中的潜在邪恶"（页

---

① 路易斯所引，应来自此书：Denis Saurat, *Milton: Man and Thinker*, New York: The Dial Press, 1925. 下同。

133)。弥尔顿笔下的乌拉尼亚，在《光明篇》（13 世纪的一部犹太教注疏）中，被称作第三圆（the Third Sephira）[1]；弥尔顿认为"一个性角色"（看起来像是乱伦）就"发生于神灵亲属之间"（页 291）。当弥尔顿说上帝就是光，弥尔顿想到的是弗拉德的《大宇宙的历史》（页 303）。[2]

我不大清楚，绍拉教授认为远离"民众信仰"或"正统神学"的这类教义，到底有多少。假如我的主要目标就是批评他的著作，那么我当然应该努力确知其数目。然而就我们当前的目标而言，则可将这问题暂搁一边；我们只为自己方便讨论，且将绍拉教授提及的教义分为四类：（1）着实出现于《失乐园》，却远非异端，而是基督教神学之老生常谈；（2）是异端，却并未出现于弥尔顿笔下；（3）是异端，出现于弥尔顿之《论基督教教义》[3]，却并未出现于《失乐园》；（4）可能

---

① 乌拉尼亚(Urania)，希腊神话中掌管天文的缪斯；《光明篇》(Zohar)，中译名亦曰《光彩之书》，乃犹太神秘主义对摩西五篇之注疏。

② 弗拉德(Fludd，1574—1637)，英国哲学家，神秘主义者，医生。其著作《大宇宙的历史》(De Macrocosmi Historia)，不知出版于何时。

③ 《论基督教教义》(De Doctrina)，弥尔顿早年所写的神学著作，写作年代不可考，1825 年才付梓出版，此时距弥尔顿逝世已有一个半世纪。据张生的《弥尔顿〈基督教教义〉研究》一文介绍，此书可谓离经叛道："混杂着的各种非正统基督教思想 如'阿明尼乌主义'、'物质化创世'、独特的'三位一体'思想、'苏西尼主义'等等。"文见《基督教思想评论》（第二十一辑），2016。

是异端,也的确出现于《失乐园》。

1. 着实出现于《失乐园》,却并非异端。

(a) 圣父并未显现,也不可知,圣子乃是他的唯一显现(manifestation)。这确实出现于诗中,就在绍拉教授正确引用的卷三第384等行,我们被告知,"谁也看不见的全能神",只"显露"在圣子脸上。然而这仅仅证明,弥尔顿读过圣保罗。圣保罗说,基督"是那不能看见之神的像"(《歌罗西书》1:15),上帝"独一不死,住在人不能靠近的光里,是人未曾看见,也是不能看见的"(《提摩太前书》6:16)。

(b) "就在此世界上有人活动的当儿,弥尔顿就写圣子,不再提他。"即便此言不虚,它的意思也是在说,圣子乃创世之施动者(agent)。这一教义,弥尔顿得自圣约翰("他[即基督]在世界,世界也是借着他造的"[《约翰福音》1:10]);得自圣保罗("万有都是靠他造的⋯⋯能看见的、不能看见的"[《歌罗西书》1:16]);得自《尼西亚信经》。

(c) "上帝就是光"(《失乐园》卷三第3行)。弥尔顿时代任何一个受过教育的孩童,都能认出这典出《约翰福音》(1:5)。①

————————————

① 《约翰福音》1章1—5节:"太初有道,道与神同在,道就是神。这道太初与神同在。万物是借着他造的;凡被造的,没有一样不是借着他造的。生命在他里头,这生命就是人的光。光照在黑暗里,黑暗却不接受光。"

2. 是异端,却未现于弥尔顿笔下。

(*a*) 关于上帝心中潜在邪恶的教义。对此,唯一支持就是《失乐园》卷五第 117—119 行。在那里,亚当告诉夏娃,"邪恶进入神或人的心中,来而又去,只要心意不容许,便不会留下半点的罪污"。由于亚当这话的要点在于,使心灵邪恶的只是心意之容许(approval of the will),而不是作为思考对象的邪恶——我们的常识也告诉我们,我们不会因思考恶而成为恶人,恰如我们不会因为思考三角形而变成三角形——所以,这一段不足以支持归给弥尔顿的可怕教义。而且,原文中的 God 一词,其意思很可能就是 a god(因为众天使在卷三第 341 行,被称作 Gods,首字母也大写)。

(*b*) 性行为发生于"神灵亲属之间"(页 291)。我没看到任何证据,证明弥尔顿相信此类事情。绍拉教授的说法,依赖于给 play 一词赋予性的含义。该词出现于《失乐园》卷七第 10 行以及《四度音阶》中的一段。① 无疑,弥尔顿可

---

① 【原注】*Tetrachordon*, Prose Wks., Bohn, Vol. III, p. 331. 绍拉特教授认为,"神亦有性生活"论(the doctrine of sexuality in the Divine Life)为这一"可怕"段落提供"意义"。怪就怪在,弥尔顿实际上是在为人类婚姻中的非性因素(non-sexual element)辩护! 他的论证是: (转下页注)

能想过——尽管相对于任何其他基督教诗人,他很少谈及——性爱为神爱或圣爱(celestial and Divine Love)提供了一个类比,甚至一个真正原型(ectype)。假如果真如此,那么他附从的是,圣保罗论婚姻(《以弗所书》5:23 以下)、圣约翰论新妇(《启示录》21:2)、《旧约》中的很多篇章,以及大量中古诗人和神秘主义者。①

(c)"上帝是……整全的存在,其自身囊括全部时间。"

———————

(接上页注)

(a)圣奥古斯丁错误认为,上帝给亚当一个女性作为伴侣,而不是一个男性,其唯一目的就是性交;

因为(b)"除婚床而外",男人和女人结伴,还有一种"独特慰藉"(peculiar comfort);

(c)我们从经文得知,即便在上帝那里,也出现类似于"游戏"(play)或"放松"(slackening the cord)的某种东西。《雅歌》之所以写"上千种快乐……远远都在肉体之乐的另一边",原因即在于此。

假如从字面义理解绍拉教授所谓神的行动中"性角色",弥尔顿《四度音阶》中的这段话也是驳斥了他,而不是支持了他;假如它的意思仅仅是"两性",仅指两性之间的社会交往,只为缓解男性社会的压力,寻求"放松"或"闲情",那么,那段"可怕"文字实质上就不会令十九世纪的牧师们震惊了。

【译注】《四度音阶》(Tetrachordon),是弥尔顿的一个论离婚的小册子,1645 年献给议会。

① 卢龙光主编《基督教圣经与神学词典》(宗教文化出版社,2007)释 mysticism(神秘主义):"重视神临在的直接经验,与神灵相通的信仰观点或灵修体系。神秘主义相信,神圣真理的知识或与神的联合可以借着灵性洞察或专注默想,摒除感官或理性的媒介而获得的。故此,神秘主义者往往着重祈祷、默念、禁食等。"

为支持这一点,绍拉教授援引《论基督教教义》中说上帝"预知自由行动者(free agents)之所思及所为……上帝之预知就是上帝之智慧,或者说,他在言创任何事物之先,就已经拥有了关于它的观念"。这无济于事。我从未听说哪位基督徒、神体一位论者、①犹太教徒、伊斯兰教徒或一神论者,②不相信这一点。即便这一预知教义,其言外之意就是上帝自身囊括全部时间(无论这话是什么意思),这一言外之意也不是异端,而是所有神学家的常识。不过,我倒是没有看出任何这类推论。绍拉教授也引用《失乐园》卷七第154行("我要在转瞬间,另造一个世界")和第176行("天神的行动迅速"等等)。这些篇章意味着,神创行为(Divine Acts)并非真的就在时间之中,虽然我们被迫想象它仿佛在时间之中似的——在波爱修斯(《哲学的慰藉》卷五第6章)、

---

① 卢龙光主编《基督教圣经与神学词典》释 Unitarianism(神体一位论):"基督教异端神学理论,否认耶稣基督与圣灵的神性以及三位一体教义。接纳耶稣的伦理教导,强调宗教选择的完全自由,个人品性的重要,以及地方教会的独立。"

② 这里大写的 Theism,似应译为"一神论",而不是"有神论"。卢龙光主编《基督教圣经与神学词典》释 Theism(一神论):"信奉独一神观的信仰与思想,认为一切事物都从属于具有位格的至高存在者。一神论是犹太教、伊斯兰教以及基督教的特征,有别于自然神论和泛神论。"

圣奥古斯丁(《上帝之城》卷十一第 6、21 章)或托马斯·布朗(《医生的宗教》卷一第 11 章)那里,读者都可以学得到。言外之意如何就成了上帝"囊括全部时间",但却排除了莎士比亚囊括(也即安排,而非进入)《哈姆雷特》的戏剧时间意义上的囊括,这我不得而知。莎士比亚跟《哈姆雷特》的戏剧时间意义上的囊括(include),当然不是异端。至于空间的问题,较为复杂,我们下文再说。

3. 是异端,现于弥尔顿之《论基督教教义》,但未现于《失乐园》。

只有一个教义落此名下。弥尔顿是个亚流派;①也就是说,他不信三个位格之共同永存与同一神性。弥尔顿是个诚实的作家。其首部著作《论基督教教义》,第 2 至第 4 章论上帝。第 5 章"论圣子"一开头,就做了一个开场白,明确表示他这下要说一些非正统的东西,言下之意就是此前他一直在陈述共同信念。他的亚流主义,就我们目下的关切而论,

---

① 卢龙光主编《基督教圣经与神学词典》释 Arianism(亚流主义):"古代基督教异端教派,源于公元 4 世纪亚历山大城教会长老亚流(Arius)的异端思想,被尼西亚会议(325 年)和君士坦丁堡会议(381 年)定为异端。亚流主义认为神是绝对独一的,圣子与圣父不是同性同体,而是从属于圣父的受造物。"

包含在这句话里:"所有这些篇章,证明了圣子存在于世界被造之前,但是关于说他亘古就有,这些篇章没作结论。"绍拉教授提出,这一异端出现在《失乐园》卷五第 603 行。在这一行,圣父给众天使说:"今天,我宣布我的独生子的诞生。"如果取其字面义,这行的意思就是,圣子之受造在众天使之后。但这在《失乐园》中是不可能的。我们在卷三第 390 行了解到,上帝借着圣子的大能(agency)创造了众天使;而在卷五第 835 行,亚必迭痛斥撒旦,也做了同样的断言——对此,撒旦所能做出的最佳答复就是,"我们可没见过这事发生"。要是弥尔顿没在《论基督教教义》第 1 章和第 5 章给了我们一个解决,这谜题将会无解。他在其中说,"生"(beget)这个词用于圣父跟圣子的关系,有两层含义:"其一是字面义,指的是生出圣子;其二是比喻义,指的是他的擢升(exaltation)。"(Bohn 译,《文集》卷四,页 80)很明显,This day I have begot 的意思必定是 This day I have exalted(今天,我擢升);因为要不然,就跟诗的其余部分相互龃龉。① 假如是这样,我们就必

---

① 【原注】绍拉教授跟 Sir Herbert Grierson 在这一点上的真正问题是,跟诗中故事的其余部分相互矛盾的那个含义,比与之协调的那个含义,是更有可能,还是更无可能。

须承认,弥尔顿的亚流主义,在《失乐园》中并未得到肯定。在卷二第 678 行,诗人告诉我们,撒旦不惧怕一切"受造物",除了上帝和圣子;这只显示了一种不合逻辑的习语,这种习语也将夏娃说成了她自己的女儿(卷四第 324 行)。① 假如以别的方法理解,那就会使得圣父,连同圣子,都成了"受造物"。卷三第 383 行用于圣子的"第一个创造物"这一表述,是圣保罗所说的"是首生的,在一切被造的以先"②(《歌罗西书》一章 15 节)的英译文。极力避免亚流异端的作家,或许会避免作出弥尔顿的这种翻译;不过,我们不应该在没有外部证据的情况下,就从这一片断,从诗中的任何片断,发现诗人的亚流主义。③

4. 可能是异端,着实出现于《失乐园》。

---

① 《失乐园》卷四第 324 行原文为:the fairest of her Daughters Eve. 陈才宇译《失乐园》卷四第 324 行:"夏娃,比起她所生的女儿们,数她最优秀。"(吉林出版集团,2014)

② 原文为希腊文。

③ 【原注】我在文中并未提到《失乐园》很少提及圣灵这一事实。这是因为我认为,该诗读者没人会注意到此,除非有人向他指出;抑或即便注意到了,也没人会由此引申出什么神学推论。在卷一的祈求中,提到了圣灵;至于他在教会中的行迹(operation),卷七(第 484—530 行)做了颇为全面的陈述。除此之外,再就找不到了。圣灵,不是史诗的题材。关于他,或者关于三位一体,我们在塔索那里很少听闻。

(a)"上帝囊括了全部空间。"卷七第 166 行以下是重要段落,其中圣父吩咐圣子去创造世界。圣子"吩咐混沌把那被指定的范围,变成天和地"。"混沌是无边无际的",因为"充满在那里面的我是无限的";接着就有了这些关键文字:

> 空间并不空。
>
> 我把无限的我自己引退,也不
>
> 显示自己或行或止、自由无碍的"善"。①

绍拉教授的伟大贡献之一就是,在《光明篇》发现了这一教义;而弥尔顿写这些诗行时,心中差不多想着此书。这一教义看上去就是,上帝在空间中无限延展(就像以太),因而为了创造——为了腾出一点地方,让不是他自己的任何东西存在——他就必须压缩或引退他自己的无限。我并不认为,这样的一种观念很可能不约而同地就撞上了这两位作家。因而我同意绍拉教授,当弥尔顿说上帝"自己引

---

① 朱维之译《失乐园》卷七,页 243。

退",他是受了《光明篇》的影响。留下来的问题是,在何种意义上这是异端。说上帝无所不在,这是正统。"耶和华说,我岂不充满天地吗?"(《耶利米书》廿三章 24 节)但是说上帝有形有体(corporeal),那就是异端了。因而,即便我们非要给上帝无所不在之样貌(mode)做个界定(我深信,还没有哪个基督徒有作此界定的义务),也切莫界定得让上帝在空间中的临在,就跟身体在空间中一个样子。《光明篇》就让上帝的临在成了这个样子,以至于跟别的存有相互排斥(因为假如他不跟别的存有相互排斥,他为什么要自己引退,为它们腾出地方),看起来就犯了这种错误。话说回来,弥尔顿是不是也重蹈覆辙?要是忠于《光明篇》,弥尔顿笔下的上帝应该说,"空间是空的,因为我自己已经引退";可实际上他说的是,"空间并不空,尽管我已经引退"。弥尔顿接着解释说,上帝之引退并不在于让出空间,而在于"不显示自己的善";也就是说,在空间里的一些部分,上帝不实施自己的权柄,尽管他仍旧以难于名状的方式临在。这有可能堕入一种颇为不同的异端——也即将潜力(potentiality)归入上帝的异端;不过它并没有让弥尔顿犯错,以为上帝跟物质一样,是一种有广延的存有。

至于《光明篇》本身是否也犯了此种错误，说实话，也在存疑之列；因为在说了上帝"减缩了他的本质"（contracts His essence）之后，它又接着断定，他因而并未销声匿迹（diminish Himself）。而一具躯体的空间缩减，会涉及广延变小。因而《光明篇》所说的收敛（retraction），其实根本不像我们理解的那样，是一件空间之事（an affair of space）；即便是《光明篇》，更不用说弥尔顿了，我们也不能像起初猜想的那样，言之凿凿地以这样一种粗鲁的形象思维来指控它。最后，我要让大家注意"无界限的"（*uncircumscribed*）一词。我不清楚，绍拉教授让该词对应于《光明篇》里的哪句话。不过在另一位截然不同的作者那里，倒是能找到相应的话。托马斯·阿奎那在界说上帝无所不在之样貌时，区分了"在一处地方上"（或"在地方上"）一语的三种不同含义。"形体"（a body）在一处地方的方式，就是它为地方所包容，也就是说，它占有的那块地方"有界的"（circumscriptive）。天使在一处地方，却不是"有界的"，因为它不是为地方所包容；而是"有定的"（definitive），因为它在一处地方，就不在其他地方。至于上帝在一处地方，则既不是"有界的"，也不是"有定的"，因为他无所不在（《神学大全》第一集第52题第2节）。① 既然弥尔顿对于经院哲学，完全秉承了人文主义者的那种仇视态度，我不会设想着弥尔顿读过这些文字。但是我想，这个意义上的"界限"（circumscription）的概念，在当时的剑桥就不为人知。而且如果是这样的话，他运用"有界的"一词，就会引人联想到一种十分正统的关于神无所不在的理论。即便这一点不为人所

---

① 托马斯·阿奎那在《神学大全》第一集第52题第1节"天使是否占有地方"中，先区分了"形体"和"天使"。由于天使没有形体，所以天使占有地方就不同于形体之占有地方：

说天使占有地方与形体占有地方，意义并不相同。形体之占有地方，是根据体积的分量或大小的接触，来适应地方。在天使内并没有体积的分量或大小，而是有能力的分量和大小。所以，将天使的能力施展到不论任何地方，此即称为天使占有有形的地方。

由此可见，不应该说天使为地方所界定，或在连续体上有位置。这一切只适用在地方上的形体，因为形体的分量或大小，是根据体积的分量或大小。同样地，也不应该因此而说，天使为地方所包容或占有。因为非形体的实体是以自己的能力，接触形体物，自己包容或进占形体物，而非为形体物所包容或占有；因为灵魂之在身体内，是有如包容者或进占者，而非有如被包容者或被占有者。同样地，说天使占有或在形体的地方内，不是有如被包容者或被占有者，而是有如某种方式的包容者或进占者。（见中华道明会和碧岳学社联合出版的《神学大全》第二册，页100）

阿奎那在《神学大全》第一集第52题第2节"天使是否能同时占有许多地方"接着又区分了天使之占有地方与上帝之占有地方："天使的能力和本质是有限的。可是天主的能力和本质却是无限的，也是万物的普遍原因；因此，天主借着自己的能力而普及于万物，不仅是在许多地方，而且也无所不在，处处都在。可是天使的能力，由于是有限的，不能扩及万物，而只能限定于某一物。"（同前，页101）

接受，即便"无界"一词让人脑海里重现《光明篇》的"不是说他引身而退"（not that He diminished Himself），仍旧恰恰要强调《光明篇》里的这句限定说明——正是凭着它才避免了一种纯空间的理解。总而言之，从这一段富有诗意却在哲学上晦涩的文字，我们能得出的结论充其量就是，弥尔顿或许趋从《光明篇》，而《光明篇》或许是异端。

（b）物质是上帝的一部分。在《论基督教教义》卷一第7章，弥尔顿当然拒绝了这一正统教导，即上帝从"无"中创造出这一物质宇宙，也即不是从什么先在的原材料中创造出来的。他持有"一个至为有力也至善的论证，说这样一种千姿百态且无穷无尽的德性"（也即物之德）"理应存在而且理应实实在在地内在于上帝之中"。依弥尔顿，圣灵"就是更为绝妙的物质，实际上且本质上就将更卑下的物质囊括于自身"。该教义虽不好懂，但我们或许会留意到，它并未堕入"无中生有创造"教义所防范的那个异端。该教义针对的是二元论——针对的是这样一种观念，即上帝并非万物的唯一本源，上帝从一开始就发觉自己面对着跟他不同的某种东西。这，弥尔顿并不信。即便弥尔顿错了，他也错在飞得太远，在于相信上帝"从自身中"创造出这个世界。而在某种意义上,这一点必定会为所有一神论者所接受:这一意义就是,这一世界以存在于上帝心中的某个"观念"(idea)为模板;上帝创造了物质,(恕我冒昧)①他"想出"物质恰如狄更斯"想出"匹克威克先生。从这一视点来看,就可以说上帝"囊括"物质,恰如莎士比亚"囊括"哈姆雷特。事实上,假如弥尔顿满足于说"实际上囊括"物质,就像诗人之于诗、双脚之于敏捷,(我相信)他就是正统的。当他接着说"本质上",他大概想的就是某种异端了(尽管我并未清楚理解是何异端)。该异端,想必就出现在《失乐园》卷五第 403 行以下——诗中的一种褪色颜料(a fugitive colour),我们只有借助从《论基督教教义》而来的外部证据才能觉察。

这里提一下关于弥尔顿对救赎的呈现,绍拉教授持何信念,或许有些用处——假如我的论题是《复乐园》,这对我就更是密切相关了。绍拉教授说,耶稣受难在诗人的神学中"没有显著地位"(页 177),"代赎不是弥尔顿的想法"(页 178)。然而,《失乐园》卷三圣父所提出的(第 210 行以下)②

---

① 括号里的原文为拉丁文:*salva reverentia*。意为:Without outraging reverence。

② 朱维之译《失乐园》卷三第 210—212 行:"他若不死,正义就得死;除非有个具有强大能力和意志的人为他做严峻的赎罪,以死替死。"

以及圣子所领受的——"请把怒气发在我身上；把我当作凡人看"（卷三第 237 行），恰恰就是代赎方案的最为谨严的安瑟伦式表述。[①] 米迦勒用法庭术语向亚当解释了全部事宜。基督将救人，通过"经受死的痛苦，这是你的罪有应得"（卷十二第 398 行）："他必将忍受你所受到的惩罚。"（同前 404 行）"他的美德，而不是他们自己的美德"，将会拯救他们（第 409 行）。他将会把我们的敌人"钉在十字架上"（第 415 行），并付清我们的"赎金"（第 424 行）。[②] 弥尔顿本可以做些什么，才可以防止绍拉教授的批评？即便是在《复乐园》中，基督在漠漠荒野中复兴的也只是伊甸——而不是乐园（《复乐园》卷一第 7 行）。亚当失丧的完美人性，这时成熟到足以抵抗撒旦；在此意义上，伊甸或乐园，这个完美状态才"失而复得"。不过这一切代赎，仍有待执行：这也就是我们在诗中很少听到代赎的原因。诱惑就是为救赎做准备的"经受锻炼"（卷一第 156 行）并"奠定基础"（卷一第 157 行）。这跟代赎有种类的不同，因为在旷野中，基督只是反击了撒旦的"百

---

　　① 安瑟伦（Anselm，1033—1109），中世纪经院哲学家和神学家。
　　② 路易斯引用《失乐园》卷十二第 404 至 424 行，是关键词式的引用，故而这里参考的是刘捷译本。

般诱惑"(卷一第 152 行);而在十字架上,他反击了撒旦的
"全部庞大的力量"(卷一第 153 行)。① 因而在诗的末尾,天
使歌咏团请基督"如今"投身他那"辉煌的工作,着手普救人
类"(卷 4 第 634 行)。② 撒旦的"道德溃败"已成定局,但他的
实际溃败还未到来。且容我做个类比。弥尔顿写了英雄的
童年和受封骑士,而且确实已经表明,屠龙并不属于他的主
题。当然啦,或许有人会问,弥尔顿为何不就十字架受难写
一部诗。就我而言,我想,答案就是他更有头脑。不过,为
什么要提这号问题? 没人身上背着合同,为我们偶尔想到
的适合于他的东西,都逐一写诗。

因而《失乐园》中的异端思想,就不只将其自身降低到微不
足道的地步,而且确实是模棱两可。或许有人会反驳说,我方
才就像对待一部法律文书那样对待此诗,是在找出弥尔顿的言

---

① 金发燊译《复乐园》卷一第 155—160 行:"他现在将晓得我能造出
个人来,是女人的后裔,大有能耐抵御他施展的百般诱惑,最后反击他全
部庞大的力量,赶他回地狱,获全胜而收复那始祖冷不防谬论巧言令色而
失去的。但首先我有意将他放在旷野中经受锻炼;他将在那里奠定扎实
的基础以进行大搏斗,然后才派他去征服罪恶与死亡这两大敌人,靠的是
忍辱负重,茹苦含辛:……"(广西师范大学出版社,2004)

② 金发燊译《复乐园》卷四第 633—635 行:"至高者的儿子,两个世
界的继承人,撒旦的克星,如今请投身您辉煌的工作,着手普救人类。"(同
上)

辞让他说了什么，将其别的著作里的证据置之不理，可正是这些证据向我们表明他用那些言辞"其实想说的东西"。假如我们正在追索弥尔顿的个人思想，只依据该诗为这些思想所投下的光亮来评价该诗，那么，我的方法定然很是不当。可是"其实想说的东西"是个含混表述。"弥尔顿借此诗其实想说的东西"，这一表述的意思，或许是(a)他对于该诗所提到的一切论题的整体思考；或许是(b)他打算(也即意图)去写的诗，他意图在读者身上制造某种经验所用的手法(instrument)。当我们处理的是第二个，那我们就不只有资格而且有义务，将他的言辞中只有借助《论基督教教义》或《光明篇》才能产生的效果，全都排除在外。因为该诗，不是写给此二书的学生的。现代作诗习惯所作之诗，只能参照诗人自家阅读去理解。无论该习惯多么怪异(idiosyncratic)，多么偶然(accidental)，它跟弥尔顿所持的古典的、公众的、客观的诗歌观，颇为陌生。你放进自己诗作中的，不是你碰巧感兴趣的任何东西，而首先是切合娱乐并教喻读者这一普遍目的的东西，其次是切合寓言故事(fable)和诗作类型的东西。得体即为杰作。① 目光偏离弥尔顿指望且

---

① 原文为：Decorum was the grand master-piece.

盘算着该诗会在他那时代受过普通教育的受众和基督徒受众身上会产生的效果，转而去思索该诗与弥尔顿个人思想的一切关联，这就好比悲剧演出时离开观众席，在戏台两翼晃荡，去看布景从两翼看是什么样子，去看演员下了戏台都在谈些什么。这样做，你或许会发现许多有趣事实，但你却没有能力评判或乐享这出悲剧。对于《失乐园》，我们要去研究，诗人身披吟诵长袍时给了我们什么。研究这个，我们就会发现，当他以史诗诗人身份工作时，他就撇开了自己绝大多数的神学奇想。① 他是个无法无天的人，或许是吧，但他却是一个规规矩矩的艺术家。因而，他的异端思想——本身也比一些人所想的少很多——在《失乐园》中炫示的就更少了。乌拉尼亚捧他于掌心。② 最杰出的弥尔顿，就在他的史诗里。我们为什么要费劲巴拉，又将那些碎砖烂瓦拽进这座宏伟大厦？该建筑的结构法则，该建筑的特定用

---

① 沈弘《弥尔顿的撒旦与英国文学传统》："弥尔顿所创作的诗歌作品与他所撰写的散文作品之间也有一个显著的不同。按照诗人自己形象的说法，他在写诗的时候感觉很自然，就像是在用右手写字，而他在写那些争论性和讨论宗教兴致的散文时就受到了很大的限制，感觉就像是在用左手写字。"（北京大学出版社，2010，页5）

② 乌拉尼亚(Urania)，希腊神话中执掌天文的缪斯。文艺复兴时期，开始成为基督教诗人的缪斯。

场,或许还有作者朦朦胧胧的慎重考虑,好不容易才将那些碎砖烂瓦摒除在外。难道说,诺亚在我们心中的形象,必须一直醉醺醺,一丝不挂,从未修造方舟?

发觉《失乐园》不是一部令人满意的宗教诗歌的基督徒读者,或许很自然而然地猜疑,该诗在这方面的失败跟他的那些异端信仰不无关联。这些异端信仰,我们从弥尔顿的其他著作可以得到证实。这一疑猜,在审判日到来之前,既不会得到肯定,也不会得到打消。在此期间,靠谱之事是据其本身之是非曲直(on its merits)来评判该诗,而不是靠着将一些教义错误读入文本来作预断。就教义而论,这部诗绝对是基督教的。除去极少数孤立片段,它甚至都不是新教的或清教徒的。它提供了伟大的核心传统。情感上讲,它或许具有这样那样的瑕疵;但从教条上讲,它邀人加入这场对堕落的伟大重现(this great ritual mimesis of the Fall),所有土地上或所有时代的基督徒都能够接受。

我不能就这样离开我的这部分论题,而不再次表达所有弥尔顿爱好者对于绍拉教授的谢意。虽然我相信,他的书中尽是对自己所提问题的错误答案,但是,既然毕竟提出了这些问题,既然将弥尔顿批评从昏昏沉沉颂扬其"风琴乐"（organ music）、喋喋不休其"专名胪列"①中救了出来，既然开启了读者认真对待弥尔顿的新纪元（弥尔顿也期望如此），这就是一部极为有益且极具原创性的著作。即便对这些问题，我恰恰找出很不相同的答案，从绍拉教授那里我也是受益匪浅。正是从他那里，我头一遭认识到毕竟要去寻找答案，或者说确实才嘀咕着答案值得一找。他让之前的绝大多数弥尔顿批评，显得有些幼稚或业余；即便我们这些并不同意他的人，从某个意义上讲也跟他是一派。

---

① 所谓"专名胪列"（majestic rolls of proper names），指《失乐园》中出现的众多地名、历史人物及神话人物的名字。

13　撒　旦

Satan

你将看到那些<u>失去了心智之善</u>的悲惨的人。①

——但丁

　　分析弥尔顿笔下的撒旦性格之前,可能有必要先做一点澄清。请注意,简·奥斯汀笔下的贝茨小姐,②既可以说是引人入胜(entertaining)的人物,也可以说是令人

---

　　① 原文为:*le genti dolorosi / C'hanno perduto il ben de l'intelletto.* 见田德望译《神曲·地狱篇》(人民文学出版社,2002),页 16。
　　② 贝茨小姐(Miss Bates),简·奥斯汀(Jane Austen)的小说《爱玛》中的人物。

讨厌(tedious)的人物。说她引人入胜,我们的意思应该是,作者对她的刻画,读起来令人兴味盎然。说她令人讨厌,我们的意思应该是,作为奥斯汀的笔下人物,《爱玛》里别的人物发觉此人讨厌;现实生活中,我们也会觉得这种人讨厌。批评界老早就发现,艺术中的摹仿,其对象虽令人不快,却可能不失为一种愉快的摹仿。① 同理,说弥尔顿笔下的撒旦是个光辉人物(a magnificent character),这一命题可能有两个意思。它可能意味着,弥尔顿对他的呈现(presentation),是项光辉的诗歌成就,动人心弦,令人钦佩。另一方面则可能意味着,弥尔顿所写的这个人物(若真有其人的话),或实际生活中的撒旦(若真有这号人的话),或实际生活中跟弥尔顿笔下的撒旦相仿的某个人,应当是钦佩和同情的对象,无论是对于诗人或对于

---

① 亚里士多德《诗学》(陈中梅译注,商务印书馆,1996)第4章:"作为一个整体,诗艺的产生似乎有两个原因,都与人的天性有关。首先,从孩提时候起人就有摹仿的本能。人和动物的一个区别就在于人最善摹仿,并通过摹仿获得了最初的知识。其次,每个人都能从摹仿的成果中得到快感。可资证明的是,尽管我们在生活中讨厌看到某些实物,比如最讨人嫌的动物形体和尸体,但当我们观看此类物体的极其逼真的艺术再现时,却会产生一种快感。这是因为求知不仅于哲学家,而且对一般人来说都是一件最快乐的事,尽管后者领略此类感觉的能力差一些。"(1448b:1—8)

读者,抑或对于二者,亦无论有意无意。第一点,据我所知,现代之前无人否认。第二点,布莱克①和雪莱时代之前,无人肯定。因为当德莱顿说,撒旦是弥尔顿的"英雄"(hero)时,他的意思绝然不同。② 这依我看,完全错误。然而说到这里,我已跨出了纯文学批评的界域。因而接下来,对那些钦佩撒旦的人,我不会费力去直接扭转,而只是想把他们到底在钦佩些什么,弄得稍微明白一点。弥尔顿不可能跟他们怀着一样的钦佩,这一点,我希望无须再议。

主要困难在于,任何真正揭示撒旦性格或撒旦式困境

---

① 关于弥尔顿的《失乐园》,英国浪漫派诗人布莱克(William Blake, 1757—1827)在 18 世纪末提出了一个重大命题,堪称古代与现代之界限。他认为,《失乐园》之伟大不在于主人公亚当,而在于被抛进地狱的撒旦。他的这一主张,影响巨大,为 19 世纪许多评论家和诗人所接受,从而形成《失乐园》评论中的所谓"撒旦派"(参殷宝书选编《弥尔顿评论集》,上海译文出版社,1992,页 6,页 93)。大陆学界将弥尔顿视为革命斗士,承续的其实就是这一现代正统。

② 英国 17 世纪古典主义诗人德莱顿(John Dryden, 1631—1700)在《失乐园对开本的弥尔顿画像题赞》(1688)中,将弥尔顿与荷马和但丁并列,并谓弥尔顿兼采荷马与但丁之长:"三位诗人在不同年代里生活,装点着希腊、意大利和我们英国。头一名表达的思想崇高无底,第二名最宏伟。第三名在寻思:天生的才力既已达到绝顶,于是他结合前二者,做了第三名。"而在《论讽刺的起源和发展》(1693)一文里,他认为《失乐园》并非真正史诗,原因是其情节中的真正英雄并非正面人物亚当,而是反面人物撒旦(参殷宝书选编《弥尔顿评论集》,上海译文出版社,1992,页 23)。

的尝试，都可能引发这个问题："这样说来，你认为《失乐园》是一部喜剧诗（a comic poem）喽？"对此，我回答曰否；不过，只有那些看到它原本会成为喜剧诗的人，才能充分理解它。弥尔顿选择以史诗形式处理撒旦困境，因而让撒旦的荒唐（absurdity），从属于他所遭受的以及他施加给人的悲惨。另一位作家梅瑞狄斯，①则将它当作喜剧处理，最终使其悲剧成分处于从属地位。不过，《利己主义者》依然对《失乐园》亦步亦趋。恰如梅瑞狄斯不能排除威朗白爵士的可怜之处（pathos），弥尔顿也不能排除撒旦的全部荒唐之处（absurdity），甚至也不希望如此。这就解释了《失乐园》中为何会出现神的笑声，虽然这笑声令一些读者心生反感。这笑声的确令人反感，因为弥尔顿不大谨慎地将他的神圣位格者塑造得如此似人，以至于他们的嘲笑理所当然地引发我们的敌意——在日常的意志冲突（ordinary conflict of wills）中，赢家就不应嘲笑输家。然而，要求撒旦，还有威朗白爵士，在宇宙中应能够想叫就叫、大摇大摆，无论迟早都不会唤醒喜剧精灵（comic spirit），这是一种错误。为了给

① 梅瑞狄斯（George Meredith, 1828—1909），英国维多利亚时期诗人，作家。路易斯这里提到的是其代表作《利己主义者》（*The Egoist*）。

他此种豁免权，实存的全部本性（the whole nature of reality）就不得不发生更改，而这是不可更改的。就在撒旦或威朗白爵士遭遇到某种实存（something real）的那一点上，笑声必定响起；恰如水遇到火，蒸汽必定升起一样。说弥尔顿对此必然性一无所知，最是无稽。我们由其散文作品得知，他相信任何可恶之事，终到头也是可笑之事。正是基督教使每位基督徒相信，[①]"魔鬼（终究）是头蠢驴"。[②]

　　恰如威廉斯先生[③]所指出的，撒旦式困境之所在，撒旦自己揭示得清清楚楚。撒旦自己现身说法，"奖赏不公的感觉"使他受到伤害（卷一第 98 行）。[④] 这是一种相当为人熟

---

　　① 原文为 mere Christianity commits every Christian to believing that 'the Devil is (in the long run) an ass'. 其中 mere Christianity，乃路易斯终身持守之神学观，学界大多译为"纯粹基督教"，如此汉译确如林鸿信博士所言，有原教旨主义之嫌。林鸿信先生说：书名 *Mere Christianity* 里的 mere，意为"仅仅是"或"不过就是"，带有谦卑的含义——"这不过就是基督教"、"仅仅就是基督教"，作者想要尽力呈现基督教信仰的基本面貌，但并无"澄清误解"、"标榜正宗"或"强调纯粹"的意图，可以简称为"这就是基督教"，但绝无"这才是基督教"的意涵。（林鸿信《纳尼亚神学：路易斯的心灵与悸动》，台北：校园书房，2011，页 17）

　　② Ben Jonson 有喜剧名为 *The Devil is an Ass*，路易斯当用此典。

　　③ 参本书页 1 注①。

　　④ 朱维之先生译为"真价值的受损"，注曰："真价值，在撒旦看来是武力（参看卷六 820 行），在神子则为功德（参看卷三 309—311 行），二者适成对照。"刘捷先生译为"奖赏不公的感觉"。为保证文意通畅，从刘译。

知的心态,在宠物、儿童、影星、政客或小诗人身上,我们任何人都能观察得到;或许还更真切一些。奇怪的是,许多批评家竟对文学中的这种心态,有所偏袒。只是我不知道,在生活中,谁人会赞赏它。当这心态出现在善妒的犬或宠坏的孩子身上,因其无害,常常惹人发笑。当它拥有百万兵力出现在政治舞台上,之所以常常逃脱嘲笑,那仅仅是因为它是大害。① 撒旦心生"功绩受损之感",其原因也清清楚楚——我再次遵从威廉斯先生——"觉得自己受了伤害"(卷五第662行)②。他认为自己受了伤害,是因为弥赛亚受封为众天使之王。这些都是雪莱所谓"难以估量"的"冤情"(wrongs)。一个创造了撒旦本人的神,本质上比他尊贵——在自然等级里远远高于他。取他而舍他的那个权威,其如此取舍的全部权利无庸置辩,其如此取舍之结果,恰如亚必迭所说,是对天使之褒奖,而非轻蔑(卷五第823—843行)。事实上,没人亏待过撒旦。他衣食丰足,没有劳累,没被撤职,没被抛弃,没遭嫉恨——他只是觉得自己受

---

① 拙译路易斯《四种爱》第二章形容种族主义:"只有藉变得可怕,才能避免变得滑稽。"(华东师范大学出版社,2018,页56)

② 陈才宇译《失乐园》(吉林出版集团,2014)。

了伤害。身处光和爱的世界，身处歌声、飨宴和乐舞中间，他却除了自己的威望（prestige）而外，什么都不关心。而且必须注意，他自己的威望根基，不是别的且不可能是别的，恰好就是弥赛亚的至高威望的那些根基——恰好就是他矢口否认的那些根基。本质高贵（superiority in kind），或神的任命（Divine appointment），抑或二者兼有——除此之外，他自己的身荣名显还会有什么依托？因此，他的反叛从一开始，就陷入自相矛盾。甚至在他打出自由与平等的旗号之时，也不能不加入一段插话，承认"地位和等级，跟自由不相矛盾"（卷五第 789 行）。他既想要尊卑有序又不想要尊卑有序。贯穿全诗，他忙于锯掉自己坐于其上的那根树枝。不仅仅在已经揭示的准政治意义上如此，在更深意义上仍是如此，因为受造物反抗造物主，就是在反抗自己的力量泉源——他的反抗力量甚至包括在内。因而这场暴动被准确地称为"从天上崩落下来的天"（卷六第 868 行），①只有在撒旦还是一个"天神"的意义上——虽然有病、倒错、扭曲，但

---

① 《失乐园》原文为：Heav'n ruining from heav'n. 朱维之先生译为"从天上崩落下来的天"，陈才宇先生译为"天神从天国降落"。此处取朱译，后文取陈译。

依然是天国居民——撒旦才存在。这就像花香企图摧毁花朵。其结果就是,意味着情感折磨和意志腐化的反叛,也意味着理智的疯狂。

威廉斯先生用令人难忘的词句提醒我们说,"地狱不讲究实话实说"(Hell is inaccurate),并让我们注意这一事实,即在《失乐园》里撒旦提起每一话题,他都会撒谎。不过我并不知道,我们是否能够把他故意撒的谎,与他自己心甘情愿地加于自身的那种愚昧(blindness)区分开来。当初他叛乱之时,他告诉别西卜说,弥赛亚要巡行"整个天国并颁布他的新法律"(卷五第688—90行)。我想,他或许知道自己在撒谎。同样,当他告诉徒众,"做了夜半的行军"(卷五第774行),就是为了迎接他们的新"王",①他或许也知道自己在撒谎。然而在卷一里,他声称"经过这一次战争的惨烈",已经使得上帝的"政权动摇",②我就拿不准了。当然,这是愚蠢。撒旦从未和上帝交过手,战争只发生在撒旦和米迦

---

① 朱维之译《失乐园》卷五第774—781行:"如今由神敕另立一王,独揽大权于一身,以受膏王的名义,大损我们的权利。因此,我们才做了夜半的行军,急急忙忙地聚集在这儿,就是要讨论该怎样去欢迎他,我们这些一向对他屈膝献殷勤,卑躬恭敬的,该怎样迎接这位新贵。"(页190)

② 朱维之译《失乐园》卷一第110—111行(页7)。

勒之间。不过,他现在相信自己的宣传,这倒有可能。在卷
十里,他对其同僚吹嘘,黑夜和混沌阻挠他的进程,"抗议最
高的命运"(第 480 行)。① 那时,他可能已经让自己信以为
真。因为在他的早先的生涯中,与其说变成了一个撒谎者
(a Liar),不如说变成了谎言本身(a Lie),变成自相矛盾的
化身(personified self-contradiction)。

这一注定的无稽——用蒲柏的话说,这一注定的愚
蠢——表现在两个场景里。其一就是卷五里撒旦与亚必迭
的那场争论。撒旦在这里企图坚持作为其困境根基的那个
谬说,也即这一教义:他乃自存物(a self-existing being),不
是派生物(a derived being),不是受造物(creature)。当然,
自存物的特性就是,它能理解其自身之存在(its own exist-
ence);它是自因的(*causa sui*)。② 受造之特征在于,它仅仅
发现自己存在(existing),并不知道如何及为何。与此同

---

① 陈才宇译《失乐园》(吉林出版集团,2014)卷十第 475—480 行:
"我当时披荆斩棘,不得不穿行在无路可寻的深渊,彷徨于无根无源的黑
夜与混沌的腹地。黑夜与混沌不甘心自己的秘密暴露在不速之客面前,
便狂躁地喧嚣着,抗议最高的命运。"

② 在亚里士多德关于自然及自然中事物的因果关系的学说中,有
着目的因(*causa finalis*)和自因(*causa sui*)之分。

时,假如一个受造物蠢得够数,企图证明它并非受造,那么它这样说就再自然不过了:"照你这么说,可我怎么没看到我之被造呢?"然而,还有比这更徒劳的么?因为一经承认对其自身起源一无所知,不就承认了这些起源在自身之外么?撒旦顿时落入这一窠臼(850行等)——而且他不能自禁——因而他所提出的关于其自存(self-existence)的证据,恰好就是其否证。不过,这还没有荒唐透顶。他在为自己制造的荒唐之床上辗转反侧,于是抛出一个愉快主意,说他是"命运"创造的。最后,洋洋得意地提出一个理论,说他就像草木一样,是从泥土中长出来的。这样,在20行内,该存有因过于自豪,不愿承认来自(derivation from)上帝,却最终兴高采烈地相信,他就像托普希①或胡萝卜一样,"就是长出来的"(just grew)。② 第二个片段就是卷二里他登

---

① 托普希(Topsy),美国女作家斯陀的小说《汤姆叔叔的小屋》里的小女奴。托普希认为自己无父无母,是"长出来"的。

② 朱维之译《失乐园》卷五第850—863行:"照你这么说,我们都是被造的?而且是副手的产品,是父传于子的作品?这说法真是新鲜、奇闻!我们倒要学习这闻所未闻的高论是从哪儿来的,谁曾看见这项创造工程?你能记得造物主是怎样造你的吗?我们无从知道我们自己的前身;当命运循着他的路程巡行周轮时,凭我们自身的活力,自生,自长,自成天上成熟的产物,神灵之子。"(页193)

上王位的讲词。这里所展现的愚昧（blindness），让人想起拿破仑落败后的一句话："我纳闷惠灵顿现在打算干啥？——他绝不甘愿再当一名普通老百姓的。"①正如拿破仑想不到，在一个相当稳定的联邦国家里，一个普通老实人会有什么样的企求，更不用说会有什么样的美德（virtues）。同样，撒旦在其讲词中一展无余地暴露了，除了地狱心境，他想不到任何心境。他的论证假定了一个公理，即在任何世界，任何美好（good）都遭人嫉恨，臣民都嫉恨其君主。唯一例外是地狱，因为这里，并无美好，君主不可能享有更多美好事物，因而也就不遭嫉恨。于是他下结论说，地狱君主制有着天国君主制所没有的一种稳定性。温顺的天使可能就喜爱服从上帝，这一观念作为一个假设，也不会掠过他的心际。不过即便是在这一深信不疑的无知之中，甚至也出现了矛盾。因为撒旦将这个荒唐可笑的论点，作为希望获得最终胜利的理由。显然，他没注意到，胜利每趋近一步，势必会拿走一份期盼胜利的根据。基于极端痛苦的稳定

---

① 阿瑟·韦尔斯利，第一代惠灵顿公爵（Arthur Wellesley, 1st Duke of Wellington, 1769—1852），英国军事家、政治家。滑铁卢战役中，联手布吕歇尔击败拿破仑。

性,将会随着痛苦逐步缓解而削弱。他却认为这种稳定性有助于彻底消除痛苦(卷二第 11—43 行)。[1]

我们看到,在撒旦身上有两样东西可怕地共存着:一面是一种敏锐而又无间歇的理智活动,一面则是没能力理解任何事物。这一厄运(doom),是他咎由自取;为了避免见着一样事情,他几乎甘愿让自己丧失看的能力。因而,通观全诗,他所遭受的痛苦,从某种意义上说,是他自己争取来的。神的裁判(the Divine Judgement)或许也可以这样表述:"愿你的旨意成全。"[2]撒旦说:"恶呀,你来作我的善。"[3](这也包括"荒唐啊,你来作我的理智"。)他的祈祷,得到了满足。他反叛,是他自己的意愿;并非他自己意愿的是,"反

---

[1] 朱维之译《失乐园》卷二第 17—37 行:"我现在做你们的领袖,首先是因为这是正当的权利,并且合乎天理,其次是由于自由选举,再加上我在计谋策划和战斗中所立的功绩;……在天上,地位一高,享受较多利益,就会引起部下的嫉妒,可是在这里,树大招风,为首的必定要做雷神轰击的目标,做你们的屏障,受尽无穷的痛苦,谁还要嫉美呢?……因此,比天上更有利于团结,更加赤胆忠心,更加齐心协力。"(页 42)

[2] 典出《马太福音》七章 7—8 节:"你们祈求,就给你们;寻找,就寻见;叩门,就给你们开门。因为凡祈求的,就得着;寻找的,就寻见;叩门的,就给他开门。"

[3] 原文是 Evil be thou my good。朱维之译《失乐园》卷四第 110—114 行:"恶呀,你来作我的善;依靠你,我至少要和天帝平分国土,依靠你,将要统治过半的国土;过不久,人和新世界都会明白。"(页 119)

叛"本身在剧痛中从他的头颅里冲撞而出,成为一个可与他分开的体形,令他倾倒,跟他幽会行乐(卷二第 749—766 行),并给他生下预料不到且不受欢迎的子孙。卷六中,他变成一条蛇,是他自己的意愿;而在卷十中,他变成一条蛇,就不管他愿不愿意了。这一持续堕落,他自己清清楚楚,每一步在全诗中也都精心标出。一开始,他为"自由"而战,不管他如何地误解了"自由";可几乎与此同时,他堕落到为"荣誉、主权、光荣、声名"(卷六第 422 行)而战。失败后,他又堕落到构成本诗主题的那个大计划——计划去败坏那两个从未伤害过他的受造,不再出于对胜利的严肃期盼,只是为了恼怒他无法正面攻击的敌人。(就像博蒙特和弗莱彻剧作①中的懦夫,不敢决斗,就决定回家殴打奴仆出气。)这就使得他成了混入宇宙中的一个奸细,而且很快就不是一个政治奸细了,而是一个偷窥狂(peeping Tom),当他瞟见两个爱人的私事时,色眯眯而又恶狠狠。这里,诗中几乎是首次不再把他刻画为一个堕落的大天使,或地狱里可怕的帝王,而只是刻画为"魔鬼"(卷五第 502 行)——民间传统中猥亵的

---

① 博蒙特(Beaumont)和弗莱彻(Fletcher),文艺复兴时期英国著名剧作家搭档。

妖怪,半是怪物半是小丑。从英雄堕落为将领,从将领堕落为政客,从政客堕落为情报机构特工,又堕落为在卧室或浴室窗户上偷窥的一个鬼祟,再堕落为一只癞蛤蟆,最终成为一条蛇——这就是撒旦的成长过程。该过程一经误解,就会使人们相信,认为弥尔顿开头将撒旦塑造得过于辉煌,超出本意,后来企图纠正错误,但太迟了。然而,能将"奖赏不公的感觉"怎样支配人物描画得如此明白无误,这不可能是来自误打误撞或偶然。我们无需怀疑,诗人的意图是公平对待恶,让它出来一决高下——首先显示它之顶峰,让其口吐狂言,上演闹剧,"无比高贵的仪态与上帝一般无二"。①接着,则去追踪当这一自我陶醉触碰到真实(reality),会成为什么。幸好我们知道,卷四里的那段可怕独白(第32—113行),构思于且部分写成于前两卷之前。弥尔顿原是由此构思出发。至于将撒旦的最华而不实的方面置于诗篇开头,他依靠的是当时读者心中的两个素质(predispositions)。在那个时代,人们还相信,撒旦实有其人,而且他是个撒谎者(a Liar)。这就使他们不会有我们后来的误解。

---

①　陈才宇译《失乐园》(吉林出版集团,2014)卷十第511行。

诗人万没想到,他的作品竟有一天会碰上过分天真的批评家,他们竟会把谎言之父对其徒众的公共演讲当作福音(gospel)。

当然话说回来,撒旦仍是弥尔顿刻画得最好的人物。个中原因,不难寻找。在弥尔顿试图刻画的主要人物中,他最容易刻画。让百位诗人来讲述同一故事,就有九十篇诗歌,其中撒旦都是刻画得最好的人物。除少数作家而外,在所有作家笔下,"良善"人物都是最不成功的。谁试着讲过哪怕再平常不过的故事,就知道是为什么了。塑造一个比自己还坏的人,只需在想象中,放纵一下某些坏的激情(bad passions)。在现实生活中,这些坏激情往往要用皮带紧牵。我们每人心中都有撒旦,伊阿古,①蓓基·夏泼。② 它们一直在那里,蠢蠢欲动,就在皮带脱手的当儿,出现在我们的书中,耍耍闹闹。而在生活中,我们竭力抑制它们。然而,假如你试图刻画一个比你自己更良善的人,你所能做的一切就

---

① 伊阿古(Iago),莎士比亚悲剧《奥赛罗》(*Othero*,亦译《奥瑟罗》)中的恶棍。他暗使毒计,诱使奥赛罗出于嫉妒的猜疑将无辜的苔丝狄蒙娜杀死,被认为是欧洲文艺复兴时期反面人物的典型。

② 蓓吉·夏泼(Becky Sharp),萨克雷的讽刺小说《名利场》中特别活跃的女骗子,文学中的著名恶女。

是,找出你曾经有过的良善时刻,想象中拓展它们,并且更持之以恒地付诸行动。至于我们并不拥有的那种上德(the real high virtues),除了纯外在描画,我们无从下笔。我们确实并不知道,做一个比我们自己好出很多的人,会有何感受。他的整个内心境界,我们从未领略;当我们推测,我们就误打误撞。正是在他们所塑造的"良善"人物身上,小说家不知不觉地暴露了自己,令人吃惊不迭。天堂理解地狱,地狱则不理解天堂。我们所有人,都不同程度地分有撒旦式的愚昧(blindness),或者说至少分有拿破仑式的愚昧。将自己投射在一个邪恶人物身上,我们只需停止去做一些事情,也就是那些我们已经感到厌倦的事;将自己投射在一个良善人物身上,我们就不得不去做我们没能力做的事情,成为我们所不是的那种人。因而,关于弥尔顿"同情"撒旦,他在撒旦身上表现的是他自己的骄傲(pride)、恶意(malice)、愚蠢(folly)、痛苦(misery)及贪欲(lust),所有这些说辞在一种意义上是对的,但不是在专属弥尔顿的意义上。弥尔顿身上的撒旦,使他能把这一人物刻画好;恰如我们身上的撒旦,使我们能够接受这一人物。撒旦不是身为弥尔顿,而是身为人,踏上了地狱的灼热土地,跟天庭徒劳争战,躲到一边,虎视眈眈,造谣中伤。一个堕落的人,极像一个堕落天使。这的确是阻止撒旦式困境成为喜剧的一个因素。它离我们太近了。无疑,弥尔顿期望所有读者都感知到,无论是撒旦的困境,还是弥赛亚、亚必迭、亚当及夏娃的欣然顺从,说到头,都是读者自己的困境或欣喜。所以,说弥尔顿将自己身上的许多东西倾注到撒旦身上,那是没错;不过,由此下结论说,他为此感到高兴,并期望我们也一道高兴,那就是无理取闹了。我们不能因为他跟我们所有人一样,都可能下地狱,就得出结论说,他跟撒旦一道下了地狱。

不过话说回来,《失乐园》里的"良善"人物,也不是刻画得很不成功,以至于认真对待这部诗的人在现实生活中分不清到底该与亚当为伴还是该以撒旦为侣。观察一下他们的言谈吧。亚当谈的是上帝,禁树,睡眠,人兽之别,次日的计划,星辰,天使。他讨论梦境和云彩,太阳,月亮,行星,风,鸟。他叙说自己的受造,称颂夏娃的秀美与庄严。现在听听撒旦吧。卷一第83行,他开始向别西卜训话;到第94行,他摆明自家立场,给别西卜讲他自己"坚定的心志"和"赏罚不公的感觉"。第241行,他重又开始讲述自己的地狱印象;到了第252行,他摆明自家立场,并给我们保证(他在说谎），他还"一如从前"。在第 622 行，他开始对徒众高谈阔论；到第 635 行，他特意强调自己功勋卓著。卷二开篇，是他坐上王位的讲话；读了还没八行，他便就向徒众讲自己的领导权。是他"做雷神轰击的目标"——接着他表了态。他瞧见太阳；太阳令他想起自家立场。他窥视人间情侣；接着摆明了自家立场。在卷九，他环游地球；地球令他想起自家立场。这些，无需一一赘述。亚当虽拘于一隅，就在小小行星上的一个小园子里，却兴致勃勃地拥抱"所有天堂的圣乐和人间的安适"。① 撒旦曾身处最高天庭，曾身处地狱深渊，曾领略过天堂地狱之间的一切。在茫茫大千之中，撒旦只找到一样感兴趣的东西。或许会有人说，亚当的处境会使得他比起撒旦，更容易心驰神往。关键就在这儿。撒旦发疯似的关注自己，他臆想的权利和冤枉，都是撒旦式困境之必然。他当然别无选择。他选择了别无选择。他希望"活他自己"（be himself），成为自在自为的自己（to be in himself and for himself）；他的愿望得到满足。他带在身上的地狱，在某种意义上，是无尽厌倦之地狱。撒旦，跟贝茨

---

① 原文为："all the choir of heaven and all the furniture of earth."

小姐一样,读起来令人兴味益然;不过弥尔顿清楚表明,身
为撒旦,会多么乏味无聊。

这样说来,钦佩撒旦,就不只是赞同一个悲惨世界,而
且是赞同一个充满谎言和宣传的世界,充满痴心妄想的世
界,不断自我标榜的世界。然而,这样的选择还是有其可
能。我们每个人,很少有哪一天,不为之略略心中一动。
使得《失乐园》成为一部严肃诗作的,正是这一点。此事有
其可能,将它曝之于众,令人心恨。《失乐园》未得人爱,便
遭深恨。济慈虽不懂,却说得很对:在弥尔顿身上"有死
亡"。我们所有人,都曾在撒旦之岛的周边晃荡,距离近得
足以萌生动机,巴望着逃过该诗的正面冲击。因为,容我
再说一遍,此事有其可能;过了某个点,此事还备受追捧。
威朗白爵士或许不幸,但他要继续做威朗白爵士。① 撒旦
也要继续做撒旦。这就是他的选择"宁在地狱称王,不在
天堂为臣"②的真实含义。一些人最终还是认为,这话说

---

①　威朗白爵士(Sir Willoughby),梅瑞狄斯的代表作《利己主义者》
(The Egoist)之主人公。

②　原文为:Better to reign in Hell, than serve in Heav'n. 语出《失乐
园》卷一第263行。朱维之译为:"与其在天堂里做奴隶,倒不如在地狱里
称王。"

说也无妨；另一些人则认为，因为它导致痛苦，所以不会是大闹剧。就文学批评层面而论，此事无法再作争辩。各取所好吧。

14　撒旦之徒众

Satan's Followers

地狱不大，其中无物，

只是腐化之灵魂。

——伊迪斯·西特韦尔①

《失乐园》卷二，我读过好多遍，才理解了地狱争论；承认缪丽尔·本特利小姐②的评论（不幸尚未付梓），如何令

---

① 题辞原文为：Hell is no vastness, it has naught to keep / But little rotting souls. 伊迪斯·西特韦尔（Edith Sitwell, 1887—1964），英国女诗人。

② 缪丽尔·本特利小姐（Miss Muriel Bentley），未知何许人。

我获益良多，无疑是一件幸事。蒙她惠允，我这里就引用一段。她写道：

> 玛门所提议的，是罪的"井然有序的安定"。他的骄傲是如此堂皇，以至于几乎将我们领入歧途。或许可以说，弥尔顿在这里一下切中罪的本质所在，以至于要是没有令人起疑的"为了自己而生活"（卷二第254行），我们就不会认其为罪，还以为这对人就是自然而然。

我希望展开的，就是这一提示。

困难在于，这样做我仿佛只是在把诗篇道德化（moralizing），甚至将诗篇当作寓言（allegory）对待，而实际上它不是。可真相就是，地狱争论中每段讲词的美学价值，部分依赖于其道德意涵（moral significance）；除非指出人类生活中那些境地跟魔窟众魔之境地相似，否则，就难以显示此道德意涵。两者相像，不是因为弥尔顿在写一部寓言，而是因为弥尔顿写出了这些人类境地的根源所在。他写作之时，这无须解释，因为同时代人都相信地狱；①而如今，则需作解释了。因此我斗胆提醒我的读者，想一想魔鬼困境的尘世对应物。他们刚刚从天堂堕入地狱。这也就是说，每个魔鬼都像这样一个人，他刚刚出卖了他的祖国或朋友，就知道自己成了一个卑鄙小人；或者像这样一个人，因自己劣迹斑斑，天理难容，就跟自己心爱的女人丧心病狂地吵了一架。对人而言，有一条脱离地狱之路，而且从未有过第二条路——谦卑（humiliation），悔罪（repentance），（如果可能）还有痛改前非（restitution）。对弥尔顿笔下的众魔而言，这条路则堵死了。诗人之聪明在于，他没有让"要是他们确实悔改"这一问题成为现实。玛门在卷二第 249—251 行以及撒旦在卷四第 94—104 行都提出这一问题，只是为了做出决断，说对于他们而言这不是症结之所在。他们知道自己不会悔改。出地狱之门，由众魔亲手锁上，锁得紧紧的，从里面上的锁；至于门外是否

---

①　关于这一点，马克·帕蒂森（Mark Pattison）的《弥尔顿传略》有颇为详实的说明："在弥尔顿那个时候的英国，犹太圣经的天使与魔鬼是比任何历史人物都更其真实的存在，而且是更好地证实了的。早先的历史记载充满着谎言，而这可是圣经的真理。很可能曾经有过一个亨利八世，而且他可能就像是描写的那样，但是他无论如何已经死去了，而撒旦却仍然活着在世上走来走去，丝毫不差就是那个引诱夏娃的撒旦。"（金发燊、颜俊华译，读书·生活·新知三联书店，1992，页 208）

也上了锁,因而,就无需考虑了。整场争论,就是企图找到别的门,而不是这道唯一的门。从这一视点看,所有讲词才开始展露其全部诗意(full poetry)。

摩洛(Moloch)的核心讲词在第 54—58 行。难道我们就在此"苟延残喘,住在这可耻的黑洞里"?他没有勇气认为,当前悲惨境地无可避免。必定有一条路,能走出这一不堪忍受的苦痛;他灵机一动想到的出路,就是发怒(rage)。这也是处于同一境地,人经常灵机一动会想到的一条出路。自知背叛了自己最珍视的东西,倘若无法承受这一认知,我们就会恼羞成怒,用对此物的敌意将此认知浇灭。气愤、憎恨、大发雷霆——比起我们的当下感受,相对愉快一些。然而,恼羞成怒,心安否?没有关系。不会再比当下更糟。将错就错,拼死一搏——说不定还会时来运转。谁知道呢?即便是死,也要给点颜色看看。摩洛是魔鬼里面头脑最简单的一个,只不过是笼子里的一只老鼠。

彼列(Belial),就没有这么明朗了。他的关键讲词出现在第 163 行。"这算是最坏的遭遇吗?"与此相比,我们仓皇逃命之时,"后面有天上的雷霆追逼、鞭打",不是要糟很多吗?无论做什么,我们都得小心。一些痛苦才刚入睡,我们的一项冒进行为,则会随时唤醒它们。我们不想这样。什么都可以,就是不要这样。我们的策略必须跟摩洛恰好相反——稍安勿躁,不要做可能导致地狱释放其可怕能量的任何事情,但愿我们不久就会或多或少适应地狱。在人类经验当中,又一次找到对应。我们被扔出天堂的那一刻,堕落本身,可能会如此刻骨铭心,以至于相形之下,地狱简直就是避难所。有过这样的时刻,那位叛徒首次明白自家行径之真实本性,如今无法释然;至于那位恋人,也跟他所骗的那位女人有过最后一场谈话,难以忘怀。这些时刻之所以痛楚,是因为在这些当儿,他感觉自己就是"从天上崩落下来的天"①——仍是天堂居民,身上仍保留爱与荣耀的痕迹。他不想重返那种状态,不惜一切代价。不要将火重新点燃:慢慢麻木,心甘情愿地沉沦,不能有任何雄心,任何思想、任何情感,这都会"搅扰地狱的舒适幽暗",②要像体弱多病的人要避开风一样,避开伟大文学、高贵音乐以及未曾堕落的人群——这就是他的心思。当然,那里无幸福可言,但这日子或许终究会过去。或许,我们会达到帕洛的境界:

---

① 《失乐园》卷六第 868 行。

② 原文为:dispell The *comfortable* glooms of Hell. 出处未知。

"像我这样的人，到处为家，什么地方不可以混混过去！"①

玛门（Mammon），就讲得更好了。很难挑出哪些诗行，当作他的核心讲词；全都是核心。假如非要我挑，我会挑这两行：

也不缺少建筑起庄严境地的技能艺术；

天上岂能显示出比这更优越的东西？（卷二第272行）

从"天上岂能显示出比这更"这几个词，我们读到了玛门的探本之论。他相信，地狱可以成为天堂之替代（*substitute*）。因为，对于任何失丧，你都能找到别的东西，也一样管用。天堂是庄严（magnificent）：如果将地狱也造得同样庄严，那必定一点也不逊色。天堂有光：如果我们制造人造光，它也一点不差。天堂也有黑暗：那我们为什么还讨厌地狱之黑暗？——因为当然啦，黑暗只有一种。玛门被称为"在天上堕落的天使中是最卑屈的一个"（卷一第679行），这就是原

_____

① 原文为：simply the thing I am shall make me live. 语出莎士比亚《终成眷属》（*All's Well That Ends Well*）第四幕第三场。译文采朱生豪先生译本，见《莎士比亚全集》卷二，页457。

因。他从未理解到，天堂和地狱到底有何差别。对他而言，悲剧就不是悲剧：没有天堂，他完全可以活得很好。他所对应的人，最为显而易见，也最为可怕——一个人，由天堂堕入地狱，却看不到有何差别。"你说我们失去爱，到底什么意思？转角就有一家奇妙的窑子。你老说丢然现眼，到底什么意思？我就是沐猴而冠粉墨登场，怎么着，任何人碰见我都脱帽致意。"凡事都可以被模仿，摹本将和原本一样管用。

　　所有这些讲词，全都是枉费心机。在人类经验中，玛门的方案和彼列的方案，有时候或许管用。然而从弥尔顿的视点来看，这是因为当前的世界是临时的（temporary），它会在一段时间，保护我们远离属灵实存（spiritual reality）。然而魔鬼，却没有此等保护。他们已经就在属灵实存的世界中了，地狱就是他们的"牢狱"，而不是其"安稳退居之地"（卷二第 317 行）。这些方案缘何无一付诸实施，为什么没有哪条提议可能会让他们的生活可堪忍受，原因即在于此。因而，恰如海水冲走沙堡，恰如大人让小孩闭嘴，最后来了别西卜的声音，呼吁他们回到现实。他呼吁他们重返的现实就是，他们根本无法逃脱地狱，也伤不到敌人的一点毫毛,但却有个机会,去伤害他人。也许你无法危害你的祖国;但这个世界的某个地方,有一拨黑人,举着她的旗帜,你不就可以去轰炸他们甚至策反他们么?那个女人,你或许伤害不着。不过,她可能有个弟弟,你不就可以让他求职无门么?——抑或她可能有条小狗,你不就可以下毒么?这就是识时务(sense),就是实用政治学(practical politics),就是地狱现实主义(realism of Hell)。

蒲柏曾盛赞荷马之才气(invention),说在《伊利亚特》里,"每场战争之伟大、恐怖及混乱,都后无来者"。弥尔顿写地狱辩论,亦当得起此等盛誉。假如我们仅有摩洛的讲词,对接下来会发生什么,我们就毫无概念。对于虽一败涂地却死不悔改的魔鬼而言,除了发怒与跺脚之外,还会做什么?诗人当中,很少有人能找到一个解答。这就是弥尔顿的才气,每位新发言人都发掘出等而下之的折磨(misery)与邪恶(evil),都发掘出新的诡计和新的愚蠢,都让我们更充分理解撒旦式困境。

15 对弥尔顿笔下天使之误解

The Mistake about Milton's Angels

关于这个论题,哲学为我们提出可能性,而经文则告诉我们确定性。亨利·摩尔博士将此论题,推演至哲学之极限。你可以去买他的神学著作和哲学著作的对开本。

——鲍斯威尔引约翰逊①

---

① 题辞原文为:What philosophy suggests to us on this topic is probable: what scripture tells us is certain. Dr. Henry More has carried it as far as philosophy can. You may buy both his theological and philosophical works in two volumes folio. 鲍斯威尔(James Boswell, 1740—1795),著名英文传记《约翰逊传》之作者。

约翰逊发现，弥尔顿所描写的上天战争，弥漫着"精神与实体的混淆"。① 然而，约翰逊的此番探究，乃基于一种误解；在他看来，弥尔顿"知道这种非物质的天使没有形象"，因而"发明了"具有"形式与质料"的天使②——换言之，约翰逊相信，弥尔顿笔下天使之有形有体（corporeality），乃是一种诗性虚构（poetic fiction）。他指望着，透过这一虚构看到诗人的真实信仰，而且认为自己如愿以偿地看到了。我也一度这样想，或许绝大多数读者也这样想过。当我首次找到理由相信，弥尔顿所描绘的天使，尽管就细节而言无疑是诗性虚构，然而根据他那个世界的最新的圣灵学，大体上却是天使可能具有的严格真实图像（literally ture picture）——此后，我对《失乐园》之欣赏进入一个新阶段。

---

① 原文为：confusion of spirit and matter，语出约翰逊《评弥尔顿的诗》（1779）。其中说："精神和实体的混淆遍及上天战争的全部描述中，使描述很不和谐。我认为，描述上天战争这卷诗只是儿童最喜爱的一卷，但随着知识的渐渐增多，儿童兴趣的减少，这些就被读者厌弃了。"（见殷宝书选编《弥尔顿评论集》，上海译文出版社，1992，页84）

② 约翰逊《评弥尔顿的诗》（1779）："弥尔顿的结构的另一不便之处是诗中要描述无法描述的东西，天使这一类人物。弥尔顿知道这种非物质的天使没有形象，而要展示天使活动时又不能不通过行动，所以他使天使有了具体的形体。"（同上书，页83）

在我们所谓的文艺复兴时期，哲学思想的一大变迁，就是由经院哲学（Scholasticism）变为当时人所说的柏拉图神学。现代学生，由于后来事件的影响，往往会忽视这一柏拉图神学，转而抬高他们视为科学精神或实验精神之发端的东西；而在那个时代，这一所谓的"柏拉图主义"却显得更为重要。它跟经院哲学的一个不同点就是：它相信所有受造精灵（created spirits）都有形体。

托马斯·阿奎那相信，天使完全没有质料；当他们"显现"给人类感官，他们临时"摄取"空气的形体，空气足够浓缩因而人能目睹（《神学大全》第一集第51题第2节）。① 恰如邓恩所说："就像天使，穿戴纯净空气——虽不如他纯粹——面容和翅翼。"（《空气与天使》）②因而对阿奎那而言，天使并不饮食；当他显得要吃东西时，那也"并不是真正的

---

①　托马斯·阿奎那《神学大全》第一集第51题第2节"天使是否摄取形体"的"释疑"部分说："天使之需要身体，不是为自己，而是为我们，以便同人亲密地交往，并显示人所期盼的，在未来的生活中，与天使所有的灵性交往……虽然空气处于稀薄的状态时，没有定型，也没有色彩；可是当它被浓缩时，却可能成型，也可能有色彩，正如云彩所指明的。因此，天使也是如此由空气摄取身体，即用天主的权能把空气浓缩，以因应形成所摄取之身体的需要。"

②　语出《空气与天使》第23—24行，见《约翰·但恩诗选》（英汉对照），外语教学与研究出版社，2014，页55。

饮食,而是精神饮食的一种象征"(《神学大全》第一集第51题第3节)。① 而这,正是弥尔顿费尽心思要加以驳斥的观点。当他笔下的大天使跟亚当共进晚餐,他可不是显得要吃,他的反应也不只是一个象征——"既非只有外表,亦非置身薄雾之中"(也即,既不神秘也不属灵,卷五第435行)②。伴随这场大餐的,先是真真正正的饥饿,真真正正的消化,接着就是体温升高。假如弥尔顿为他笔下的天使赋予形体只是一种诗的手法,那么,他如此浓墨重笔写天使的摄食(甚至写天使的排泄),就变得不可索解。当我们意识到,弥尔顿将此放在这里,就是因为他认为这是真的,这时,整个段落才变得可以理解,不再是诗风之荒唐怪异。在这一点上,他可不是孤掌难鸣。

柏拉图主义神学家的根本观点是,他们从古代作家那

---

①　此处似有印刷错误,误将第51题写为第52题,拙译根据《神学大全》改回。详见中华道明会和碧岳学社联合出版的《神学大全》第二册,页97—98。

②　刘捷译《失乐园》卷五第435—442行:"天使既非只有外表,亦非置身薄雾之中(神学家们的普遍曲解),而是真有饥饿,食欲强烈,有把一种物质变成另外一种物质的消化能力:过剩的部分精灵轻松就能排泄出去,如果江湖上的炼金术士通过乌煤的火炼就能够,或者确有把握做得到,就像从矿石之中,将劣质矿石里边的金属点化为纯金,何足大惊小怪。"(上海译文出版社,2012)

里重新发现了一种伟大的秘传智慧，这种智慧跟基督教实质一致。六位最伟大的神学家当中，柏拉图最晚近也最优雅；其余五位则是琐罗亚斯德，①三重伟大的赫尔墨斯，②俄尔甫斯，③阿格拉奥菲莫斯和毕达哥拉斯。他们全都说着同一件事（斐奇诺《柏拉图神学》卷十七第1章）。④ 基督徒缘何也跟普坦汉姆那样，将特利斯墨吉斯忒斯称作"最圣洁的牧者和先知"（《英诗技巧》卷一第8章），⑤原因即在于此。流风所及，记载异教圣贤的那些奇迹（miracles），就不必再是鬼话或传说。"献身于上帝之人的灵魂，驱遣四大元素，

---

① 琐罗亚斯德（Zoroaster，约公元前628—551），古波斯宗教拜火教（亦称祆教，琐罗亚斯德教）之创始人。

② 三重伟大的赫尔墨斯（Hermes Trismegistus），赫尔墨斯主义所尊崇的核心人物。据考，本是一位生活于远古时代的埃及智者。至于对他的崇拜，则是源于埃及的托特神（Thoth）与希腊本土信仰中的赫尔墨斯神（Hermes）的杂糅与融合。

③ 俄尔甫斯（Orpheus），古希腊传说中的英雄，有超人的音乐天赋。

④ 高洋《"神的后裔"与科学史》一文，提及了这一掌故："斐奇诺的'古代神学'代表一种有学说传继意义的思想传统，他在其《赫尔墨斯文集》译本的序言中排出了三重伟大的赫尔墨斯（Hermes Trismegistus）、俄尔甫斯（Orpheus）、阿格拉奥菲莫斯（Aglaophemus）、毕达哥拉斯、斐洛劳斯（Philolaus）及柏拉图的师承顺序。"文见：http://www.sohu.com/a/157648781_692189 [2018—12—27]。

⑤ 普坦汉姆（Puttenham），《英诗技巧》（Arte of English Poesie，1589）之作者。

将诗人所歌咏、史家所叙写、哲人尤其是柏拉图主义者并不否认的那些行为的剩余部分,付诸实施。"(斐奇诺《柏拉图神学》卷十三第 4 章)"至于毕达哥拉斯所行奇迹,"亨利·莫尔(跟弥尔顿是同窗)写道,"尽管我并不相信关于他的一切记载,但是我列举的这些,我认为大致可信,它们跟他的身份可不是不相称。"(《为犹太秘法一辩·序言》[De fence of the Cabbala. Pref.])与此密不可分的是这样一个信念,即异教作家所呈现的那些非人的却有理性的生命图景,其中包含着大量真理。宇宙中充满了这样的生命:魑魅(genii),魍魉(daemones),艾耶尔(aerii)和人(homines)。这些都是"动物",有着动物形体或人的心灵。

依费奇诺,[①]每一周天(spheres)或四大元素中的每一元素,除其常见灵魂(general soul)而外,还有由此派生的许多灵魂或动物。它们都有形体,足可看见,尽管我们不能悉数看见。我们看见星体,那是因为它们尽管遥远,却发光;看见凡间,那是因为它们近,且不透明。至于艾耶尔与火精

---

① 费奇诺(Marsilio Ficino,又译菲奇诺,1433—1499),哲学家、神学家和语言学家。他对柏拉图和其他古典希腊作家作品的翻译和注释,促成了佛罗伦萨柏拉图哲学的复兴,影响欧洲思想达两个世纪之久。

灵,我们则看不到。那些水生的("俄尔甫斯称作涅瑞伊德"),"在波斯或印度,有时会被目力极好的人看到"(同前,卷四第1章)。

"我总是倾向于同意",亨利·莫尔①在致笛卡尔第三书中写道:"柏拉图主义者,同意古代教父,还有差不多全部的术士,认为所有灵魂及魑魅,无论是善是恶,都显然有形体,因而也就具有严格意义上的感官经验;也就是说,都以身躯做媒介。"由其《论灵魂不朽》一书,就可以看见他将这一观念推演得有多远(卷三第9章第6节)。他在书中告诉我们,这些具有空气一般身躯的精灵,或许借助"位置移动"和"他们的思维活动"来驱动这种身躯中的微粒,直至它们"烟消云散"。这时,此身躯就需要"一次复原"——"为此,他们或许有自己的沉思时间,即便不是出于需要,至少是为了娱乐,这不是没有可能。"他甚至提到,这些存有的"一些天真消遣,其中音乐习性和恋爱习性也会被用于娱乐"(同前,卷三第4章)。在该书引言中(第8段),他确实抱怨这段话遭

---

① 亨利·莫尔(Henry More,1614—1687),英国诗人,宗教哲学家,可能是剑桥柏拉图主义思想家中最著名的一位。

人误解；不过，他无疑没有排除一种最严格字面意义上的"恋爱习性"的可能；"古人称为诸神的魑魅或精灵，会令女人怀孕"，在他看来，"根本不是不可信"（《大神秘》卷三第18章第2节）。帕拉塞尔修斯①对他的地精（Gnomes）、水神（Undines）、气精（Sylphs）和火神（Salamanders），也作如斯之想。其女性都急于跟男人婚配，因为他们因此就得到了不朽的灵魂——而且还有一个更乏味的原因，那就是她们的男性是少数（参见《论宁芙》[*De Nymphis*]等）。至于离弥尔顿更近一些的维尔（Wierus），则在他的《论妖术》（*De Praestigiis Daemonum*）中告诉我们，鬼魅具有云气身躯，可随意变幻男女，因为其躯体柔软可塑。伯顿援引普塞洛斯，②对于云气身躯，就说得更为详尽了："它们摄食，且排泄"，"要是受伤，会感到疼痛"。假如这些躯体，"被飞速切开，会重新愈合"。博蒂纳斯（Bodinus），这位精灵形体论的热切

---

　①　帕拉塞尔修斯（约 1493—1541），自学成才的瑞士医生，医学化学奠基人，文艺复兴时期神秘哲学最有影响的人物之一。

　②　罗伯特·伯顿（Robert Burton, 1577—1640），《忧郁的解剖》（*Anatomy of Melancholy*）之作者，英国圣公会牧师；普塞洛斯（Psellus, 1018—1078），拜占庭哲学家，神学家，政治家，其最大功绩在于使人们离开亚里士多德的思想，重回柏拉图传统。

拥护者，他坚持认为，依照伯顿，云气身躯都是圆形的（《忧郁的解剖》I, ii, I, 2)。① 亨利·莫尔虽然同意，这就是它们的自然形状，但他发觉难以想象"这样两堆活生生的空气"能够谈话，因而他提出，为了社交，它们会临时将自己的"载体"变为类似人形的某种东西（《论灵魂不朽》卷三第 5 章）。所有这些权威作家仿佛都一致同意，将难以置信的迅疾，还有近乎无尽的变身能力和伸缩能力，赋予这种云气身躯。正是这些躯体，解释了空中战斗现象。这种现象我从未见过，但在 16 世纪，却好像人人都见过似的。据亨利·莫尔，"全副武装的人在天空中，相互搏斗相互对垒的现象，最是臭名昭著"（《反无神论》[Antidote agaist Atheism]卷三第 12 章第 7 节）。这就是《失乐园》卷二第 536 行那些"空中骑士"，就是《尤利乌斯·恺撒》(Julius Caesar)卷二第 2 章第 19 节中的那些"喷发怒火的武士"。即便是怀疑论者马基雅维利，也带着敬意提到对此现象的精灵论解释，并且肯定了该现象（《君主论》卷一第 56 章）。

---

① 这里应该指《忧郁的解剖》第一卷第二部第一章第 2 节"闲谈幽灵、恶天使或魔鬼之本性，以及他们如何引发忧郁"，冯环译本（金城出版社，2012）是"精简本"，未选此节。

　　凡此种种，弥尔顿当然是耳熟能详。《科马斯》当中佑护的精灵①，注意，在三一学院保存的手稿当中则被称作鬼魅（*Daemon*）。这整个方案仿佛贯穿《失乐园》之始终，除了一个段落。在那个唯一段落里（卷五第563—576行），②拉斐尔仿佛采纳了现代的或学术的观点。解释过很难讲解"不可见的战斗天使的业绩"之后，他说，他会依照人类感官调整自己的讲述，"用俗界有形的东西来尽量表达一下灵界的事"。我一点都保不准，"有形"（*corporal*）一词在这里的意思，不仅仅是"结结实实的躯体"或"跟我们一样具有肉身"。拉斐尔所答应的调整，或许并不在于将纯灵说成物质，而在于描绘天使的身躯（尽管严格说来不可想象）时，仿佛天使完完全全就是人。即便严

────────

　　①　弥尔顿假面舞剧《科马斯》中的人物，杨熙龄先生译作"佑助之神"，朱维之先生译作"佑护的精灵"。

　　②　亚当请求天使长拉斐尔谈谈天上的事。拉斐尔虽迟疑，但还是答应了："人类的始祖啊，这是件大事，是难说又可悲的事。对人类的感性，怎么能讲解不可见的战斗天使的业绩呢？这么多原来是光荣而完善的天使，一旦坠落了，说来怎不令人心伤！况且泄露另一世界的秘密，恐怕是不大合法的吧？然而为了你，我不妨说一说；依照人类感官所能理会到的，用俗界有形的东西来尽量表达一下灵界的事：地界虽然不过是天界的影子，而天地之间相似的事物，要比地上所臆想的多得多。"（朱维之译《失乐园》卷五第563—576行，页183—184）

格理解"有形"一词，我们也会留意到，拉斐尔在段落末尾做出一点妥协，暗示说灵界与俗界之相似，比一些人（譬如那些经院哲学家）所臆想的要多得多。这一段，充其量表明弥尔顿的犹疑，对应于在两种天文学之间的犹疑，对应于拒绝全身心拥抱。而在诗歌的其余部分，"柏拉图神学"之统治则无可争议。

　　把握住了这一点，约翰逊自以为发现的那些前后矛盾，绝大多数都会烟消云散。当撒旦变为蟾蜍，这并未证明他就是非物质的（immaterial），只是证明他的奇妙身躯，可以潜入一个结结实实的躯体，可以变得很小很小。遇到加百列时，他则变得很大很大。当那些低级天使在魔窟中没有足够的容身之所时，他们就缩身。让这些天使身着盔甲，也没有不可理喻之处；尽管他们的云气身躯无法被杀（也就是说，无法还原为无机物），因为他们被"飞速"劈为两半，会重新愈合，但他们还是能被击垮或击伤。因而丢弃某些合身的无机物，倒成了真正的保护。同样说得通的是（《失乐园》卷六第 595 行以下），当此盔甲遭遇炮火轰击时，就被证明不是帮助而是阻碍，因为它让这些云气身躯没有挂碍时所拥有的那种灵活伸缩及灵活移动,大大受损。①

弥尔顿描写天使,写了一段莫尔所谓"恋爱习性"的东西(《失乐园》卷八第618—629行)。这段描写,唤起了一定量的正言厉色,我曾一度也浸淫其中。然而我想,难就难在,因为这些高贵的受造都以阳性代词称呼,我们就自觉不自觉地倾向于认为,弥尔顿认为他们过着一种同性乱交的生活。② 我当然不会否认,提出这样一个令人误解的问题,这是他作诗的疏忽;但其真实含义并不肮脏,当然更不愚蠢。恰如天使不死,他们也不繁衍。因而,他们根本没有人类那种性别。在人的语言中,一名天使当然总是他(而不是她),这是因为无论男性是不是较高性别(the superior sex),阳刚(the masculine)肯定是较高性征(the superior gender)。不

---

① 《失乐园》卷六第594—596行描写撒旦军团在炮火攻击之下溃不成军:"成千上万的倒下去了,小天使滚在大天使的身上,身穿盔甲的倒下得更快;没有武装的精灵倒可以更快地收缩或退去,灵敏闪避。"(朱维之译本,页222)

② 《失乐园》卷八618—629行:天使一笑,脸上放出天上的红霞,是爱情特有的玫瑰红,回答道:"你只用知道我们幸福,没有爱就没有幸福,这就够了。你在肉体上所享受的精纯,(你也是被造成精纯的,)我们也极度享受,内膜、关节、四肢等,一点也没有障碍。精灵的拥抱比空气和空气更容易,纯和纯相结合、随心所欲;不必像肉与肉、灵与灵的相交需要有限的交往的法门。"(朱维之译本,页288)

过依弥尔顿,在这些造物中间有或可称为变性(trans-sexuality)的事。相互的爱的冲动,体现为两个云气身躯的交融;他们"完全结合",因为他们可屈可伸,因为他们同性——他们之结合,有似于酒和水,或者说有似于酒和酒。这一观念会免于弥尔顿时常遭受的好淫之讥,因为完全结合的欲望,这种人间恋人不可能有的欲望,跟寻欢作乐的欲望不是一回事。快乐可以获得;而融为一体(total interpenetration)却无法获得,即便能够获得,那也是爱本身的满足,而不是性欲的满足。[①] 卢克莱修指出,贪恋声色,人寻求(而且找到)快乐;当他们在爱,他们寻求(却无法达到)结为一体。我怀疑弥尔顿想到了这段话:

> 就是在紧紧搂抱着的时候,情人们的热浪还是起落不定……因为他们希望:用那引起他们欲火的同一个肉体,他们能够熄灭他们的情欲的烈焰。……但是这一切都毫无用处,既然他们不能从那里撕取什么东西,也不能使自己全身都渗入对方的肉体。(《物性论》

---

① 详参拙译路易斯《四种爱》第五章"情爱"(Eros),尤其是第1—8段。

卷四第 1076—1111 行)①

"一点也没有障碍",弥尔顿这样写天使;通过对比,就指出了人类感官的悲哀,或许是可以补救的悲哀。无疑,这些天使的结合不无快乐,因为他们有形体(corporeal):但是我们切莫照着我们自己那专门而又忤逆的感官的样式,来想象此结合。弥尔顿笔下的天使,或可称作"泛有机体"(Panorganic)——"他们全身是心、是脑、是耳、是目、是知觉、是意识"(《失乐园》卷六第 350 行)。人的五官畛域分明,各自从外部世界接受其专门的刺激,并转化为专门的感觉,再由常识(common sense)将这些感觉整合为对世界的一种反映;而天使,我们则只假定一种感受力(sensibility),平均分布于云气身躯的各个部位,能够搜集分配给我们的五官的所有这些刺激,无疑还有一些刺激我们对之没有反应。这个唯一的超级感官所产生的意识,其样貌超乎人的想象。我们只能说,跟人的意识相比,该意识对外部世界,会提供一个完全得多、可信得多的反映。

---

① 见方书春译卢克莱修《物性论》,商务印书馆,1981,页 273,274,276。

如果我提出，当我们认识到弥尔顿的天使学有着严肃意图甚至科学意图时，它会得到诗意地提升，但愿不会有人以为，我打算将弥尔顿的天使学奉为科学。① 探究弥尔顿的天使学，就应该像探究但丁笔下的同类科学素材那样。《神曲》综合了两个长期分隔的文学事务。一方面，《神曲》是对于属灵生命的一个高超的、想象的诠释（a high, imaginative interpretation）；另一方面，《神曲》又是一部写实的游记，所记载的徘徊之地虽然无人曾到，但人人都相信它确实存在。如果说在一项本领方面，他跟荷马、维吉尔和华兹华斯是同道，那么在另一项本领上，他则是儒勒·凡尔纳和H. G. 威尔斯之父。② 现代人切莫为此而大惊小怪；几乎每门艺术当中的"高雅"（high-brow）和"通俗"（low-brow）

---

① 本句殊难翻译，兹附原文如下：I hope it will not be supposed that I am prepared to support Milton's angelology as science, if I suggest that it improves *poetically* when we realize that it is seriously intended-even scientifically intended.

② 罗伯茨《科幻小说史》："法国作家儒勒·凡尔纳（Jules Verne）和英国人 H. G. 威尔斯（H. G. Wells）是科幻小说大师中最闪亮的双子星。……他们在同一时代，写下了最优秀的篇什，用他们的主要作品巩固了科幻小说在文化中日渐突出的地位。"（马小悟译，北京大学出版社，2010，页141）至于荷马、维吉尔及但丁与科幻小说之一脉相承，路易斯在《论科幻小说》一文及访谈录《乌有之乡》中，屡有提及。此二文均见拙译《童话与奇幻：路易斯文学论集》（华东师范大学出版社即出）。

两脉,通常都是早先某种更合乎人性的艺术专门化的结果;
这种艺术要么"高雅",要么"通俗",要么二者兼备。① 这一
古老的统一体,在《失乐园》中尚有形影。评断《失乐园》中
的天使,不可将他们看得好似济慈所发明的诸神;而要看作
对一些模糊认识的诗意呈现。此诗意呈现,当代科学想象
(contemporary *scientific* imagination)认为它们已经有了生
命;它们就发生在人的层次,但直接观察通常无由获致。②
拉斐尔饮食的细节,会令现代读者不快,这是因为他评判这
些细节,总是从虚构角度较短论长,仿佛它们就是无谓的发
明。倘若我们设想自己来读这部作品时,已经相信了这样
一种云气身躯论,好奇于诗人到底是会避开这些细节,还是
将它们成功写入诗篇又无乏味之嫌,那么,整体观感就会发
生改变。在现代诗歌中,当我们找到对我们自己科学的成

---

① 详参路易斯《高雅与通俗》(High and Low Brows)一文,文见拙译
《古今之争》(华东师范大学出版社,2021)。

② 此句殊难翻译,兹附原文如下:The angels are not to be judged as if
they were the invented gods of Keats, but as poetizations of the glimpses
which contemporary *scientific* imagination thought it had attained of a life
going on just above the human level though normally inaccessible to direct
observation. 其中 it 一词,疑是衍文。其中 contemporary *scientific* imagi-
nation,则是指涉科幻小说。

功处理时，我相信我们通常会欣喜；而未来的一位批评家，认为弗洛伊德和爱因斯坦的理论都只是诗歌惯例（poetic conventions）——他假定，诗人制造这些理论，是在竭尽所能发明最美丽最含蓄的东西——那时，他大概会形成一个与我们不同且错误的判断。

16　亚当和夏娃

Adam and Eve

布尔医生……穿的衣服上装饰着红色和金色的动
物纹章,在他的头冠上装饰着一个跃立作扑击状的
男子。[1]

——切斯特顿《代号星期四》

"亚当,"劳里教授[2]说,"就其毫无经验而论,简直就是

---

[1]　切斯特顿《代号星期四》,乐轩译,南海出版公司,2013,页 187。

[2]　劳里(Sir Walter Raleigh,1861—1922),亦译雷利,英国学者,
1900 年出版《弥尔顿》一书。

妙语连珠了。"头一次读到这些文字,其弦外之音就是,不大满意弥尔顿对我们的始祖的刻画。这种感觉,我保持了许多年。不过最终我还是明白了。我当时不喜欢《失乐园》,那是因为我所指望的某种东西弥尔顿从未打算提供;而且即便他提供了,满足的也是我身上的某种有几分陈腐的趣味,跟他不得不讲的故事也难以搭调。我当初读此诗,将天真跟幼稚混为一谈;我也有一个进化论的背景,致使我将早期人类想作蛮族,更不用说最早的人了。在亚当和夏娃身上我当时所期待的美,就是那种原始的、质朴的、无邪的美。我曾希望,会给我展现他们在一个新世界中的无法言表的喜悦;他们一字一句说出他们的喜悦,我则聆听他们卿卿我我。毋庸讳言,我想要的亚当与夏娃,自己能够垂怜(patronize);当弥尔顿清楚表明,不容许我做这号事,我就起了反感。

　　我的这些期待,归咎于自己拒绝"搁置怀疑"①,拒绝认

---

①　"搁置怀疑"(Suspension of disbelief)或"自愿搁置怀疑"(the willing suspension of disbelief),是柯勒律治(Samuel Taylor Coleridge)1817年提出的著名术语,以解决诗与真的问题。他提出,假如一个作者能把"人文情怀和些许真理"(human interest and a semblance of truth)融入奇幻故事之中,那么,读者就要搁置此叙事难以置信(implausibility)的判断。杨绛《听话的艺术》一文,曾将 the willing suspension of disbelief 意译为"姑妄听之",殊为传神。拙译用直译。

真对待作为该诗基础的那些假定,至少在读完之前就该认真对待。劳里提及亚当的"毫无经验",是误导。关于亚当和夏娃,全部要点就在于,要不是罪,他们就从不衰老,因而也就从未年幼,从未不成熟或发育不全。他们受造时,就完全成人了。卞因先生①比劳里更理解正确路径,他写亚当临终前给儿子说:

　　　　这双手在乐园曾经采花,

　　　　这四肢如今你看着瘦弱,

　　　　浑然无力,疲惫挣扎,

　　　　却不像你的四肢经过发育;

　　　　我不是啼哭着来到这大千世界,

　　　　全然无助,不会说话,一无所知,

　　　　而是出于上帝的欣喜,我从

　　　　黑暗中突然惊醒,完全成人。

　　　　　　　　　　　　——《亚当之死》

---

①　卞因(Binyon,1869—1943),亦译宾杨、比尼恩,英国诗人。

从一开始,亚当就有知识,有体格。在所有人当中,唯有他"曾在伊甸,神的园中……在发光如火的宝石中间往来"。① 他被赋予了,恰如阿塔那修所说,"神的眼力,以至于他能静观神圣本原之永恒,能够静观他的话经天纬地"。② 依圣安波罗修,③他是个"属天存有"(a heavenly being),呼吸着以太,习惯于跟上帝"面对面"交谈。"他的心力"(His mental power),圣奥古斯丁说,"超过了那些才华绝顶的哲人,恰如鸟的速度超过了乌龟。"倘若曾有这样一个人——而且我们必须假定其有,才能够读这部诗——那么劳里教授,还有我,在觐见他的时候,定会一下子自惭形秽;我们才是那个结结巴巴的小孩,局促不安,面红耳赤,而且盼着自己的滑稽可笑因年幼无知而得到原谅。但丁可谓切中肯綮:

---

① 《以西结书》廿八章 13—14 节。

② 圣阿塔那修(St. Athanasius,约 296—373),亦译亚他那修,亚历山大主教,神学家。此语原文为:a vision of God so far-reaching that he could contemplate the eternity of the Divine Essence and the cosmic operations of His Word. 出处未知。

③ 圣安波罗修(St. Ambrose),亦译安布罗斯、盎博罗削,意大利米兰主教(374—397 年在位),是被尊称为"教会博士"的四位神学家之一。

　　我那位圣女说:"在这个光焰内,本原的力量所曾创造的第一个灵魂怀着爱慕之情观照他的创造者。"

　　犹如树在风吹过时,树梢向下弯曲,随后,它就凭自身的弹力使自身挺立起来,同样,我在她说话时,由于惊奇而低下头来,但我心中燃烧的急于说话的愿望随即使得我恢复勇气,重新抬起头来。我开始说:"啊,惟一生来就已成熟的果子啊……"(《天国篇》第26章第83行)①

弥尔顿则让我们瞥见,要是亚当没有堕落,我们跟亚当的关系会是个什么样子。亚当会依然住在伊甸乐园,"从地极和海角"的一代代子孙,都会定期奔赴"首都"来尊他为始祖(卷十一第342行)。② 无论你我,那近乎可怕的时刻终究会来,或许一生总有一次吧,经过长途跋涉,践律蹈礼,我们正

---

　　① 见田德望译《神曲·天国篇》(人民文学出版社,2002),第160页。
　　② 《失乐园》卷十一第334—342行:米迦勒带着仁慈的目光对他说:"亚当,你知道天是他所有,地也是他的,不单这座岩石。神无处不在地显现,充满在陆、海、空和一切生物里,用生命的动力鼓动并暖和它们。全地都归你所有,由你治理,是一份不容轻视的礼物。因此,不要以为神只存在于乐园里,伊甸的小范围之内。这伊甸本来可以做你的首都,从这里扩大到全人类,从地极和海角都会集来尊你为自己伟大的祖先。"(朱维之译本,页402)

式觐见，来到始祖、祭司和大地之王的面前；这件事，我们会铭记终生。除非我们的想象中不留天真的、单纯、幼稚的亚当的丝毫痕迹，否则，对弥尔顿笔下的亚当，我们不可能做出有用的批评。基督徒诗人要呈现这个尚未堕落的第一个人，其任务不是复原单纯自然之稚嫩及质朴，而是去描画这样一个人：他虽孤身一人又赤身露体，但他的威仪，其实正是所罗门、查理大帝、哈伦·赖世德以及路易十四奋力效法却怎么也学不来的——他们身下可都是象牙宝座，两边是刀剑仪仗，头顶是宝石华盖。① 从我们头一眼见到人类始祖起，弥尔顿就着手此事了(卷四第 288 行)。在群兽中间，我们看见"两个高大挺秀的华贵形象"，虽赤身露体却是"庄重的裸体"，是"万物灵长"，通过他们的智慧和圣洁"映照出造物主的光辉影子"。② 不只在亚当身上而且在两个人身

---

① 所罗门(Solomn，前 970—930)，以色列国王；查理大帝(Charlemgne，742—814)，即 Charles the Great，法兰克国王，公元 800 年由罗马教皇加冕为神圣罗马帝国皇帝；哈伦·赖世德(Haroun-al-Raschid，763—809)，阿拉伯帝国阿拔斯王朝第五代哈里发，以拥有大量财富和骄奢淫逸闻名；路易十四(Louis XIV，1638—1715)，法国波旁王朝的"太阳王"。

② 《失乐园》卷四 288—292 行描写亚当和夏娃："中有两个高大挺秀的华贵形象，他们的高大挺秀俨然神的挺立。以本身原有的光彩……映照出造物主的光辉影子，即真理、智慧和严肃、清纯的圣洁。"(朱维之译本，页 127)

上的这种智慧和圣洁，就是"素朴"（severe）——就是西塞罗说一个人"威而重"（*severus et gravis*）意义上的"素朴"；也就是说，他们就像音乐及建筑中的一种"素朴风格"（a severe style），简朴（austere），大方（magnanimous）、高贵（lofty），不懈怠，不随便，不轻靡（florid）——有如味外之味（a dry flavor），吸引的是知味之人（corrected palates）。对于他们这样的人，建议现代批评家最好不要造次。恰如劳里教授（补救他的一时过失）指出的那样，亚当迎接天使长，与其说像个主人，不如说像个外交官（卷五第 350 行以后）。① 这个基调，他们的会面始终保持。要是我们想到的仅仅是一个幸福的赤身露体的野蛮人坐在草地上，那么亚当黄昏时还敦请天使继续讲说，因为太阳"一听到您的声音便会停在半空，听了您的强劲声音叙说它的生成"（卷七第 101 行），这事就显得荒诞无稽了。要评判这一夸张，就要以宫廷庆典上一位大人对另一位更大的大人的高尚言辞为标准。同

---

① 《失乐园》卷五 350 行以后："同时，我们伟大的始祖前去迎接那位神光焕发的客人，……到了他的跟前，亚当虽然心不惧怕，却恭敬、严肃地对他行礼，好像面对长者，鞠躬深深地，如此说道……"（朱维之译本，页 175—176）

理,当亚当为自己的叙述能力感到抱歉,解释说自己的所有言谈只是为了千方百计留住神一样的客人(卷八第 206 行),弥尔顿期待着我们钦羡亚当举止之优雅——就像期待着柏希雷克爵士城堡里的仆人,向高文爵士去学"贵人谈话的直言不讳"(tacheles terms of noble talking)。

亚当的王者气象,是他对大地之王权以及他的智慧的外在表现。对于天文,他诚然一无所知,因为弥尔顿并不知道,人们将会接受的到底是托勒密体系还是哥白尼体系。但亚当懂得所牵涉到的问题;他的冥思,已经涉及整个被造的宇宙。当他接受群兽的朝仪,他旋即"认识了它们的天性",并给它们命名(卷八第 352 行)。对于灵魂之奥赜,他完全洞悉,因而能给夏娃的梦中景象一个圆满解释(卷五第 100 行以后)。他"教训"妻子,有时候会令现代读者发笑,不过这一笑有些浅薄。因为他不仅是丈夫,而且是人类知识和智能的总和,他回答她,就好比所罗门回答示巴女王①——"亚当呀,你是地上圣洁的典型,受了上帝的灵气而活的。"②

思考他跟夏娃的夫妻关系,我们必须一直提醒自己,此

---

① 事见《列王纪上》十章 1—13 节。
② 《失乐园》卷五 320 行(朱维之译本,页 174)。

二人之伟大。他们的共同生活就像仪礼——一场小步舞,现代读者在其中找到的是嬉闹。在堕落并被剥夺原初的雍容华贵之前,他们很少彼此直呼其名,而是用高贵婉语:"美丽的配偶","我的创作者和安排者","神和人的女儿","白璧无瑕的夏娃","我心所寄托的唯一的人"。① 可笑吗? 至少跟堕落后的受造之间同样的礼节相比,这远远没那么可笑;在弥尔顿自己的时代,夫妻之间还以"老爷"(My Lord)和"夫人"(My Lady)互称,而一名法国国王晨起如厕就像一场仪式。或许那一点都不可笑,倘若我们立即做出这一初始假定:堕落之后这一切礼节都沦为繁文缛节,没了礼之所关的实质(reality),而伊甸园中这一实质还在。这尊贵的一对,言谈举止本可以终生雍容华贵。他们即兴赋诗,出口成章(卷五第 150 行)。②

这种皇家气象,在夏娃身上不太明显。这部分是因为,

---

① 上述"高贵婉语",出处分别如下:"美丽的配偶"出自卷四第 610 行,"我的创作者和安排者"出自卷四第 635 行,"神和人的女儿"和"白璧无瑕的夏娃"出自卷四第 660 行,"我心所寄托的唯一的人"出自卷五第 28 行。拙译采朱维之译本。

② 《失乐园》卷五 144—152 行:"他们二人便卑躬虔诚地礼赞天神,像每天早晨一样,用各种体裁的颂歌赞词,向创造主唱念,出口成章,或为合乐的歌曲,或为即兴的颂词,都成神圣的欢乐,或为美妙的韵语,或为无韵散文,比之丝竹合奏,更加和谐合律,更加熨帖亲切,于是二人开始唱道……"(朱维之译本,页 168)

她事实上低于亚当，无论是妻子身份还是臣民身份；不过我相信，这部分是因为她的谦卑遭到误解。她想，自己比他幸运，因为她有他作伴，而他却"无从觅得和他自己对等的匹配"（卷四第 448 行）。她对他的吩咐，一概"依从，从不争辩"（卷四 635 行）。这就是谦卑，而且在弥尔顿眼中，正在养成谦卑。不过切莫忘记，她这是说给亚当听；一位爱者说给另一位爱者，一位妻子说给一位丈夫，大地之后说给大地之王。许多恋爱中的女人，许多妻子，或许还有许多王后，有时也这样说，这样想。鲍西娅为了巴萨尼奥的缘故，"希望我能够六十倍胜过我的本身，再加上一千倍的美丽，一万倍的富有"，又断言自己"这一身却是一无所有"，"只是一个不学无术、没有教养的女子"。① 这话美好而又真挚。不过，

---

① 语出莎士比亚《威尼斯商人》第三幕第二场："巴萨尼奥公子，您瞧我站在这儿，不过是这样的一个人。虽然为了我自己的缘故，我不愿妄想自己比现在的我更好一点；可是为了你的缘故，我希望我能够六十倍胜过我的本身，再加上一千倍的美丽，一万倍的富有；我但愿我有无比的贤德、美貌、财产和亲友，好让我在您的心中占据一个很高的位置。可是我这一身却是一无所有，我只是一个不学无术、没有教养的女子。幸亏她的年纪还不是顶大，来得及发奋学习；她的天资也不是顶笨，可以加以教导；尤其大幸的，她有一颗柔顺的心灵，愿意把它奉献给您，听从您的指导，把您当作她的主人，她的统治者和她的君王。"（《莎士比亚全集》卷一，译林出版社，1998，页 438）

我会对像自己这样的普通人感到遗憾,因为他因这句话而铸成大错,来到贝尔蒙特,①说话行事还真把鲍西娅当作一个"不学无术、没有教养的女子"。想到这儿,令人汗颜。她可以对巴萨尼奥这样说,但是我们,最好记住自己面对的是一位伟大女士。我倾向于认为,批评家对于夏娃,有时就犯了这等错误。我们看到她在亚当面前毕恭毕敬——恰如皇帝会对主教下跪,恰如王后会向国王行屈膝礼。切莫以为,假如你我也能进入弥尔顿笔下的伊甸园,遇见了她,我们就会很快学会该对这位"宇宙的女王"②怎样说话。即便是撒旦,说过夏娃"不可怕"之后,又被迫补充说,"在爱和美中有恐怖,非有更强的憎恨不能接近她"(卷九第 490 行)。对于亚当,夏娃虽被"造得这样装饰着使你欣喜",但她也被造得"这么地敬畏,所以你能够爱你的佳侣"(卷八第 576 行,着重号为引者所加)。③ 你也明白,这里不存在一男孩跟一女孩岸边嬉笑打闹的问题;甚至对亚当而言,夏娃身上也存在令他肃然起敬的东西,

---

① 贝尔蒙特(Belmont),鲍西娅宅第所在地。
② 《失乐园》卷九第 612 行。
③ 见朱维基译《失乐园》(北京时代华文书局,2013),页 173。

也存在"不可攀跻"之可能。① 天使招呼她,比招呼亚当更有礼有节。她在天使面前,落落大方——一位在自个家里尽主人之谊的伟大女士,世界的主妇。她的华贵(grandeur),以及身上的某种超然,在弥尔顿的一些名句中活灵活现:"以既亲密又严肃的神情回答他",或"少女般纯洁、高贵的夏娃"。② 少女般纯洁,就在于高贵:不在于这些词所指的年龄,不在身体,也永远不是不成熟意义上的少女。在夏娃身上,从无少女之懵懂无知;步入存在刚半个时辰,她就领会了亚当追求她的意图。她甚至理解了那追求的全部爱意;你不能假定她的同意,另一方面,在如此自然而然的一件事中,你也没必要为她递上邓恩关于灵魂和肉体的形而上学,尽管没人认为此事理所当然:"她知道什么是荣誉。"(卷八第 508 行)她有能力分享亚当的冥思兴致(speculative interests)。伊甸乐园之美里面的园艺痕迹,大部分都是她的,是出自"夏娃之手"(卷九第 438 行)。

----

① 将中古英语 *Daungier* 译为"不可攀跻",实是无奈。在乔叟《坎特伯雷故事·总引》第 663 行,出现该词。据此书现代英语版词汇表,该词常用来形容浪漫故事(romantic tales)中贵妇人对骑士的权力(power)。她是他的 Mistress(女主人),意味着她高高在上,难于取悦。

② 见陈才宇译《失乐园》卷九第 270—272 行。

17 尚未堕落的性

Unfallen Sexuality

但是恋人躺在那里，

恐惧压倒了欢愉；

鉴于他们天生丽质，

这也就不足为奇。

大卫·林德赛爵士①

---

① 题辞原文为：But doute, induryng that plesour / Thay luffit uther paramour, / No marvell bene thoucht swa suld be, / Consyderyng thare gret bewte. 直译为现代英语，则差不多是：But fear overwhelmed that pleasure, / Either of the lovers lies there, / No marvel be thought such as this, / Considering their great beauty. 作者大卫·林德赛爵士（Sir David Lyndsay, 1490—约 1555），苏格兰诗人。路易斯所标诗名 *Ane Dialog* 大概是简称，全名可能是 *The Monarche*, *Ane Dialog betwix Experience and ane Courte-our of the Miserabyll Estait of the World*，这是林德赛最长的诗作，共 6633 行，也是林德赛的最后一部作品。

　　跟圣奥古斯丁一样，弥尔顿也将尚未堕落的性（an unfallen sexuality）与堕落的性作了对比。我们如今所熟知的堕落的性，受制于器官的不听话。不过，就圣奥古斯丁而言，这未堕落的性，只是个假定（hypothetical）：他描述它时，他是在描述堕落之前的生儿育女本该是个什么样子，但他并不认为实有其事。弥尔顿则断定，实有其事。

　　俩人的这一分别，不是特别重要。因为，对圣奥古斯丁而言，它没理由不出现。圣徒就自个观点所作的评论，则更是一语中的：

　　　　我现在谈的事被认为是羞耻的，尽管我尽我所能地在谈，在此事变成羞耻之前是怎样的。不过，羞耻感的声音一定会阻碍我们的讨论，哪怕我这里无比雄辩，也无帮助。而我所说的这些，那些本来能够经历的人并未经历过（在他们能够平和地决定生子之前，就因为罪，从伊甸园被赶了出来），但是根据上面说的，怎么可能人只有靠肮脏的淫欲才能生育，而不能像我说的那样靠平和的意志？（《上帝之城》卷十

四第 26 章）①

这对弥尔顿是个警告：企图对无法想象之事作诗意再现（poetical representation），蛮危险。危险并不在于无法得到展现，而在于无可避免地做出错误展现。这一警告，他置之不顾。他斗胆去再现乐园里的性（Paradisal sexuality）。我不敢确定，他是否明智。

　　在弥尔顿笔下，当夏娃现出性羞赧（sexual modesty）时，这一难题最为棘手。她初遇亚当时的第一冲动，是转身躲避（《失乐园》卷八第 507 行）；她被带入婚房，"她的脸已羞红得像一片朝霞"（同上，第 511 行）；②她顺从爱人的拥抱，却"不失羞

---

①　吴飞译《上帝之城》中卷，上海三联书店，2008，页 224。
②　弥尔顿《失乐园》卷八第 500—520 行，借亚当之口描写了未堕落的性："她听见了我的声音，虽然是神带来的，但她天真无邪，具有少女的羞怯；她的美德，她自身的价值需要你去求取，而不是唾手可得。她不张扬、不鲁莽，而是含羞而退，但更讨人喜欢。总之，没有半点邪念，那是她的自然本性，一见到我，她便转身躲避；我追了过去，她懂得自重，以一种恭顺而不失端庄的态度答应我的恩求。我带她进入婚房，她的脸已羞红得像一片朝霞。整个天空和欢乐的星斗在这一刻都大放光彩，大地和山川都在庆贺，鸟在欢唱，清凉的风和温柔的空气在跟树林窃窃低语，从鸟儿的翅膀上洒下玫瑰，洒下来自正在嬉闹的丛林的芳香，直到夜间的情歌手唱起婚礼曲，并催促晚星快快登上山顶，点亮婚庆的华烛。"（陈才宇译，吉林出版集团，2014）

涩和自尊,总是半推半就,妩媚动人"(卷四第 311 行)。就在这里,弥尔顿进退两难。对读者来说,自从堕落之后,这样一幕就很难赏心悦目,假如所再现的夏娃根本并不羞赧的话;另一方面,为身体及身体机能而羞,是罪的结果,在天真无邪之时并无此事。为弥尔顿的处理作辩护,必须将我们如今所知的肉身羞感(bodily shame),与可以想见的堕落之前的某种腼腆和羞赧区分开来。当柯勒律治写下如下文字时,他走得更远:

> 可以想见,乐园里的那种举止仪态是如此纯净,以至于哈姆雷特俯伏奥菲利亚脚前所说的话,就是乐园会有的那种羞涩的一种无害的戏仿或顽皮的揶揄。(*Lectures and Notes of* 1818. *Section* VII: *on Beaumont and Fletcher*)①

依我看,我们事实上能做出这类区分。人会因受赞扬而脸红——不只因赞扬其身体,而是因赞扬其任何东西。绝大多数人,至少从一开始,在接受他人直截了当的爱的表

---

① 原文为: There is a state of manners conceivable so pure that the language of Hamlet at Ophelia's feet might be a harmless rallying or playful teazing of a shame that would exist in Paradise.

白时,会流露出某种羞赧或腼腆,即便那爱意根本不关乎性,不关乎身体。受青睐(to be *valued*)是这样一种体验,它牵涉到一种怪怪的自我意识。主体(the subject)顿时被迫记起,它同时是个客体(an object),而且显然是个受瞩目的客体:因而,在一颗有序心灵(a well-ordered mind)中,当不起的感觉或焦虑的感觉,夹杂着欣喜,就会油然而生。仿佛既有一种属身的赤裸(a physical nakedness),又有一种属灵的赤裸(a spiritual nakedness):怕丑陋之处被发现,甚至为可爱之处被发现而尴尬,(即便不是半推半就)根本不大情愿被发现(*found*)。如果这就是我们用羞涩(shame)一词的意思,我们或许可以作结论说,在天堂里也有羞感(shame)。我想,我们不妨走得更远一点,再假定即便没有堕落,性爱也会激起这种羞感,而且特重特重;因为在性爱中,主体被迫意识到它是个客体,最为彻底。不过,我们最远也就只能到这了。与身体私处特别相连的那部分羞感,依赖于淫念的那部分羞感,必须全部排除。而且我并不认为,当我们读弥尔顿时,就能排除掉它。在他笔下的性事情境中,唯独夏娃表现出羞赧,亚当则一点没有。这里甚至有一种强烈的、一种(在此情境中)最无礼的暗示,暗示说女子的肉身羞感(bodily shame)是男子性欲的诱因。我不是说，依照常规的属人标尺，弥尔顿的那些爱的篇章惹人反感；但是，它们却与他自己对堕落前世界之信念，不太一致。

这或许不可避免。可要是这样，诗人就根本不应触碰这一主题。我想不出万全之策。我相信，要是但丁选择去描绘此类事情，他说不定会成功——说不定会说服我们，我们的始祖并非童贞之身，却又阻止了弥尔顿所引发的错误联想。也可以想见，要是弥尔顿对天使之爱(angelic love)不置一词，并将亚当和夏娃的爱处理得像天使之爱一般缥缈一般神妙，他自己说不定会成功。甚至这样一条异议(以及谁又能写得更好)，说他当时是在探究无从想象之事，也不论尾随异议的是何种对待，此异议也能救他一把。难就难在，诗人仿佛不大清楚他所做之事的分量。他仿佛以为，在此语境中两用"神秘"(mysterious)一词(卷四第 743 行，卷八第 599 行)，①就

---

① 陈才宇译《失乐园》卷四第 736—743 行："他们异口同声，没有繁琐的礼仪，只有一片虔诚，这也是上帝最喜欢的。说完，两人便携手进入内室，他们用不着脱卸我们今天所穿戴的累赘服饰，便肩并肩躺下身子，我料想，此时的亚当不会背向新娘，夏娃也不会拒绝夫妻恩爱中的神秘礼仪。"在卷八第 596—599 行，亚当说："使我感到无比快慰的并非她外表的美，也不是与一切生灵相通的种类繁殖(人的婚姻远为高尚，我对它怀有神秘的敬意)……"

可以为笔下很不神秘的画面开脱；或者说，他仿佛期待着，当他写下"隆起的乳房被飘垂的金发遮住，半贴在他的胸口"的句子时，[1]我们用不着进一步的帮助，就能够设想亚当的某种体验，此体验与堕落了的人所能感受到的，既非常相像又一点不像。

纽曼[2]曾嫌弥尔顿处理我们的始祖时，过于率意。这一抱怨，与今人指责他将他们写得非人（inhuman）相反。两者之中，前者更有根据一些。

---

① 陈才宇译《失乐园》卷四第492—496行："她的眼睛脉脉含情、流露出无可厚非的爱慕，她半拥半偎在我们的男始祖身上，隆起的乳房被漂垂的金发遮住，半贴在他的胸口。"

② Newman 当指《大学的理念》(*The Idea of a University*)之作者约翰·亨利·纽曼（John Henry Newman，1801—1890）。

18　堕　落

The Fall

你拿一副新牌，刚出厂的，洗一两把，原来的次序就消逝了。无论你再怎么洗牌，这次序不再回来。自然唯独还原不了的事情，就是洗牌。

——阿瑟·艾尔顿爵士《物理世界的本性》第 4 章

夏娃因骄傲而堕落。蛇先告诉她，她特别美丽，因而万物都在凝望她，垂青她（卷九第 532—541 行）。[①] 接着蛇开始

---

① 陈才宇译《失乐园》卷九第 532—541 行："不必惊讶，（转下页注）

让她"觉得自己吃亏"。她的美,没有观赏者。只一个人看,这算什么事?她应受天使之垂青或奉承;她本应是天庭女王,如果所有天使都独立自主的话(卷九第 542—548 行)①。上帝总想恫吓人类:神灵资格(Godhead)②才是人类真正的天命(第 703、711 行),她吃苹果时想的就是神灵资格(第 790 行)。她的堕落立刻生效。她想,大地远离天庭,上帝不会看到吧(第 811—816 行);胡拉乱扯,已经是厄运当头。接着她决定,不将果子的事告诉亚当。她要借此秘密,跟他平起平坐——不,还要更进一步,要高于他(第 817—825 行)。造反的目标,已经是僭政了。可是,当她记起来,这果子或许最终会致命。她就决定,要是她注定会死,亚当也必须跟着

(接上页注)至尊的女王,你自己才是唯一可惊的;温柔的天使啊,你的神情也许不该如此严厉,讨厌我冒昧地接近你,并对你久久凝视;我孑然一身,并不害怕你皱起眉头,倒更害怕离群独处。你的倩影最像公正的造物主,万物都注视着你,万物都是你的礼品,你天仙般的美受万物仰慕,使万物神魂颠倒——受万物美惊的你应该如此被关注。"

① 陈才宇译《失乐园》卷九第 542—548 行:"但在这个广阔的围场里,那些野兽都是粗俗的观赏者,它们见识浅薄,根本欣赏不了你的美,例外的只有一人。此外还有谁?这个人哪里去了?你是众神中的女神,应该有不计其数的天使膜拜你,为你服务,做你的侍从。"

② Godhead 一词,出现于《失乐园》卷九第 790、877 行,朱维基、朱维之和陈才宇先生均译为"神性",刘捷先生译为"神性的境界",金发燊先生译为"成长为神灵",拙译为兼顾上下文,改译为"神灵资格"或"神格"。

一块死；她忍受不了，她走了以后，亚当还会快乐地活着，
（说不定）还会跟另一个女人快活。虽然我拿不准，批评家
是否留意夏娃此刻所犯的是何等之罪，但这罪一点都不难
辨。在英语里，此罪名叫谋杀（Murder）。倘若这果子会产
生神性（deity），那就没亚当的份：她想偷偷摸摸成为神。可
是，倘若这果子意味着死亡，那就得想方设法让他也吃，让
他也会死——她的话已经明明白白，理由就是这个，别无其
他（第826—830行）。她一下定决心，还为此洋洋自得，以为
这就是她的爱的温柔和宽厚的唯一证明（第830—833行）。

倘若夏娃此刻的心灵活动一直无人留意，那是因为弥
尔顿的描写太惟妙惟肖，以至于读者也跟夏娃一道，心生同
样的幻觉。整件事发展太快，愚蠢、恶意及败坏成分之加
入，悄无声息而又自然而然，以至于我们很难意识到，我们
方才在看的就是谋杀的起源。我们期待的，是麦克白夫人
"解除我的女性的柔弱"之类毒誓。[①] 可是麦克白夫人发此

---

① 莎士比亚《麦克白》第一幕第五场，麦克白夫人收到麦克白的信
（告诉她关于女巫的预言），得知国王当晚会来他们的城堡做客，决意弃绝
女性的阴柔，催使她那有野心却又迟疑不决的丈夫弑君篡位（见《莎士比
亚全集》卷六，页127）。

毒誓,是在谋杀企图已是成竹在胸之后。弥尔顿则更着重下决心的那一刻。心灵就如此这般,转而去拥抱邪恶,而不是良善。也许没人会一开始就将自己打算去干的勾当,描绘为谋杀、通奸、诈骗、变节或变态;而且,听到旁人如此描绘时,他会(在某种程度上)发自内心地吃惊。这些旁人"理解不了"。倘若知道是怎么回事,他们就不会用这些粗鲁的"陈腐"名称。眨眼之间,或窃笑的当儿,或在一阵模糊情绪之中,此事就一点也不突兀地溜进他的意志。他甚至还会为此而自豪,假如人们正确理解并虑及他极其特殊的处境的话。要是你我这些读者,曾经犯过大罪,你我之感受就肯定更像夏娃,而不是像伊阿古。①

她还有更进一步的堕落。离开那树之前,她"向树深深鞠躬,好像树内居住着某个神灵"。② 这样,她的堕落就和撒旦的堕落,完全对等。她认为向亚当或上帝致敬,有失身份,如今却敬拜一个植物。她最终沦为通俗意义上的"原始人"。

亚当因惧内而堕落。不像夏娃的决定,弥尔顿并未向我们揭示,他的决定如何形成。在他开口对她说话之前,在

---

① 伊阿古,详见页 208 注①。
② 陈才宇译《失乐园》卷九第 835—836 行。

他内心独白的中腰（第 896—916 行），我们发现决定已经做出——"我只能决定与你一道赴死"。他的罪，当然没有夏娃的那么卑下。其中的那点高贵，因这一事实而得到加强，即他并不计较。他处在这样的一个时刻：一个男人对一切剥夺的唯一答复就是，"我不在乎"。在这样的一刻，我们决意将某些低级的或局部的价值，奉为绝对——忠于党派，忠于家庭，忠于爱人，为朋友两肋插刀，职业荣誉，响应科学召唤。若有读者发觉，难以将亚当的举动视为罪，那是因为他其实并不赞同弥尔顿的前提。假如夫妻恩爱是亚当世界里的最高价值，那么，亚当的决断当然就是正确的。可是，如果总有些事物对一个男人发出更高呼召，如果在这宇宙里，当两难处境到来之时，一个男人应该舍弃妻子、母亲甚至自己生命，那么这事就另当别论了，那么亚当成为夏娃的从犯也就无法成全夏娃（而且事实上也没成全）。至于亚当若不"退让"，他申斥并责罚夏娃，接着替她向上帝求情，其结果会如何，弥尔顿并未告诉我们。之所以未告诉，是因为弥尔顿也不得而知。而且我想，弥尔顿知道自己不得而知：他小心翼翼地说，情势"看来无可挽回"（第 919 行）。这一无知可不是无足轻重。虽然看得到自己举动的后果，但我们并不知道,假如我们当时欲行又止,会怎么样。因为亚当深知,上帝手中或许还有另一张牌;可是他并未问此问题,因而就不会再有人知道了。不合格品,不上台面。或许上帝那时会杀死夏娃,留下亚当"寂寞一身生活在荒野";或许,倘若这男人取诚实而舍党同,取道德而舍私情,则会毁了朋友或玉石俱焚。不过话说回来,或许又不是如此。你只能通过尝试,才知道答案。亚当唯一知道的事,就是他必须坚守堡垒,可他没守。他堕落的结果,很不同于那个女人。她立即虚情假意,使得谋杀本身显得像是柔情蜜意。亚当吃了果子后,走了相反方向。他成了一个俗物(a man of the world),一个俏皮家伙,一个情场高手。他对夏娃极尽逢迎之能事,并说乐园里的真正弱点就是,禁树太少。一切聪明伶俐妙语连珠的浪荡子的父亲,一切败坏人心的女小说家的母亲,如今双双站立在我们面前。恰如批评家已经指出的那样,亚当和夏娃此时"成为人"(become human)。不幸的是,接下来却是弥尔顿的一个失误。当然,他们这时必定彼此贪恋。而且这一贪恋,必定很不同于弥尔顿归于他们尚未堕落之交欢的那种无邪欲望。性里面一丝全新的,心旌摇荡的恶,如今进入他们的经验。那在醒觉之时将显现为"羞耻感"(the misery of shame)的东西,如今临到他们(他们有了"见识",有了"精巧美妙的味觉"①),却像是个愉快发现,发现淫欲成为可能。做出这样的划分,诗歌岂能胜任?弥尔顿的诗歌,当然不能。他笔下的荷马式的花卉名录,②就文不对题。不过,他还是做了一点事情。亚当的享乐算计——他冷静地说,他从未(或许这次除外)像现在这般成熟,以至于想"玩一玩"③——就写得恰到好处。尚未堕落时,他不会这么说,或许也不会说"享受你"。对于他,夏娃成了一个"物"(a thing)。她并不介意:她的神格之梦,梦想的无非就是这个。

---

① 见《失乐园》卷九第 1017—1018 行。
② 见《失乐园》卷九第 1036—1041 行。
③ 见《失乐园》卷九第 1027 行。

19 结　语

Conclusion

不警惕就要倒霉，

敌和友必须分开。

——约翰·波尔的《密信》①

本讲座的主旨，主要是为欣赏《失乐园》"排除障碍"，至于我个人的鉴赏批评（appreciative criticism），只是顺道提及。在这一部分，我要就此诗的整体，做一简短评述。

---

① 约翰·波尔（John Ball，亦译保尔或鲍尔，约 1338—1381），牧师，1381 年英格兰农民起义领袖之一。起义军解散后，被绞死并分尸。

《失乐园》在结构上有严重缺陷。弥尔顿,和维吉尔一样,尽管讲述的是关于往古的一则简短故事(short story),却期望将我们的心灵带向此故事的后果上面。不过,他不像维吉尔那样技巧娴熟。不满足于步导师后尘,去偶尔用些预言、典故和感想,他就将自己的最末两卷弄成了一部从堕落到最后审判的史纲。① 将未来事件原封不动挪过来,放在整部作品结构上举足轻重的位置,就不太艺术(inartistic)。更有甚者,这一段落的行文,出奇地差。也有些精彩片段,尤其结尾处又重回巅峰(a great recovery)。但是读到他描写亚伯拉罕、出埃及或耶稣受难,我们就一次又一次发觉自己,会像约翰逊评论民谣时那样说:"这样讲故事,给人印象之浅,无出其右。"② 这些枯燥又冗长的句子,会诱使我们看到天谴(nemesis),无论是神职人员所说的那种天谴

----

① 关于《失乐园》最后两卷的这一缺陷,劳里爵士(Sir Walter Raleigh)在《弥尔顿》(1900)一书中也曾论及。他说:"从卷十一到卷十二,为安抚亚当,麦克尔在他们从乐园被逐之前,概括地讲述世界史的前景,从偷食禁果直至人类将来会赶上《启示录》中提出的黄金时代。作为叙述者来说,麦克尔显得沉闷;要不是弥尔顿总在展现绚丽而丰富的词藻,这里的故事便成为圣经史的苍白无力的简编了。"(见殷宝书选编《弥尔顿评论集》,上海译文出版社,1992,页157)

② 原文为:the story cannot possibly be told in a manner that shall make less impression on the mind. 出处未知。

（我曾为之辩护），还是异端邪说里的那些天谴（我曾断言其徒劳）。话说回来，倘若抵挡不住这一诱惑，我们就会乱取证据。倘若这些东西足以使写作沉闷乏味（dull），那么整部诗也就跟着沉闷乏味，因为它们从一开始就在那儿。假如我们知之为知之不知为不知，我们蛮可以说，弥尔顿一时江郎才尽，跟华兹华斯晚年江郎才尽一样。叶芝先生在为《牛津现代诗歌选集》所作导言里说，"要不是才思衰竭"，他会跻身"透纳及特洛茜·威利斯莉"之列。① 这话有些道理，但他没有试着解释衰竭原因。真相在于，关于弥尔顿才思乍现乍隐的原因，我们近乎一无所知。或许是因弥尔顿健康状况堪忧；或许是因年事已高，他陷入虽则不幸却又自然而然的急躁当中，急于终篇。又由于他以颇为新颖的方式写作，不大有人会提出有益忠告——没人告诉他，最后两卷只与其史诗精华表面相似。

其二，弥尔顿对父神上帝的呈现，一直不令人满意。这里也一样，人们寻找原因时，容易挖得太深。我们实在拿不准，这一失败到底是由于弥尔顿的宗教缺陷，还是主要在于

———————

① 透纳（Turner, 1775—1851），英国风景画家；特洛茜·威利斯莉（Dorothy Wellesley, 1889—1956），英国诗人，与叶芝交游甚笃。

他给我们写了一位冷酷无情或独裁专断的神。那些说他们不喜欢弥尔顿的上帝的人，大多只是在说，他们不喜欢上帝：法理上的无限主权，事实上的无限权柄，以及本质上包含愤怒在内的爱——这些东西可不只是在诗歌中才令人反感。诚然，比弥尔顿更杰出的人，曾比弥尔顿更出色地写过上帝；不过，弥尔顿的观念中的令人反感之处，不完全是由于观念缺陷。我甚至想，他的呈现的令人反感之处，不能全部归咎于或主要归咎于他的观念。其神学瑕疵（无论我们如何评价），不应成为**诗学祸殃**（*poetically* disastrous），只要弥尔顿有足够的诗学审慎（poetical prudence）。从神学上讲，一位比弥尔顿笔下的神更糟的神，只要将他描绘得足够可畏、神秘且模糊，就会免却批评。当诗人满足于含蓄暗示，我们的神学渴求就烟消云散。当我们读到：

> 在他的周围，侍立着天上的圣者，
>
> 密如群星，得亲见他的容姿，
>
> 都有说不尽的至高幸福。（卷三第 60 行）

或

从异常的光中露出黑的衣裾。（第 380 行）①

我们没啥可说。只有读到圣子向圣父的令牌躬身行礼之时，②或读到圣父与众天使宴饮，"镶有珍珠、钻石和黄金的杯盏中盛满红玉色的美酒"，③我们才心中不悦。弥尔顿的失误在于，没能摆脱这个糟糕传统：试图将天国写得太像奥林匹斯（最糟糕的见于维达④的《基督》，最出色的见于《耶路撒冷的解放》）。正是这些拟人细节，使得神的笑声听上去像是恶意嘲弄，使得神的叱责像是存心挑刺；他们不必发出这样的声音，但丁和希伯来预言家就是明证。

刻画弥赛亚方面，弥尔顿则要成功得多。有些反对意见，是思想混乱所致。人们抱怨说，弥尔顿笔下的弥赛亚不像福音书里的基督。可是，他当然应该不像。弥尔顿写的不是道成肉身的主，而是写圣子之经天纬地（the cosmic op-

①　朱维之译本。
②　未找到出处。
③　陈才宇译《失乐园》卷五第 634—635 行。
④　维达（Vida，1480？—1566），意大利诗人。

eration of the Son)。"他的容颜令人生畏,严厉得让人不敢
仰视"(卷六第 825 行),①的确在福音书里也得到再现;但经
纬天地的规模和方式必然不同。不过我必须坦率承认,直
至最近我才欣赏到天上战争的真正价值。在我们的时代,
唯一的阅读准备就是读一下威廉斯先生的"导读"。当我读
了那篇出色评论,转而重读卷五和卷六,就像是我们自以为
平生以来一直了解的一幅画,最终才脱去尘封。正确理解
了撒旦,我们才会认识到撒旦招致天堂回击的实质,才会认
识到弥尔顿描写此回击之振聋发聩时何等成功。当然重要
的是认识到,撒旦和基督之间没有战争。撒旦和米迦勒之
间有过战争;战争因神的干预,与其说胜利,不如说停止。
说天上的战争没意思,因为我们事先都知道战争结局,这样
的批评看来是不得要领。只要那就是一场战争,我们都不
知道它将如何结束;更不用说在弥尔顿笔下,上帝说战争根
本不会结束(卷六第 693 行)。

在多数人眼中,弥尔顿笔下的上帝这一败笔——即便
只有这一处败笔——就毁掉了作为宗教诗的《失乐园》。我

---

① 陈才宇译本。

也认为，在许多颇为重要的意义上，《失乐园》的确不是一部宗教诗。倘若一位基督徒读者，发觉通过阅读中世纪赞美诗、但丁、赫伯特①或特拉赫恩②，甚至帕特莫尔③或考柏④，自己会更加虔诚，那么，当他转而去读《失乐园》，就会大失所望。一切都显得那么冷酷，沉重，隔膜（external）！在我们和对象之间，仿佛设置了那么多的障碍！虽然我拿不准，《失乐园》旨在成为前述意义上的宗教诗；但我敢肯定，它不必如此。这部诗描写的是万物的客观格局（the objective pattern of things），悖逆的自爱企图摧毁这一格局，以及将此反叛纳入一个更为复杂的格局的那场胜利。摆在我们面前的是天地故事（the cosmic story）——在这一终极"情节"（the ultimate *plot*）里，别的故事都是插曲。我们暂时被请来，旁观这一天地故事。这种旁观，本身不是修行。

---

①　Herbert，疑指英国玄学派诗人乔治·赫伯特（George Herbert，1593—1633）。

②　托马斯·特拉赫恩（Thomas Traherne，1637—1674），英国玄奥的散文作家、诗人及神学家。代表作 *Centuries of Meditations*，直至 1908 年才付梓出版。书名中的 century 一词，并非世纪之意，而是 100 之意。

③　帕特莫尔（Coventry Patmore，1823—1896），英国诗人，小品文作家。

④　疑指威廉·考柏（William Cowper，亦译珂柏、古柏，1731—800），英国诗人。

当我们记起，自己在这一情节里也有位置，自己在任何时候也都要么朝弥赛亚要么朝撒旦迈进，这时候我们才进入宗教的世界。不过这样做的时候，我们的史诗假日（epic holiday）宣告结束：应该合上弥尔顿了。在宗教生活中，人直面上帝，上帝直面人。而在史诗里，则想象着我们作为读者，暂时可以出乎其外，侧面旁观上帝和人。不是邀请我们（用亚历山大的话来说）去"受享"（enjoy）这一属灵生命，而是去"沉思"（contemplate）此属灵生命在其中得以生发的整体格局。① 借用约翰逊的一对区分，我们或许可以说，这部诗

---

① 路易斯在《惊喜之旅》第 14 章，记述了英国哲学家萨缪尔·亚历山大（Samuel Alexander, 1859—1938）区分 enjoyment（受享）与 contemplation（沉思），对他的属灵启迪：我在亚历山大的《空间、时间和神》一书里，读到了他关于"受享"（Enjoyment）和"沉思"（Contemplation）的理论。这是亚历山大哲学里的一对专门用语："受享"跟快感（pleasure）没任何关系，"沉思"跟静观的生活（the contemplative life）也无关。当你看一张桌子，你是在"受享"看的动作，在"沉思"桌子。接下来，要是你研习光学，思考看本身，那你就是在沉思这个看，受享这个思考。在丧亲之痛中，你在沉思所爱之人及所爱之人之死，而且照亚历山大的意思，在"受享"孤苦与伤痛；不过一个心理学家，他要是将你想作忧郁症的一个病例，就会沉思你的伤痛，受享心理学。我们可不是在跟我们"想希罗多德不可靠"同样的意义上，"想一个想法"（think a thought）。当我们想一个想法，"想法"是个同源宾格（就像"敲一敲"后面的那个"敲"）。我们受享这个想法（希罗多德不可靠），这样受享的过程中，我们沉思希罗多德之不可靠。（拙译《惊喜之旅》，华东师范大学出版社，2018，页 337—338）

的主题"不是敬虔，而是敬虔的动机"①。拿但丁来跟弥尔顿作比较，或许就是误导。无疑，但丁在绝大多数方面，是比弥尔顿杰出。但弥尔顿，还是成就了一件不同的事情。他在讲述属灵之旅的故事——一个灵魂在天地之间会有何遭遇，所有灵魂对此遭遇又如何心怀恐惧和希冀。弥尔顿给我们讲述的，是宇宙本身的故事。因而，撇开但丁的艺术高超或属灵高超（我们坦然承认，但丁在这两方面往往更高一筹），《神曲》也是一部宗教诗，是对宗教经验的诗性表达，而《失乐园》不是。《天堂篇》最后一章要是出现败笔，那就是致命败笔，因为但丁本人在凝望上帝，而且邀请我们跟他一道凝望。而弥尔顿只需要描写，天使们和亚当怎样凝望上帝：对上帝的象喻（symbol），即便从神学角度看并不充分，也不会坏掉整体构思——恰如在一些大幅宗教画中，重要的可能是基督的位置，而不是对他的面部刻画。毫无疑问，面部刻画可能会很糟糕，以至于我们无法释然；同理，弥尔顿描写上帝，或许也写得很糟，以至于破坏了他居于中央的那个整体格局。但我并不认为，他就如此糟糕，或差不多

---

① 原文为：'is not piety, but the motives to piety.' 出处未知。

如此糟糕。

　　提出这些保留意见之后，我想，对《失乐园》的刻意非难这桩公案就可以了结了。弥尔顿所处理的这个故事，跟其他任何故事相比，更符合伟大故事的条件；因为它给我们留下的，是在其他任何故事中都找不到的东西。《伊利亚特》的结尾，或许还有《埃涅阿斯纪》的结尾，其实都不是终局；此类事情，还会发生。而《失乐园》则记述了宇宙历史(the history of the universe)中一个真实的、无可挽回的、不会重复的进程；即便是对于并不相信此事的那些人，《失乐园》也(以他们所谓的神话形式)体现了每个人灵魂中的巨大变迁，由幸福信赖(happy dependence)变为仇苦的自以为是，进而要么像撒旦那样，陷于一意孤行；要么如亚当那般，走向重新和好与另一种幸福。诗中所呈现的真相和激情，无懈可击。它们实质上也从未受到攻击，直至浪漫主义时代，反叛和骄傲渐渐因其自身而受人追慕。从这一面来看，对弥尔顿的非难，与其说是个文学现象，不如说是革命政治、无法无天的伦理学以及人对人的崇拜投在文学上的暗影。布莱克之后，弥尔顿评论就迷失于误读之中，很难找回正道，直至查尔斯·威廉斯写出"导读"。我并没有说，在这期间有趣的、敏锐的、博学的工作就付诸阙如；而是说批评家和诗人，各走各的。批评家不明白这部诗在说什么。对其中心主题的憎恶及无知，导致批评家以奇怪理由赞赏或指责，甚或将自己一听到规矩、和谐、谦卑以及造物之相互依存就感到的恐慌，也发泄在他们给诗人的艺术或神学所臆想的缺陷上面。

　　至于这部诗的风格，我在对付那些非难的批评家的时候，就留意到这一特别难题。他们为之而指责《失乐园》的那些品质，恰好被弥尔顿以及爱他的那些人视为优点。弥尔顿安排了庄严竞技、肃穆竞技、凯旋竞技，其中我们悲悼我们人类之堕落，庆祝我们人类之得救；他们则抱怨说，他的诗"就像一部庄严竞技"。① 他致力于感动我们（enchant us），他们抱怨说，其效果听上去就像施咒。弥尔顿笔下的撒旦起身，在一群"数目无可计算，就像夜间的繁星"②的天使面前讲话，他们则抱怨说，他写得就像是自己在"讲话"。这就让我们想起亚里士多德的问题——倘若有人被

---

　　① 本句原文为：Milton institutes solemn games, funeral games, and triumphal games in which we mourn the fall and celebrate the redemption of our species ; they complain that his poetry is 'like a solemn game'.

　　② 朱维之译《失乐园》卷五第 745 行。

水噎到,你会给他什么来把那口水送下去呢?倘若有人嫌波特酒太甜太烈,嫌一个女人的臂膊太白皙太光滑太圆润,嫌太阳太亮,或者嫌睡眠让他停止了思考,那么,我们该怎么回答他呢?关于弥尔顿的史诗的特征,利维斯博士①和我并无分歧。他准确描述了这些特征——在我看来,也比皮尔索尔·史密斯先生②理解得更到位。看《失乐园》,我俩可不是看到了不同的东西。他看到并恨恶的,恰好是我看到并深爱的。因而我俩的分歧,势必就越出了文学批评领域。关于弥尔顿诗作的本性,我们并无分歧;我们的分歧关乎人的本性,关乎喜乐本身的本性。因为这,说到头,就是真正问题所在;人是否应该继续做"一种高贵的动物,增饰其骨灰,盛大其坟墓"③。我想,人应该如此。我期望着看到"堂皇的仪式"会继续举行,即

---

①　利维斯(F. R. Leavis, 1895—1978),剑桥大学文学批评家,新批评的代表人物。美国批评家乔治·斯坦纳在《语言与沉默》中曾说:"他使'博士'这个平庸的学衔成为自己名字的一部分,缪斯女神只授过两个人博士学位,一个是他,另一个是约翰逊博士。"(李小均译,上海人民出版社,2013,页260)

②　皮尔索尔·史密斯(Pearsall Smith, 1895—1978),《弥尔顿及其现代批评家》(*Milton and His Modern Critics*, 1940)一书之作者。

③　原文是: a noble animal, splendid in ashes and pompous in the grave. 语出托马斯·布朗的《瓮葬》第五章。

便当前"他天性丑劣"。① 而很不相同的一伙人,则持相反观点。对支持这一观点的那些可能理由,略加评述,就可以结束本书了。

最卑贱的读者(其中并不包括我上文指名道姓的批评家),可能会因恐惧和嫉妒而恨恶弥尔顿。他的艺术显然斯文(civil)。我可没说"文明"(civilized),因为世俗权力和世俗奢华已经败坏了这个词,使之无可救药。说弥尔顿的艺术斯文,意思是它在那些会乐享该艺术的人身上,预设了某些言辞修养及"举止"修养。它要求我们的自然激情,应该得到管束,成为有所执守又宽宏大量的国民所激赏的"情操"(sentiment)。它不粗野,不幼稚,不是无拘无束。因而,那些缺少应有资质的人,就无法理解它;他们中间那些更其卑劣的人,对它深恶痛绝。有人曾将它比作中国长城,这个类比挺好:二者都是世界奇迹,二者均将一个古老文化的耕地和城市,跟野蛮人隔了开来。我们只需要再加上一句,说

---

① 典出托马斯·布朗爵士《瓮葬》第五章,路易斯所引该段文字全文为:"但人是一种高贵的动物,增饰其骨灰,盛大其坟墓,无论生与死,都忘不了举行堂皇的仪式,使之绚丽庄严,以此来表现他天性的丑劣。"(缪哲译,光明日报出版社,2000,页193)

这道城墙必然会遭受从外面看它的那些人的憎恶，这个类比就完全了。从这一视点看，弥尔顿声名下降，就标志着"文明"反叛斯文（civility）的一个阶段。

更可敬一些的读者阶层不喜欢它，则是因为他们为某种现实主义所控制。这些人想，检束原始激情使之成为情操（sentiments），简直就是作伪。对于他们，纯粹的意识流就是真实（reality），而诗歌的特殊功能就是去除斯文之造作，从而触及"生命"之原始。《尤利西斯》之类作品，因此得以流行（这是部分原因）。依我看，这种批评基于一个错误。它以为特别真实的那种混乱意识，事实上才最为造作（artificial）。那是通过内省所发现的——也就是说，人为地悬搁心灵的一切正常且外发的活动，接着专注于留下的东西。在那个残留物里，找不到心志专一，找不到逻辑思考，找不到道德，找不到一往情深，（一言以蔽之）也找不到心性秩序（mental hierarchy）。当然找不到了；因为我们为了内省，已经特意终止了这些物事。借助内省发现灵魂只是一片混沌的那个诗人，就好比一个警察，亲自阻断某条街上的交通，接着会在自己的笔记本上郑重其事地写道："此街之静极其可疑。"显而易见，内省所发现的不加拣择的混杂意象以及转瞬即逝的欲望,并不是意识的本质特征。因为从一开始,意识就要拣择,终止拣择就是终止意识。在事实当中不做取舍,也不以经验的其余部分为代价去专注局部经验,就是昏睡;而醒觉过程以及随之而来的清醒,端在于拣择一些元素作为焦点。当友人的言谈或你的书页,跟墙上壁纸的图案,跟身上衣物的感觉,跟你的昨夜记忆,跟马路上的噪音变得民主平等起来的时候,你就正在昏昏欲睡。跟令人昏睡的混沌相比,机敏之人所乐享的高度拣择的意识,还有它的稳固情操和神圣理想,同样有资格被称作"真实"(real),也更有资格被称作"真实"。我并不否认,这一混沌会给心理分析师的诊断提供蛛丝马迹。可是因此就下结论,说在此混沌中我们就抵达心灵真实(the reality of mind),这就好比在想,体温计的读数或医学教科书中剥去皮肤的手臂,会使我们认识尤为"真实"的身体。即便无所驻心的意识或无所努力的意识本身就特别真实,即便这被认为是理所当然(我可不如此认为),声言就要去再现它的那种文学仍然特别不真实。因为无所驻心的意识的本质就在于,它没得到注意。正是无所注意(inattention),使其成为无所驻心的意识。当你将其付诸言辞,你就是在伪造它。这就好比你企

图看见一样你并不在看的东西是什么模样。对此似可见又
不可见的微茫依稀的无何有之乡,你无法绘出真实画卷,因
为一绘制,你就在将它置于中心。我可没说,做这种尝试或
许并不好玩。这样的一种文学或许有其一席之地,它就是
试图呈现当意志、理性、注意力以及受检束的想象都下了班
却又尚未入眠之时,我们都在做什么。但我相信,倘若以为
这种文学特别写实,我们就是在陷入幻觉。

　　最后的这个读者阶层,艾略特先生大概就是其中一员。
一些人在"城墙"外,因为他们是野蛮人,进不来;不过另外
一些人,出于自愿,远远走出墙外,就为在荒野之中禁食和
祈祷。"文明"——这里我用此词来指因机械力量而变得强
大奢靡的野蛮主义——对斯文的恨,是从下端发出来的;而
圣洁(sanctity)恨恶斯文,则是从上端发出来的。圆桌被挤
在上方的磨盘(加拉哈德)和下方的磨盘(摩德里德)之
间。① 假如艾略特先生鄙薄史诗里的鹰隼和号角,只是因
为史诗世界业已消逝,那我就会敬重他。不过,假如他进而
得出结论说,一切诗歌都应该具有他自己上乘之作的那种

————————

　　① 典出《亚瑟王传奇》。在圆桌骑士当中,加拉哈德(Galahad)品德
最高尚,摩德里德(Mordred)最卑鄙。

悔罪性质,我相信他是搞错了。只要我们住在欢乐中土(merry middle earth),就必须保留中等物事(middle things)。假如为了让骑士升至加拉哈德的层次而取缔圆桌,那么,每有一名骑士上升,就有一百名骑士垂直降落到摩德里德的层次。艾略特先生或许能成功说服英国青年读者,跟紫金袍服和大理石人行道一刀两断。① 不过,他并不会因而就发现他们身着布衣走在土地上,而是发现他们身穿丑陋的时髦衣着,走在油毡(rubberoid)上。老一辈清教徒带走了五朔节花柱和碎肉馅饼,但他们并没有带来千禧年,只是带来王政复辟。加拉哈德切莫跟摩德里德一道从事共同事业,因为在这一同盟中,总是摩德里德获益,总是加拉哈德受损。

_____

① 紫金袍服(robes of purple),贵族衣着;大理石人行道(pavements of marble),宫殿路面。路易斯用这两个意象,喻指弥尔顿的崇高风格的诗作。

译后记

1941 年 12 月 1 日，路易斯在北威尔士大学学院，开始了以弥尔顿《失乐园》为主题的巴拉德讲座。路易斯将这接连三场的讲座，戏称为"赛马前的试跑"。至于"赛马"，当然指的就是 1942 年 10 月由牛津大学出版社付梓出版的《论〈失乐园〉》。

依路易斯，此书主要目的在于为欣赏《失乐园》"排除障碍"（第 19 章第 1 段），而不是敷陈自己"个人的鉴赏批评"（appreciative criticism）。"障碍"，就是现代心灵独具的若干习惯，若干根深蒂固的现代偏见。

1

在汉语读书界或文学界,尤其在很少阅读或从未读过弥尔顿及其《失乐园》的读书人中间(譬如译者本人),对《失乐园》都曾有过或仍还有一个近乎"标准答案"的意见:撒旦就是《失乐园》中的英雄,撒旦形象体现的就是弥尔顿这一"民主斗士"的革命情怀。近年虽有学者提出若干反驳,然而由于革命叙事和解放叙事在现代汉语里的压倒性地位,文学课堂和文学公众中间,这一意见的"标准答案"席位仍岿然不动。(详参沈弘《新中国 60 年弥尔顿〈失乐园〉研究的回顾与展望》,《山东外语教学》2013 年第 6 期。)

这一标准意见,在弥尔顿评论界有个专名,名曰"撒旦派"(Satanism)。

撒旦派,当然不是汉语思想的发明,而是布莱尔和雪莱所开启的一项现代传统。

虽然有不少学者将这一传统追溯至德莱顿(John Dryden, 1631—1700),认为他才是"撒旦派"的始作俑者,威廉·布莱克(William Blake, 1757—1827)只是将其发扬光大。路易斯却认为,当德莱顿说撒旦是弥尔顿的"英雄"(hero)时,只是在说"弥尔顿对他的呈现(presentation),是项光辉的诗歌成就,动人心弦,令人钦佩";而撒旦派说撒旦是弥尔顿的"英雄",意思则是:"弥尔顿所写的这个人物(若真有其人的话),或实际生活中的撒旦(若真有这号人的话),或实际生活中跟弥尔顿笔下的撒旦相仿的某个人,应当是钦佩和同情的对象,无论是对于诗人或对于读者,抑或对于二者,亦无论有意无意。"(页 195—196)撒旦派的始作俑者,就是布莱克。

在长诗《天堂与地狱的婚姻》(1790—1792)中,布莱克断言撒旦就是《失乐园》中的英雄:

> 注意。弥尔顿写天使和上帝时仿佛带着枷锁,而写魔鬼和地狱时则自由自在,其中原因就在于他是一个真正的诗人,是不自觉地属于魔鬼一党的。(《天堂与地狱的婚姻:布莱克诗选》,张德明编译,中国文联出版公司,1989,页 14)

布莱克的影响,当然不仅在于说弥尔顿写《失乐园》"是不自觉地属于魔鬼一党"这一断言,而且在于他所开启的浪漫哲学。该浪漫哲学,将古老教训斥为"谬论";它要重估一切价值,要颠倒古老道德:

> 那些抑制欲望的人之所以那样干是因为他们的欲望已经微弱到足以抑制了;抑制者或理性取代了它的地位,统治了那不愿被抑制的欲望。(《天堂与地狱的婚姻》,页 13—14)

在这套浪漫哲学中,人本无所谓善恶,只有顽强的意志和欲望。而古老道德则抑制欲望,只会培养"有欲望而无行动者":

> 离经叛道是通向智慧宫殿的必由之路。审慎是无能所追求的一位富有而丑陋的老处女。有欲望而无行动者滋生瘟疫。(《天堂与地狱的婚姻》,页 16)
>
> 有欲望而无行动等于把婴儿扼杀在摇篮中。(《天堂与地狱的婚姻》,页 19)

　　既然"离经叛道是通向智慧宫殿的必由之路",那么平等、自由、革命、叛逆、解放之类大词,自然就成了"真正的诗人"的政治正确;在人间建立天堂,则是"真正的诗人"当为之奋斗为之歌咏的事业。

　　这股浪漫哲学蔚为大潮,普罗米修斯的盗火之"罪",因而首次成为英雄壮举和解放事业,成为诗人讴歌崇拜的对象(详见刘小枫《普罗米修斯之罪》,生活·读书·新知三联书店,2012)。雪莱(1792—1822)在《解放了的普罗米修斯》的序言里,就将弥尔顿笔下的撒旦,径直比作他笔下的普罗米修斯:"能在某种程度上和普罗米修斯相仿佛的形象,只有撒旦;而普罗米修斯,据我判断,是一个比撒旦更富有诗意的角色。"(《雪莱全集》卷四,河北教育出版社,2000,页89)他在《为诗辩护》(1821)一文中,将撒旦派传统发挥得淋漓尽致:

　　　　《失乐园》所表现的撒旦,在性格上有万不可及的魄力与庄严……就道德方面而言,弥尔顿的魔鬼就远胜于他的上帝,正如一个人百折不回地坚持他所认为最好的一个目的,而不顾逆境与折磨,就远胜于另一个人冷酷地深信必定胜利……(《雪莱全集》卷五,页476)

雪莱承认,撒旦身上那"难恕的仇恨,耐心的诡诈,以警惕而慎密的阴谋",都是罪恶。但他所张扬的革命伦理则认定,这些罪恶若体现在被统治者身上就情有可原,体现在失败者身上则"虽败犹荣,还可以补赎这些罪恶"(《雪莱全集》卷五,页476)。至于弥尔顿《失乐园》一开始所说的"向世人昭示天道的公正"(卷一第26行),在雪莱眼中,只是弥尔顿掩人耳目的"斗篷和面具"(《雪莱全集》卷五,页475)。

布莱克和雪莱所开启的"撒旦派",影响深远。1847年,恩格斯将弥尔顿誉为"第一个为弑君辩护的人"(《马恩全集》,人民出版社,1995,页425),别林斯基则在年度评论《一八四七年俄国文学一瞥》中断言:"弥尔顿的诗歌明显地是他的时代的产物,他自己并没有预料到这一点,他通过那个骄傲而阴沉的撒旦这个人物写出了反抗权威的颂辞,尽管他原来考虑的是另一套。"(《别林斯基选集》卷六,上海译文出版社,2006,页589)1907年,鲁迅先生鼓吹"摩罗诗派"。所谓"摩罗",鲁迅明确交代:"欧人谓之撒旦";所谓"摩罗诗派",则"凡立意在反抗,指归在动作,而为世所不甚愉悦者悉入之"(《坟》,人民文学出版社,1973,页48)。因而《摩罗诗力说》提及弥尔顿的《失乐园》,虽然认为此诗"有天神与撒旦战事，以喻光明与黑暗之争"，虽然认为"是诗而后，人之恶撒旦遂益深"，但还是坚持，中国既无基督信仰，便完全可以将撒旦看作人类的解放者，看作雪莱笔下的普罗米修斯：

> 然使震旦人士异其信仰者观之，则亚当之居伊甸，盖不殊于笼禽，不识不知，惟帝是悦，使无天魔之诱，人类将无由生。故世间人，当蔑弗秉有魔血，惠之及人世者，撒旦其首矣。（《坟》，页 57）

震旦，即中国；"不殊"，即无异；"蔑弗"，即无不。此段文字大意是，倘若没有魔鬼诱惑，亚当住伊甸园，就跟笼中鸟雀无别，无知无识。正是撒旦，使人成为人。既然世人无不具有魔鬼血统，那么，撒旦正是大恩主。

在现代汉语界，恩格斯、别林斯基和鲁迅的大名，足以让"撒旦派"成为对弥尔顿和撒旦形象的标准评价，即便并不知晓此派之祖师乃布莱克和雪莱，即便早已很少有人读或通读《失乐园》。

在西语界，撒旦派主宰文学批评，差不多整整有一个半世纪。彻底扭转此批评导向的，正是路易斯 1942 年出版的这本《论〈失乐园〉》。在本书后半部分（第 8—18 章），路易斯申明，弥尔顿的《失乐园》是一部宗教史诗，它所言说的正是基督教正统信仰：

> 《失乐园》不但跟奥古斯丁一脉相承，不但尊卑有序，而且大公普适（Catholic）。……数代以来有良好神学基础的敏锐读者，都将此诗奉为正统（orthodox）。（页 172—173）

> 它提供了伟大的核心传统。情感上讲，它或许具有这样那样的瑕疵；但从教条上讲，它邀人加入这场对堕落的伟大重现（this great ritual mimesis of the Fall），所有土地上或所有时代的基督徒都能够接受。（页 192）

路易斯将此书，题献给挚友查尔斯·威廉斯。在他看来，正是挚友为《失乐园》所写的"导读"（Preface），才让弥尔顿回归正道：

> 布莱克之后，弥尔顿评论就迷失于误读之中，很难

找回正道，直至查尔斯·威廉斯写出"导读"。我并没有说，在这期间有趣的、敏锐的、博学的工作就付诸阙如；而是说批评家和诗人，各走各的。批评家不明白这部诗在说什么。对其中心主题的憎恶及无知，导致批评家以奇怪理由赞赏或指责，甚或将自己一听到规矩、和谐、谦卑以及造物之相互依存就感到的恐慌，也发泄在他们给诗人的艺术或神学所臆想的缺陷上面。（页274—275）

而评论家之所以迷失正道，那是因为在浪漫主义时代，"反叛和骄傲渐渐因其自身而受人追慕"。所以撒旦派的文学批评，"与其说是个文学现象，不如说是革命政治、无法无天的伦理学以及人对人的崇拜投在文学上的暗影"（页274）。

2

浪漫主义的遗产，不只有"撒旦派"，而且还有一项几乎已经成为常识的文学假定，即将诗歌看作诗人情感或人格之表现。这一假定,在诗学领域,被称作"表现说"(expression theory)或"主观论"(subjectivism)。

表现说或主观论的出现,在西方文学史上,标志着一项古今之变:

> 自从有关艺术的探索萌生之日起,直至大半个十八世纪,在批评家(朗吉努斯在某种程度上可算例外)的实践中,再没有比这更鲜明的对照了。……人们普遍利用文学作为个性的标志——而且是最可信赖的标志——这是十九世纪初特有的审美倾向的产物。(艾布拉姆斯《镜与灯》,郦稚牛等译,北京大学出版社,1989,页361)

这一古今之变的是非曲直,是一个大而又大的理论课题。且就《失乐园》而论,它至少会导致如下遗忘:

1. 引导读者以抒情诗为标准,衡量长篇叙事诗,从而遗忘了抒情诗跟长篇叙事诗对读者的要求,可能截然不同。阅读抒情诗,可以搜寻其中的"妙句";阅读长篇叙事诗,妙句并不重要,重要的是领会"长篇叙事诗之整体一贯……行从属于段、段从属于卷、卷从属于整部诗",领会它"花整整一刻钟时间来铺陈的那种宏阔场面"（页3）。

2. 引导读者以弥尔顿的革命宣传册子为根据，来解读《失乐园》，从而遗忘了写宣传小册子的弥尔顿跟写《失乐园》的弥尔顿，不仅大不相同，而且可能截然相反："弥尔顿所创作的诗歌作品与他所撰写的散文作品之间也有一个显著的不同。按照诗人自己形象的说法，他在写诗的时候感觉很自然，就像是在用右手写字，而他在写那些争论性和讨论宗教性质的散文时就受到了很大的限制，感觉就像是在用左手写字。"（沈弘《弥尔顿的撒旦与英国文学传统》，北京大学出版社，2010，页5）

3. 引导读者给弥尔顿贴上"民主斗士"的标签，进而将《失乐园》标签化，将《失乐园》看作政治诗歌以至于革命宣言，从而遗忘了自己对英国革命以及史诗体裁，基本上近于一无所知。

关于此遗忘，路易斯打了一个调皮比方："人们很容易忘记，那个用十四行体写了一首好爱情诗的男子，不仅需要爱上一位女子，而且需要爱上十四行诗。"（页5）

仔细一想，仅仅爱上一位女子，还真不能保证诗人能用十四行体写出一首好的爱情诗。遗忘了这一浅显得不能再浅显的道理，就等于遗忘了文学的"双重性"（duality）：

> 每首诗都可以从两条路径来考量——将诗看作诗人不得不说的话（as what the poet has to say），或看作他所制作的一样物件（as a *thing* which he *makes*）。从一个视点来看，它是意见或情感之表达（an expression of opinions and emotions）；从另一视点来看，它是语词之组织（an organization），为了在读者身上产生特定种类的有条有理的经验（patterned experience）。这一双重性（duality），换个说法就是，每一首诗都有其父母——其母是经验、思想等等之汇集，它在诗人心里；其父则是先在形式（[pre-existing Form]史诗、悲剧、小说或别的什么），是诗人在公众世界所碰到的。仅研究其母，批评家就变得片面。（页4—5）

在浪漫主义运动之前，诗，首先是诗人"所制作的一样物件"。对于史诗这样的古老体裁而言，就更是如此。其中，作者本人的个性及原创性，并不重要；重要的是，如何对得起这一古老体裁，对得起列祖列宗。

假如遗忘了源远流长的史诗传统，假如遗忘了写出《失乐园》这样的史诗才是弥尔顿的终生志业，仅仅将《失乐园》看作是"诗人不得不说的话"，那么，批评家不但会容易认同撒旦派的解读，而且会将弥尔顿苦心经营的得意之笔，将《失乐园》的独到之处，看作不可原谅的缺陷。故而路易斯说："就阅读《失乐园》而言，文学体裁之生平对我们的帮助，至少跟诗人之生平一样大。"（页 16）

本书前半部分（第 3—8 章），路易斯首先就专门探讨"史诗"这一文学体裁之"生平"。

人们习惯上将史诗分为"素朴"（Primitive）和"雕琢"（Artificial）两种。路易斯不满此分类，"因为现存古诗，没有一首真正素朴，而且所有诗歌在某种意义上都是雕琢的"（页 25）。

为彰显弥尔顿之苦心孤诣，路易斯对史诗做了一个著名区分："基础史诗"（Primary epic）和"二级史诗"（Secondary epic）。前者以《荷马史诗》和《贝奥武甫》为代表，后者则以维吉尔的《埃涅阿斯纪》为代表。

路易斯要说的道理是，以史诗为终生志业的老派诗人弥尔顿，只能且必须"从维吉尔接着讲"：

> 越过维吉尔，史诗是否可能还有发展，这大可以讨
> 论。不过，有件事却确凿无疑：如果我们打算拥有另一
> 种史诗，就必须从维吉尔接着讲。返回单纯的(mere-
> ly)英雄史诗，返回到只讲述英雄为了活命、为了回家
> 或为亲人报仇而打打杀杀的叙事诗，无论多么好，这时
> 都是历史倒退。你不可能年轻两次。对于任何未来史
> 诗而言，维吉尔已经为其明确制定宗教题材；留给后人
> 的，是举步向前。(页80)

阅读《论〈失乐园〉》的前半部分，就相当于阅读史诗文
学史，不仅有助于欣赏《失乐园》，而且有助于欣赏荷马史
诗、《贝奥武甫》和维吉尔的《埃涅阿斯纪》。

哈罗德·布鲁姆(Harold Bloom)说："倘若遵循荷马、维
吉尔、弥尔顿创作的史诗标准，我们现在已没有可称为'史
诗'的体裁。"(《史诗》，翁海贞译，译林出版社，2016，页5)路易
斯之形式探讨，向读者昭示的，正是绝唱之"绝"：

　　三位诗人在不同年代里生活，

　　装点着希腊、意大利和我们英国。

　　头一名表达的思想崇高无敌，

　　第二名最宏伟。第三名在寻思：

　　天生的才力既已达到绝顶，

　　于是他结合前二者，作了第三名。(德莱顿《〈失乐园〉对开本的弥尔顿画像题赞》，1688)

3

　　20 世纪 30 年代，围绕弥尔顿及其《失乐园》，中国左翼作家联盟和新月派曾有过一场争论。左翼作家鼓吹革命，强调文艺的阶级性，给出的当然是撒旦派解读。其代表人物茅盾在《弥尔顿的〈失乐园〉》(1935)一文中坚称，弥尔顿的《失乐园》是政治诗歌，是"清教徒资产阶级在英雄的革命的时代的产物"(《茅盾全集》卷三十，人民文学出版社，2001，页315)；新月派作家梁实秋在《文学遗产》(1935)一文中针锋相对，强调"文学遗产"的非阶级性，他说即便弥尔顿是资产阶级，《失乐园》所描写的"也有普遍的人性"(《梁实秋文集》卷一,鹭江出版社,2002,页 483)。

梁实秋借着"普遍人性"来反对"阶级性",来抵挡撒旦派的政治解读,这一思路也是舶来品,路易斯称之为"永恒人心说":

> 按照这一方法,那种使一个时代与另一时代分离的东西,都是皮相。这就好比,剥去中古骑士的武装或卡罗琳朝臣的朝服,我们就会发现他们的皮囊跟我们相差无几。因而他们认为,剥去维吉尔的罗马帝国主义,剥去锡德尼的荣誉至上,剥去卢克莱修的伊壁鸠鲁哲学,剥去所有信教者的宗教,我们终会找到那颗永恒人类心灵(Unchanging Human Mind)。这才是我们的核心关注。(页 128—129)

路易斯承认,他自己也曾持有此论,后来抛弃了。抛弃的原因,不是由于找不到那颗永恒人类心灵,而是由于他开始怀疑,寻找这样一颗永恒人心怎会是研习古诗之价值所系?

因为一旦剥除古人与今人的时代差异,剩下的所谓"永恒不变的因素",充其量只是人与人之间的最小公倍数(L.C. M.)。这个最小公倍数,极有可能在古人诗作中无足轻重,而我们却会大讲特讲。更不堪的是,我们所谓的"永恒人类心灵",有时候连最小公倍数都算不上,只是"古代作者与现代风气的碰巧相似"。这时,我们以为自己在读古书,其实是在读我们自己,读自己的现代观念在古书上面的投影。

路易斯对"永恒人心说"的反驳,牵涉到了他对古书阅读和文学的看法。

1. 关于古书阅读。以今视古,古为今用,大概是现代人对古书阅读所开出的标准答案。然而路易斯却说,以今视古,找到的永远是"今":"走遍天涯海角,你找到的永远是你自己。"(拙译路易斯《文艺评论的实验》,华东师范大学出版社,2015,页47)路易斯说,每个时代都有每个时代的盲点,古书阅读的价值就在于,能帮助现代人看到自身的若干盲点,看到自己以为天经地义的东西,其实是一些未经明言的假定。故而对于古书阅读,路易斯坚持,先须以古视古,进而以古鉴今。

2. 关于文学阅读。1934 年至 1938 年,路易斯跟剑桥学者蒂里亚德有过一场争论。争论焦点在于，蒂里亚德认为诗歌就是诗人的个性表现，而路易斯认为诗歌讲的是"在那儿"的东西："诗人不是一个要求我去看他的人；他是一个说'看那儿'并指着那儿的人。"（拙译路易斯《个性谬见》初稿第1章第7段）于是路易斯打了一个比方说，诗人不是一处"场景"（spectacle），供人盯着看；而是"一部视镜"（set of spectacles），要人"顺着看"，顺着他的目光观看。路易斯终生坚持，文学阅读的价值就在于，作家会充当"一部视镜"，帮助读者或研究者摆脱自身之"固陋"（provincialism）：

　　学生，甚至中小学生，由好的（因而各不相同的）教师带着，在过去仍然活着的地方与过去相遇，这时他就被带出了自己所属时代和阶级之褊狭，进入了一个更为广阔的世界。他在学习真正的精神现象学：发现人是何其异彩纷呈。单凭"历史"不行，因为它主要在二手权威中研究过去。"治史"多年，最终却不知道，成为一名盎格鲁-撒克逊伯爵、成为一名骑士或一位19世纪的绅士，到底是何滋味，大有人在。在文学中能够发现纸币背后的黄金,且几乎只有在文学中才能发现。在文学中,才摆脱了概论(generalizations)和时髦话(catchwords)的专断统治。(拙译路易斯《切今之事》,华东师范大学出版社,2015,页38—40)

在路易斯眼中,无论古书阅读还是文学阅读,其价值都在于摆脱"固陋",摆脱"自己所属时代和阶级之褊狭",摆脱"概论和时髦话的专断统治"。

所以对于《失乐园》之类的古代作品,路易斯推荐的阅读路径不是寻找永恒人类心灵,而是试着走入古代世界,想象自己像古人那样活着会是什么样子:

> 不再去剥除骑士之武装,你也可以自己试着披挂上他的武装;不再去看朝臣脱下朝服什么样,你可以试着去看自己穿上他的朝服会感觉如何;也就是说,试看看你拥有《大居鲁士》里他的荣誉(honour)、机智(wit)、忠诚(royalism)及勇武(gallantries)会如何。(页130—131)

就《失乐园》而论，生活在世俗时代的我们，首先需要在想象中披上的古代衣衫就是弥尔顿的基督信仰。原因简单得不能再简单：

> 在弥尔顿那个时候的英国，犹太圣经的天使与魔鬼是比任何历史人物都更其真实的存在，而且是更好地证实了的。早先的历史记载充满着谎言，而这可是圣经的真理。很可能曾经有过一个亨利八世，而且他可能就像是描写的那样，但是他无论如何已经死去了，而撒旦却仍然活着在世上走来走去，丝毫不差就是那个引诱夏娃的撒旦。（马克·帕蒂森《弥尔顿传略》，生活·读书·新知三联书店，1992，页208）

只有在这时，我们才能抵御撒旦派。因为撒旦派总是坚持认为，《失乐园》中上帝和撒旦，亚当和夏娃，其实都是寓言人物。

也只有试着披上古代衣衫，我们才能理解"尊卑有序"、"寓教于乐"、"文以载道"之类的古老观念，似乎并没有现代正统思想所说的那样"反动"或"腐朽"。

4

《失乐园》，是出了名的难读。自 1667 年问世以来，一直是读的人少，谈的人多，近代与中国学界尤甚：

> 这部作品历来在中国读者不多，论者更少。（王佐良《英国文学史》，商务印书馆，2017，页 86）
>
> 《失乐园》从一开始，如今也跟当时一样，人们向来是赞美多于阅读的。（马克·帕蒂森《弥尔顿传略》，生活·读书·新知三联书店，1992，页 234）

读的人少，算不得一项悲哀，因为弥尔顿此诗，原本就是为"少数知音"写的，而不是为知识公众写的："选择英语并不是为了求得受人欢迎而作出的，他是不屑那样做的。他并不打算为多数人而写作，却只为的少数人。"（《弥尔顿传略》，页 194—195）。悲哀之处仅仅在于，知识公众甚至专业研究者中间，读的人少，谈的人多。

《失乐园》难读，显而易见的原因当然在于，弥尔顿是

"最迥绝的英语诗人",他的学问,后世诗人或学者难以望其项背:

> 因为弥尔顿是孔硕渊博的诗人,对于大多读者来说,他的诗歌而今愈发艰涩,因为我们在这个时代所接受的教育要比过去贫乏得多。我在耶鲁大学已有半个世纪,至今不曾听见某位同事评价某人十分"有学问"。饱学之士已不时兴。(哈罗德·布鲁姆《史诗》,翁海贞译,译林出版社,2016,页139)
>
> 弥尔顿是一位很有学问的诗人,他的学识已经成为现代读者的拦路虎。(伯克哈特《约翰·弥尔顿的〈失乐园〉及其他著作:英汉对照》,徐克容译,外语教学与研究出版社,1997,页232)

然而在路易斯看来,摆在现代读者面前的拦路虎,可不仅仅是没有学问,更是不懂"斯文":

> 最卑贱的读者,可能会因恐惧和嫉妒而恨恶弥尔顿。他的艺术显然斯文(civil)。我可没说"文明"(civi-

lized），因为世俗权力和世俗奢华已经败坏了这个词，使之无可救药。说弥尔顿的艺术斯文，意思是它在那些会乐享该艺术的人身上，预设了某些言辞修养及"举止"修养。它要求我们的自然激情，应该得到管束，成为有所执守又宽宏大量的国民所激赏的"情操"（sentiment）。它不粗野，不幼稚，不是无拘无束。因而，那些缺少应有资质的人，就无法理解它；他们中间那些更其卑劣的人，对它深恶痛绝。有人曾将它比作中国长城，这个类比挺好：二者都是世界奇迹，二者均将一个古老文化的耕地和城市，跟野蛮人隔了开来。我们只需要再加上一句，说这道城墙必然会遭受从外面看它的那些人的恨恶，这个类比就完全了。从这一视点看，弥尔顿声名下降，就标志着"文明"反叛斯文（civility）的一个阶段。（页277—278）

"斯文"，早已超出文学范畴。因为它关心的是："人是否应该继续做'一种高贵的动物，增饰其骨灰，盛大其坟墓'。"（页276）

要思考这个问题，首先就得反省浪漫主义运动给我们留下的思想遗产，现代汉语读者尤甚。因为至少，依李欧梵先生之研究，浪漫主义浸淫中国现代思想最深，以至于五四新青年及其后裔，均以浪漫主义为思想根柢（详参李欧梵《中国现代作家的浪漫一代》，新星出版社，2010）。

即便我们并不研究《失乐园》，阅读路易斯的《论〈失乐园〉》，也有助于我们看到自己身上未经反省的浪漫假定。倘若还对文学感点兴趣，甚至还想读点古书，路易斯此书或许还有助于我们理解西方古人所谓的"寓教于乐"，理解中国古人所谓的"诗者，持也，持人性情"（《文心雕龙·明诗》），"克己复礼为仁"（《论语·颜渊》）。

书名 *A Preface to Paradise Lost*，坊间一般译为《失乐园·序》，这一译法看似忠实，实则悖谬，因为这会给人以一种错觉，以为本书只是《失乐园》的一篇序言。实际上，"在人们出于错误理由贬低或抬高弥尔顿诗作的时代，他的《论〈失乐园〉》差不多凭一己之力，恢复了弥尔顿的声名"（Bruce L. Edwards ed. *C. S. Lewis: Life, Works, Legacy*, vols. 4, London: Praeger, 2007, p. 9）。

美国文学批评家乔治·斯坦纳（George Steiner）在《托尔斯泰或陀思妥耶夫斯基》第二版序言中曾说，"文学批评和文学阐释的著述往往生命有限，难以长久流传"，除极少数例外，大部分都是过眼烟云：

> 大多数文学研究著述属于过眼烟云，学术著作和学术期刊文章尤其如此。在鉴赏情趣、评价标准和使用术语进行辩论的历史上，这样的文学研究著述或多或少代表某个具体的时段。不用多久，它们有的在繁荣的脚注中找到葬身之地，有的呆在图书馆书架上悄无声息地收集尘埃。（严忠志译，浙江大学出版社，2011）

路易斯的这部著作，恰好就是极少数"例外"。在英语学界，此书不只是弥尔顿研究的经典著作，在《失乐园》阅读书单中仍赫然在列，而且是斯坦纳所说的"老式批评"的范本，是现代主义和后现代主义冲击下仍生机勃勃的"活的传统"。

本书翻译颇为艰辛，有很多疑难字句，友人杨无锐、郝岚、胡根法、姚思奇以及王月和孔祥润伉俪，均提供无私帮助；学生王春，在读研期间，帮我逐字逐句校对；友人伍绍东，又一次主动充当路易斯"御用编辑"。若拙译有可圈可点之处，功在诸位；如有错讹乃至虚妄之处，则罪在吾身。

诚请诸君斧正拙译。译注路易斯专用电邮：cslewis2014@163.com

2019 年 3 月 8 日星期五于津西小镇楼外楼